魅丽文化 花火工作室

一朝别

林桑榆 ㊔著

江苏凤凰文艺出版社
JIANGSU PHOENIX LITERATURE AND ART PUBLISHING

图书在版编目（CIP）数据

忽而一朝别 / 林桑榆著 . -- 南京 : 江苏凤凰文艺出版社 , 2020.8
ISBN 978-7-5594-4989-4

Ⅰ . ①忽… Ⅱ . ①林… Ⅲ . ①长篇小说 - 中国 - 当代
Ⅳ . ① I247.5

中国版本图书馆 CIP 数据核字 (2020) 第 110513 号

忽而一朝别

林桑榆 著

责任编辑 张 倩
特约编辑 朵 爷 夏 沅
装帧设计 苏 茶
封面绘制 LOST7
出版发行 江苏凤凰文艺出版社
南京市中央路 165 号，邮编：210009
网 址 http://www.jswenyi.com
印 刷 湖南天闻新华印务有限公司
开 本 880mm × 1230mm 1/32
印 张 9
字 数 216 千字
版 次 2020 年 8 月第 1 版
印 次 2020 年 8 月第 1 次印刷
书 号 ISBN 978-7-5594-4989-4
定 价 42.80 元

目录

CONTENTS

第一章
我没有说再见 /001

第二章
他是沧海，我是遗珠 /022

第三章
我真的懂 /039

第四章
输赢不过“瞬间” /058

第五章
喜欢一个人 /077

第六章
没有出口的地方 /096

第七章
期远 /114

第八章
为了我，可曾有？ /133

目录

CONTENTS

第九章
0与nothing /153

第十章
是你飘了，还是我提不动刀了？ /172

第十一章
肌肤已坏，它犹在 /193

第十二章
明月与风 /213

第十三章
可是，我没做到 /230

大结局
两千年一眼 /247

番外
今朝此为别 /272

后记
不说 /279

第一章

我没有说再见

今夜，不管是那些甜到令人发指的宠爱，
还是不堪入目的欺骗……
我与你，统统都握手言和。

寻人启事

打扰了，各位小区业主！

昨日正午，我在花园散步，闻见好一阵回锅肉味儿。过一会，又闻到了辣子鸡香。想必，附近除我以外还住着其他中国人？不知是哪位大神，在这时间段里厨艺大展……能不能请您到我家中也露两手？当然，菜钱我负责，并给予一定的劳动报酬。若有知情者请与我电话联系：1-212-780-××××。

拜托大家奔走相告。

我真的太想吃回锅肉和辣子鸡了。

……

纽约。

魏光阴表情复杂地看着那一沓寻人启事。

我本来特镇定，瞧他一脸捉摸不透的神色，立刻有些没底气："是、是不是很丢脸？要不然别贴了……没有回锅肉和辣子鸡，何伯做的扬州炒饭还是可以凑合的。"

何伯入老魏家前打过许多杂，包括给厨师做下手。

他们那年代的孩子鲜少有受教育的机会，大多早早入社会摸爬滚打。那位他给当帮手的厨师祖籍江苏，扬州炒饭最是拿手。那时的条件，能吃上一顿炒饭简直不似人间，导致何伯迄今还记忆犹新。

"凑，合？"

这下轮到何伯不乐意了。

他惯然地双臂环抱，吞吐几下气息，试图平和情绪："实不相瞒，程小姐，一般情况下，我是不下厨房的。"

魏光阴这会子才发话。

他轻轻将寻人启事往何伯怀里放，意味深长的语气："不然，纸您贴，饭我做？"

何伯脸上的老肉便开始抖："先生，还是我……被凑合吧。"

真是，不就是贴个寻人启事吗？活像要他俩比武招亲似的！

没几日，萧何来给魏光阴送资料，我愤愤道："说什么只要大病痊愈，我就是小公主，要风给风要雨给雨。现在呢？男人的嘴，骗人的鬼。看来还是生病好。生病时候，他很宠我的！"

萧何的耳朵听出茧子了。

因他每到魏宅来一次，我就要数落一遍魏光阴对我如何如何不似从前，然后拉着他忆往昔岁月。

其实，他对我不如曾经没关系。毕竟我俩隔着家仇，能相安无事地同处一个屋檐，已不知往日积累了多少情感与慈悲。

但贴完寻人启事没多久，他就迅速变心，跑去陪别的小公主是什么鬼？

事情还得从那张寻人启事说起。

我为了吃到一顿正宗的回锅肉和辣子鸡，逼魏光阴带人在小区里张贴启事。未料他与那位厨艺精绝的大神面对面碰个正着，竟是二十来岁的小姑娘。

名字我不愿记住，暂且称呼她小厨娘吧。

毕竟所有和我争宠的女孩儿，我都恨不得用消除笔将她们画掉，但魏光阴一眼着了魔。

萧何："这么漂亮？"

我不以为然，努嘴："你自己去看呗。"

公众花园。

魏光阴和小厨娘不知疲倦地散着步。

他还是老样子，话不多，比纽约冷清的秋天还沉默。可就算他不怎么找话题，光这样耐心地陪着一圈又一圈地走，已足够证明他对小厨娘有些上心。

我拉着萧何在不远处偷窥，禁不住哀伤感慨："绑住一个男人的心果然要绑住他的胃，我输了。”

男孩的头压我头上，眼一眯：“谁说的？”他企图安慰我，“男人的心这么好绑？那随便找个大厨来都行，还要女人作甚。”

我正宽心，他紧接着道：“但如果厨艺好又长得漂亮，就另当别论了。”话落，我回头便见他伸长脖子努力往小厨娘的方向瞟，好似也被那双秀气细长的丹凤眼吸引住。

抚着心口的我假装一阵痛：“老毛病要犯了。”

萧何：“那正合了光阴的意。”

……

此情此景，我莫名有些想念刘大壮。

他那人，虽然原则性不强，还总爱自作聪明，是个典型的祸头子。可在他眼里，我是最美的……啊不，是除了程穗晚以外，最美的。

尽管历经种种，许多人在我生活中已不配有姓名。可我毕竟没撞到脑袋，没法儿失忆。我只能一遍一遍地提起，直到终有日，对那些名字彻底无动于衷。

“咝，太冷了。”我猛地搓臂要走，不愿再被那幅琴瑟和鸣的画面凌迟。

萧何抬手，看都不看我：“拜拜。”依旧保持目不转睛观赏小厨娘的姿势。

若不是大病初愈的我弱不禁风，打不过他，今日我俩必有一残。

萧何：“何必故意惹她生气？”

等我离开，魏光阴终于同小厨娘告别，走到萧何身边，那个我以为不会被发现的角落。

两个又高又瘦的青年立在路灯下，影子被拉长，像两条锋利的切割线。

“不这样做，她不会自由。”另一道声音讲，“告诉她真心，说我比你想象中更喜欢你，她就有底气忘记父母惨状？还是……我有胆量昭告天下，要和杀父仇人的女儿结为连理。

“既然都不敢，目前这样互相保持礼貌已是最好。看上去，谁都不曾亏欠对方。”

“你有的，光阴。”萧何喉咙一滚，不知怎么就笃定地吐了这样一句，“你有胆量，只是害怕她没有。”

甚至因为太在意，所以连试探都不敢，怕终究得不到想要的答案。

更因为，我的心，早在斯里兰卡的夏天，允许了另一个人进来，从此我没日没夜地心痛难耐。

其实，我又何尝不是为了给你自由，光阴？

心和身体都不再完整的我，已配不上明月清风。

否则，我哪怕断手断脚，爬也会爬到你面前，声泪俱下地要你别喜欢其他小公主。否则我不感动死你，也要吓死你。可我没资格了，我不再干净。

对不起，我最好的光阴。

我也曾目空一切，觉得自己比其他姑娘伟大，能做到一生只看你。可连我自己都没想到，骨子里的狂妄会被另一人抽刀削掉。

他用一个似是而非的故事将我打动，求我看他一眼。我不够心狠，回了头，便被那双眼睛里的深情所羁绊，再挪不动脚。

遗憾的是，上帝始终不愿予我成全。

于是我只能在诀别日，维持擅长的冰山脸，任他捏碎我的肩。

“说爱我，程改改……”

那样意气风发的天之骄子，几近溃不成军：“不要让我有喊累的借口，不要给我放弃的理由，说、说爱我！”

彼日，我面上若无其事，心中大雨滔天，脑子里翻来覆去只有矫情的一句：等我回来。

等我治疗好自己的身体，也治疗好自己的心，回来。

可当我自生死边缘挣扎着苏醒，叶慎寻那浑蛋，居然要和别人结婚了？？？

还让那姑娘怀了孩子！！！

果然，爱情童话根本不适合我，还是喜剧画风比较对。

你问我没想过去抢回来？

有啊，我当然想过，知难而退不是我的风格。况且，前小半生我圣母做得已经够憋屈。我曾发过誓，醒来后一定要做无所顾忌的“渣女”。想爱谁就爱谁，想抢谁就抢谁。

为了实践我对自己的承诺，稳定后没多久，我就拉着萧何杀回过滨城。

那会儿萧何也刚出狱，为避闲言碎语，魏光阴把他安排到魏氏美国的子公司实习，并替他申请到当地一所大学的预科资格，没想到完全方便了我。

没有刘大壮这朵奇葩在身旁，一度，我像被折掉翅膀的天使，飞不回天堂。

萧何一来，扮演了刘大壮的角色，刺激得我病刚好就战斗力十足，虎虎生风给他打电话：“喂，月底我要回去。”

青年在那头一愣：“回去做什么？”

“劫婚。”

“哈？”

“抢劫的劫。”

“……”

一般情况下，萧何对我也没什么原则。

因为高中时期，他和魏光阴开撕，是我帮忙才让他重回学校的，他始终记着这份恩。

然而回来才发现，叶慎寻的行踪没那么好寻觅，除非他愿意。以前，我俩跟撞鬼似的老能遇见对方，恐怕真是上辈子什么都没干，光回眸攒缘了。

这不，好不容易打听到他出现的一地儿，竟是滨城顶出名的婚纱店，他和谷朵相约试婚服。

我赶到时，叶慎寻和谷朵应该已先一步进店，宽敞的楼下只余他的助理和两名贴身保镖。

那位名叫沛阳的助理，此刻脸很臭，一副刚被减了工资的表情。

以前我寄住叶慎寻的公寓，他也时常如此，但我不会惯他。我只会在叶慎寻耳边吹邪风，让他再减点对方的工资，从此这位叫沛阳的小特助再不敢惹我。

重获新生，再见故人，我激动难耐，差点就要跳出去给他个拥抱冰释前嫌。

正准备跳呢，萧何一把将我拎住："考虑好。叶家公子不在场，那位特助要不愿和你释前嫌，能联合俩保镖当场把你灭掉。"

想想，有这可能性。谁叫我之前以为自己要死了，录了好长一段视频，"祝福"他老婆生个和我一样活泼可爱、善解人意的女儿。在沛阳心里，那恐怕是最恶毒的诅咒。

于是我忍了忍，不料偷听到他和那俩保镖对叶慎寻的吐槽。说这位叶总脾气越来越怪，他已经快受不了。

"老板的脾气，继续下去怎么得了哦。"保镖 A 杞人忧天道，"得罪的人越来越多，万一叶氏以后破产，他可怎么办……"

沛阳："没关系，老板还能去做司机。"

保镖 B："为什么是司机？"

沛阳："因为他除了会做老板，就只会开车了。"

……

这么精准狠的吐槽，不愧是被我教化过的，差点我又要跳出去喊亲人，婚礼女主角款款现身。

谷朵的肚子三个多月了。她虽然瘦，穿着宽松的裙子，此时也略微显怀。三个多月的孩子，正经历易流产的最终阶段，怪不得身边老跟着保镖，叶家的后代不容闪失。

“Plan A 还是 Plan B？”萧何从侧方撞下我的肩膀。

来路上，我俩就商量过“劫婚”的好几种方案，最终达成共识：要想抢回叶慎寻，必先将女方肚子里的孩子“斩草除根”。

萧何似真似假地建议：“我个人认为，选择最直接的那种。戴上口罩，假装路人不小心撞她，再趁人群混乱的时候逃跑，你觉得怎么样？”

“不好……吧。”我犹犹豫豫，“叶慎寻身边的人不是吃素的，咱先不说你能不能靠近。即便你靠近，万一没跑掉，又被关局子里去，那下半辈子可真没洗白的机会了。”

萧何看我信以为真的表情，嘴张成O形：“女主角的台词难道不该是——这样不道德……？”

我嗤之以鼻。

“我回来抢婚的，你和我谈道德？”橱窗前，我看见镜子里映出自己故作恶狠狠的脸。

萧何意味深长地点点头。

我总觉得，他的点头并非理解。而是就算我做的事情天怒人怨，他也愿意助纣为虐。

可没等我和萧何做出反应，叶慎寻很快也迈步下楼。

那道长梯像旋涡，将他缓缓卷到出口。男子形销眼深，比我走的时候清瘦了一圈，两片薄唇看上去更凉人。

他一路展着西装和袖口，大概刚换了衣裳，规矩周正的模样。可也因全程低头，没注意周围，刚出来就被一四五岁的孩子撞到。

这人真是，跟小孩也较劲。他面对生人时目光本就略凶，现下剜对方一眼，那孩子就眼睛红红地开始落泪。

叶慎寻方才察觉惹祸，手脚俱僵不知如何，直到谷朵出面解围。

女孩小心翼翼护着快四个月的肚子，蹲下身去摸小男孩脑袋，问他怎么了。他却猛一下抱住叶慎寻的腿喊：“爸爸！”

听得我一惊，猫似的挠着墙壁恨恨骂：“渣男！”

让别的女人怀孕，我已经忍了。

还让很多女人怀孕？我忍不了！

这下连萧何都低声爆句粗口，劝我打消念头：“改改，不然算了？为这么个人渣抢婚，搭上自己的名誉，不值得。”

话音刚落，那边的情况终于明朗，小孩抽抽噎噎地说着下文：“爸爸、爸爸不要我了，呜呜呜……”

原来是与父亲走散了。

再看叶慎寻，表情呆呆的，浑身肌理也不出意外紧绷着，似乎很难消化那一声声朗朗的“爸爸”，简直叫到他心中去。

“胡说，爸爸怎么会不要你？”

须臾，那从来高高在上的男人也蹲下身，打量男孩。他安慰的言辞很苍白，可他的目光很慈爱。

谷朵像是被他瞬间的温柔感染，也嘴角弯弯去牵小男孩的手，说：“爸爸是在哪里不见的呀？阿姨带你回去找好不好。”

接着一大一小起身要过马路。

此刻沛阳和保镖不知该跟着叶慎寻还是跟谷朵，有半分钟的空隙。萧何把握住机会，摩拳擦掌道：“就是现在，撞了啊！”

“唰——”

我猛地将蹿出去的他逮回来。

一米八的青年被我拽得趔趄，差些倒地，此番回过头不解地瞪我。

我努力挤出个不好意思的笑容：“不是你说的吗？要我，算了。”

算了。

让出去的，再要回来，太没品了。

况且叶慎寻对我不赖，如今三十而立，好不容易有孩子……

我骤然想起还住在他公寓那段日子，我俩讨论生儿子还是生女儿好。他满心向往，说都好。生女儿，就宠上天。生儿子，就教他顶一片天。

后来有天晚上，我俩大吵一架。什么缘由我已然忘了，可他喝得烂醉归家。

为了捉弄他，我故意将现场布置得凌乱不堪，说他是禽兽，暗示他借酒装疯对我做了什么，后来还假装怀孕呕吐，一场戏演了两月之久。

也是那段时间，他对我百依百顺。

我说喜欢苹果X，他就悄咪咪买来哄我高兴，颜色正是我中意的土豪金，因为看起来很有钱的样子。

然而等他想骗我去医院做正式检查，我才哈哈哈地告诉他真相。以为会遭到一顿鸡飞狗跳的追打，可他只是站在宽敞的客厅中央，满眼寂寂。

我与他隔着五六米的距离，试探地问："怎、怎么？真生气啦？太小气了吧！你也经常说谎话搞事情好吗。"

"不是生气。"

他愈加正色，抬头看我："是失落。"

立刻，我也不再吊儿郎当，被他眼底巨大的黑洞吸住，无法动弹——

"一直以来，不知道为什么，我总觉得，程改改，你随时都会跑的，而我竟然想不出方法将你留住。当你告诉我，你怀孕了，你知道我多高兴吗？让你生一个属于我俩的孩子，方法俗气但有用。所以即便你的谎话漏洞百出我也不敢去深究。可，越害怕什么就越经历什么。是假的。真的是假的。"

……

此刻，婚纱店附近，那双目送小男孩的温和的眼，就像一根尖锐的针，将我鼓起来的满腔勇气戳破了，呼呼漏着气。

比起失去不想失去的人，名声对我而言，真的不算什么。

可我如何保证，一切卷土重来，就能和他有比现在更完美的结局？

我保证不了。我不该打扰。

“你可想清楚啊。”萧何再三问，“错过这村没这店了。”

然而转身就是我最终的回答。

萧何跟在身后，眉毛揪老紧，喋喋不休：“怎么临到头要放弃？”

“因为，我忽然发现……”思忖良久，我轻轻道，“他可能不够爱我。

“听说爱是恒久忍耐，又有恩慈。加以大量现金和信用卡，更不会搞大其他女人的肚子。”

萧何黑脸：“不搞大其他女人，搞大你……”

“呸！”

我的朋友究竟能不能做个人？

拜托，我现在是被甩，是失恋，安慰的时候可以找准重点吗？重点是搞大别人肚子吗？重点是大量现金和信用卡，他从来没给过我！

没有物质的爱情就像一盘散沙：“我不要沙，我要蚂蚁花！”

萧何扶额，一脸“这孩子疯了”的表情。

于是我俩雄赳赳气昂昂地跑来他的城市，最后又鬼鬼祟祟地打道回府。而他，将对这幕真正的离别永不知情。

当你不知如何与不想失去的人说再见时，最好的方式，或许真的是什么都不说。

哪怕那些积攒的话，早已如暴雨后的泥沙俱下，砸得人眼睛血红。

魏光阴知道我回国的用意。

我说过，对他我不愿再有一丝一毫隐瞒。真话兴许伤人，但他前半生已在谎言里度过。后半生，我只希望他眼里别再起怀疑的大雾。

“还回来吗？”

临行前，他如是问。

“那得看抢婚成不成功。”我笑嘻嘻地说。

想想又道：“不过，就算抢婚成功，等你和小厨娘修成正果，我也会回来参加婚礼的，这是我今生唯一不会逃的红包。”

哪怕金额大得宛如割肉剔骨。

青年下意识拢手，轻咳：“有你这句话，我就放心了。”

“？”我蒙，“请问你放心的是我会回来，还是放心我不会逃红包？！”

他只给了我个眼神，让我自行体会。

越品，越觉得，呵，是后者……毕竟，他已经移情别恋了啊！

可我想，这样也好。

这一生，惊艳时光的少年，我遇见过。温柔岁月的男子，我也遇见过。即便与他们统统不会有结果，但能作为朋友留在其一身边，已是命运恩赐了。

所以，当我再次坐上回纽约的飞机，站在魏宅门口的时候，我觉得颜面尽失。

“想笑就笑吧。”

何伯忍得一脸通红，然而为了维持魏氏老管家的威严，他不能崩，只抱着手说：“程小姐，先生等你很久了。”

“什么叫等我很久……”

仿佛每个人都知道我不会成功似的。

我的道行就这么让人瞧不上？？？

魏光阴：“不是你道行低，改改。是你根本不会那样做。”

他说，我回去的目的，更多只是为了确定，叶慎寻和其他人过得好不好。

事实上他真猜对了。

见完叶慎寻那一面，我还去见过刘大壮、盛杉。

盛杉的身子比谷朵还大一个多月，更明显了。那个靠自己也混得风生水起的男子陪在身边，低眉敛目都是保护与爱意。

至于刘大壮，终于和好淑女结束追赶游戏，顺理成章牵手。也不知，他是否真忘了那个送他宝宝霜的女孩。

接着，我探望了一下我的萌编辑，顾圆圆。

她将将升职，因为做了本心灵鸡汤类的畅销书。书名还是当初我俩一起取的，说有红的潜力，但作者已不是我。

最后，我去过齐悦英的坟墓。

这女人，曾在我执着魏光阴不愿放手的时刻，笃定又冷漠地对我讲："你和他不会有结果。不信来打赌，赢了你是我妈。"

不得不承认，姜是老的辣，做妈的永远是妈。

在长了些荒草的坟头，我终于低下倔强的头颅，一点点拔掉那些杂草，眼睛怪异地有些疼。

纽约。

"我好难过。"魏宅三楼的露台躺椅上，我对光阴讲。

他像最没存在感的空气，在我背后一言不发。可我就是知道，他在背后，承受着我无厘头的絮叨。

"这次回去，我发现，世上无论少了谁，大家日子也照样过，不会糟糕到哪儿去，偶尔还有小惊喜。好像只有我困在回忆里。

"我知道，我当然清楚，人总要往前走。但，能不能走慢一点呢……

"走慢点儿嘛，等等我。别让我觉得，只有自己像个傻子似的。"

魏光阴还是没说话。

结果没几日，他也回了趟滨城。

再没几日，我听说：我、死、了！

从萧何口中听见"我"的死讯，连我自己都怀疑地摸摸脸，想确认是否有温度。他却鼻孔朝天、欢天喜地："哼，干得漂亮！"

听他的意思，是魏光阴不忍见“众人皆醒我独醉”，遂故意散播假消息，说我随他出国治病死在了手术台上，给他们平静的日子找点刺激，为我报仇。

“你真了解魏光阴吗？”初初，盛杉对我讲，“不想一个人伤心，就让全世界陪着伤心，这就是那家伙的处世态度。”

那时我并不明白，一心认定他就是我想象中的纯白少年。

如今少年终于不再掩饰，对我展露最真实那面，我却不觉得怕，反而暖。

因为历经种种，我终于恍然大悟，无论一个人对别人怎样，但他对你好，你就得记人家的好。

我记他的好。

“但，墓碑上能不能挑张好看的照片儿？”我扒着魏光阴的胳膊，猴急地去抢 DV，里面有偷偷录下的现场所有人的神色。

他象征性躲了会儿，才逗够我般，将 DV 送到我手里。

没几分钟，我就乐得咯咯咯地倒在沙发上，嘴里还念念有词：“刘大壮怎么回事？反应这么大？该不是暗恋我在心口难开吧！

“好淑女也是，跟死了亲姐姐没两样，哈哈哈。

“嗯？这是盛杉那位妹妹？她老公长得有点儿帅哦，有几分你的气质欸，光阴！

“哇，盛杉……太过分了吧！我都死在她眼前了，她的眼泪还忍得住？我怕不是交了个假朋友！”

（盛杉：交假朋友的是我们吧，冷笑脸。）

在我点评完一系列人物后，这才发现，镜头里没有叶慎寻。

“什么情况？”我不甘心，“好歹我俩也算谈过恋爱的关系，居然连我‘葬礼’都不出席？！”

倚在对面的人表情一顿：“没告诉他。”

“为什么没告诉！”

“猜想，你可能也不愿用这种方式和他道别。”

我嘴硬：“才没有！”我音量扬高，欲盖弥彰，“我巴不得虐死他，看他还怎么娶别的女人回家！”

“你不愿意的，改改。”

魏光阴的语气忽然似覆上一层冬雪：“因为你知道，他不是铁石心肠。他若真为你肝肠寸断，你余生难安，我不想做扰乱你心的坏人。”

我喉咙一哽，再吐不出任何。

“谢谢你，光阴。”

这头的我捧着 DV，仿佛捧了千斤的重量。

自打得病以来，我自认被磨得比从前更坚强，无论精神还是身体。

我以为大劫一过，再没什么能让我轻而易举流眼泪。

可他不过轻描淡写一句：“我不想做扰乱你心的坏人。”我就溃不成军。

“真的，光阴，别对我好。”我有些哽咽，“你越对我好，我就越不想离开你身边。这样一来，不管你想娶小厨娘，还是田螺姑娘，都没那么容易了。”

“啊？”那双幽深漂亮的眼睛看着我，愣怔一瞬，旋即做思考状，“这样啊……行吧。”

说完他起身便要走。

“你去哪儿？”我下意识问。

他头也不回，浅浅的调子听来却让人硌硬不已：“时间到了，和小厨娘散步去。”

人间果然无真情。

叶慎寻和谷朵的婚礼日期越近，我就把自己弄得越忙。譬如换笔名，开新坑，没日没夜地写悲伤爱情故事。故事里所有主角都阴差阳错、爱而不得。

只有这时候，我才觉得自己不是世上最可怜的人。

同时我发现，本质上，我们大多人和魏光阴根本就是同类。都希望自己难过的时候，还有人比自己更难过，这样就能舒服很多。既然都不是纯净水，作为混合饮料的我们，凭什么指摘他一个。

只可惜，背叛全世界这么伟大的事，我错过了最好的时间，为他做。

婚礼前一周。

“谷朵流产了？”

消息来得太突然，我手里的炸鸡腿突然冷了：“什么情况？”

魏光阴：“具体曲折不太清楚，消息还没扩散，目前只有少数人知道，但能保证真实性。”

“哦。”

我讷讷地，一时不知该高兴或如何。

“不过，我让何伯找人仔细打听了下，”魏光阴说一半，又止，似乎不知如何启齿。

我怔怔抬头望着他，没出声逼迫，可他看懂了我想听的眼神，终抿了抿唇：“说是，叶慎寻不小心推了那女孩儿一把，所以才……”

“不可能。”

我打断得斩钉截铁：“如果他真不想要这孩子，不会允许它大张旗鼓地留到今日，也不屑用这样渣的方式。”

魏光阴一愣，苦笑：“我没有揣度他人品的意思。我们两家往日多有走动，我对他性情的了解比你少不了几分。我只想告诉你，意外那日，他代表叶氏参加一块地皮的动工仪式，回来就听说神情不太对。谷朵靠近询问，不小心被撞到，才导致了意外发生。”

忽然，我有种极其强烈的预感："那块地皮，该、不会……"

"就在迷谷森林附近。"

而我的那座假碑，也在森林里，上面挂着我高中时期笑得傻气的照片。

顷刻，我心一跳，手里的鸡腿缓缓落回盒子。

我比谁都清楚，反反复复的态度会让人厌恶，可我控制不住。

我想知道谷朵有没有事，毕竟她是我亲手送到叶慎寻面前的。若她的身体状况出现什么差池，我难辞其咎。

当然，私心里，我更想看看那人的情况。

尽管相处的日子里，三天里，有两天，他都扬言想弄死我。但逞口舌之快和真正面临的时候，是不一样的。

"我怕他一个激动就殉情什么的，太可怕了。"

萧何无语："改改，你现在怎么变得和刘大壮一样，对自己失去了清晰的认识？"

那意思像在说，叶慎寻那样的男人，会殉情？还是为我殉情？真是天大的笑话。

然而就算是笑话，我还是忒没出息地想看他一眼，就一眼，确认他情绪正常就好。于是我又买了张机票，飞回去。

机场大厅，瞧着嗖嗖往下减的银行卡余额，我暗自呕血，琢磨着回来后要认真闭关写东西，否则真没法养活自己，总不能永远赖在魏家？

我一边想些有的没的，一边在轻微的气流中昏昏欲睡。十二小时的航程，滨城的模样再次铺陈在眼前。

很奇怪，明明这里已经没有任何亲人，可踏上它的土地，我还是有种落叶归根的错觉。

再过几日就是除夕，机场也已经张灯结彩。

出了关，我在寒风中拢紧外套和围巾，打车前去预定好的酒店。

酒店就在叶慎寻的公寓附近。

这次我学聪明了，知道守株待兔。当天夜里，果然逮着叶猫子出没。

别不信，人和人之间，关键时刻有心灵感应。我老觉得，今晚叶慎寻会出现，于是在落地窗前守候好半天。

好几次，长途飞行过后的我眼睛都快闭上了，却又强撑着睁开眼皮。

因为深夜是人类情绪最脆弱的时刻，我怕他想不开做傻事。

果然，十点过光景，一道忒亮的车灯远远刺破霓虹。我跟上了发条一般，噌的一声从单人沙发上跳起来，匆匆往下跑。

叶慎寻车速不算快，甚至比以前更小心翼翼，出租车跟得并不吃力。

我窝在后座，紧盯着前方车尾，没边没际地想：万一他的目的地是海边？或者悬崖？怎么办？到时候我要不要出去阻止他？

如果我深更半夜突然出现，他会不会吓得直接就跳啊？

但是……

反正万千版本，无一个能想到，他将车开到了滨城最出名的二十四小时火锅连锁店，吃、火、锅。

呵呵。

机票还能退吗？

不能全价，退点儿手续费也行啊。

我心态炸了。

好，是，过去算我对不起你。可我从人间消失了欸，我消失了欸！你跑来吃火锅是为什么？庆祝祸害终于被天收了吗！

愤愤不平的我心里有团火，比火锅更辣，但我的双腿还是情不自禁地跟着他挪进了火锅店。差别是他在一楼，我则从另道门绕到了二楼，一张便于打量他且不容易被发现的桌。

浑蛋，谁还不会吃火锅了！

瞧着徐徐陈上来的毛肚、鸭肠、鳕鱼……我舔舔唇，暂时忘记了愤怒，眼里只有红鲜鲜的锅。

等我再回过神往下瞧，才注意到，他不是一人在吃火锅，对面还有只史努比玩偶，而他对着那只史努比不停地说着什么。

我心下一咯噔，什么鬼，不是真疯了吧？

内心天人交战之际，看他突然将几张百元大钞往桌上一放，唰一下起身走人，留下了那只玩偶。

服务员找补零钱回来发现被遗落的玩偶，想要去送，被我鬼使神差拦住。

“我是那位先生的朋友，玩偶给我吧，谢谢。”

他答应过的，要送我一只很大的布娃娃。小时候我很想拥有，可一直没人成全我的公主梦。

一开始，他也不乐意送这上不了台面的礼物。后来是我惹他生气，他拉不下脸送。想来，这只史努比，就是他对我做的最后道别了。

我抱着玩偶回座位，烫鸭肠的时候还不愿放开，一只胳膊牢牢箍住它的咽喉，像抱住生命里特别重要的东西。

我一边抱着它，一边不断地往嘴里塞食物，企图用美味麻痹大脑。

麻痹到，足以忘记刚刚那场不太正式的告别。

我终于明白叶慎寻嘴里的“失落”，究竟是怎样灭顶般的悲伤。

就是，你以为能留住的，原来留不住。你以为可以重来的，并未重来。你以为不会被放弃的，时间真的可以让他放下。

我想，我真高估了自己在叶慎寻心中的位置。

不过一场爱而不得，我却硬要逼自己演生死相许。对不起，闹了笑话。

一想到这，我箍住玩偶的胳膊禁不住又加了力气。嘀一下，我疑似听见语音留言之类的东西。四处找寻，发现玩偶本身就是留言机。

“程改改，你这个诈骗犯。”

低醇的嗓音刚一流泻出来，熟悉得我顷刻就要泪流满面——

“我哪儿对不起你了，程改改？不仅欺骗感情，还欺骗我说这家的红汤火锅超级赞。麻烦你说，哪里赞？是想要辣坏我另一个肾吗，浑蛋。

“哦哟，离开的时候还装文艺女青年，给我未来的女儿取劳什子名字。什么？叶相思？随便找个词语也算名字？你们写作界的稿费就这么好赚吗？我看，干脆留给你女儿用吧，你和魏光阴的女儿。魏相思，听起来更好呢。生，你和他归家，死，你为他相思。死……死……你，”

话到这儿，那把嗓子疑似被什么尖锐的东西划伤，汩汩冒着血。

“死，哈！这么狗血的逃避方式也亏你能想得出。

“我知道，我知道，你不过是为了让我难受，逼我投降，让我得不到你，也要一辈子为你守活寡。告诉你，程改改，没门儿！谷朵我娶定了，有没有孩子都一样！

“程骗子，因为被你骗过，所以清楚被辜负有多么难受，便不想让她再重蹈覆辙。放心，我才不演俗气的替身那套。从今往后，我会真心对她好，也会尽快忘记你。所有你想看见的，我的狼狈，我都不会让你如愿以偿！”

到这儿，话没了。

嘣咔喇咔。

我听见自己的手指骨不断作响。

不过一个意识过脑，我拎了史努比就往门口跑。

因为，它突然变得极其碍眼，碍眼到我不再想要。

我要亲手还给那人，挺直腰板告诉他：“我喜欢过玩偶，就像你爱过我。但是，对的，都过了。而今夜——”

今夜，不管是那些甜到令人发指的宠爱，还是不堪入目的欺骗……我与你，统统都握手言和。

就此你往右，我往左。

背道而驰，永不言再见了。

第二章

他是沧海，我是遗珠

我们奢求是爱，

可他 / 她从来不讲

史努比太碍事儿了。

真的太碍事儿了。

平常我跑步算快的，高中还是女子篮球队的主力队员。可穿着羽绒服外加抱着史努比的我，在火锅店门口位移得像相扑选手。

兴许因为节庆的热闹对比了冷清的心境。一度，我还文艺病暴发地觉得，自己抱着的根本不是玩偶，而是往事。

我只能将“它”扔给制造往事的人，才有机会解脱。

砰！

当我距离叶慎寻的车越来越近，头顶炸响烟火。

今年滨城的礼花与往年略有不同，居然是爱心形状。附近的商场大屏也为了迎合年轻人喜好，开始直播商场门口的观礼盛况。

我被这样的热闹吸引了半秒视线，再回神，目光不自觉地定在了反光镜上。

烟火太耀眼，与路灯一起，将镜子里的人打得透亮，可我看不见他眼光。因他忽地埋下头去，拒绝一切光线的窥探，只留下猛烈颤抖的肩膀。

奇怪，我明明没真切看见鳄鱼的眼泪，但我就是知道，那张自以为是颠倒众生的脸上，此刻泪水滂沱。

我想起公寓的最后一次别离。

二十几层高楼上，烟火离更近，似伸手可触摸。有人眼神滚烫，几近碾碎我的肩膀，要我说爱他，我终究没说出口。

事后想想，即便无关苦衷，我可能也给不了他想要的答案。

我和叶慎寻之间的相处模式并非偶然，世间必定还有许多与我们相同的红尘男女——越在意，越无法诉诸口头。

否则我也不会与光阴蹉跎十年之久。

但，就在此刻，我竟生出穿越回去的念头。回到那高楼，用力撕开自己倔强的嘴，对满目疮痍的人说：“是的，我这棵铁树，为你开过花。”

我曾以为此花一生开一次，只为叫光阴的男孩。

终究是我高估了自己，亦再配不上他。

没错，我要追上车里的人。

不管他让谷朵、李朵、张朵……怀孕也好，我得告诉他：别再哭了，叶慎寻。

“我没死啊，和你一样是遗千年的祸害。我俩不仅祸害，还很渣。你看，你明明都决定和谷朵结婚了，还带着这只笨拙的史努比，跑来我最爱的火锅店，为我的‘离去’痛不欲生。我呢，分明亲手将那姑娘推到你身边，现在却想反悔重来。”

但，那又怎样?

还没活够一世，我已错过多太多，不想再失去你了。

如果注定要伤害谁才能获得幸福，那我为这样一个你，做一回渣女……又如何。

热烈火花下，豁然开朗的我顿觉身轻如燕，抱着玩偶也不再觉累，三步并作两步地朝前方车辆跑去，跟燕子回巢似的。

为了显得匹配，我一边靠近一边还冲他大喊：“渣男！看这里！”

然而估计烟花声音太大，盖过了我的声嘶力竭。

商场外聚集的人潮也开始像模像样地倒数：“三、二、一……”

当“一”落地，那人捏着方向盘忽直身。然后，然后我就眼睁睁瞧着轿车冲上马路，仿佛已经在刚刚的倒数里将回忆全部了结了。

我一时半会儿没反应过来，抱着史努比蒙在马路上，所有一往情深的戏码烂在肚里。

就这样……跑了?

仙女和凡人果然不能在一起。违反天条，必遭雷劈。

有件事，我应该永远不会承认。

那就是，在叶慎寻绝尘而去的夜晚，我不知哪根神经搭错了，居然还抱着史努比，不甘心地追去了他的公寓。

正如方才的火锅店之行，我与他前后脚到。只是出租进不了小区车库，我不得已在马路边下车，没想他也没进地下停车场。

我在后座等司机找零钱，张望的眼睛转不停，差点儿就说出土豪专用台词：“不用找了。”

还好我没说。

否则我兴冲冲下去后，将如何面对那样足够刺破黑夜的温情画意？

流产过后的谷朵简直瘦骨嶙峋。

望城初遇，她也瘦，但很有生气。拮据的生活并没将她压弯腰，眼里的光华不比谁少。

我甚至怀疑过，两个人单独相处的日子里，叶慎寻也曾被那束明媚照耀，连别开眼光的动作都有些迟疑。

那晚，我印证了自己的猜想。

谷朵应该是特意下楼等人的。

进车库必然经过小区正门，她裹着带绒的披肩等在那儿。但正月的寒风并没对女孩恩赐，吹得一张小脸青了又白。

叶慎寻显然看见了她才停车，推开车门与她交谈几句。

忽地来了阵更邪的风，谷朵正好站在风口，他下意识展开外套为她挡寒流。

女孩可能没料想到他有此举动，怔了怔，旋即顺势而为栽进那怀抱，细细的骨骼将人箍得死死的，他没躲。

写东西的人大多对细节敏感，我亦不例外。

小说和电视里要生要死的离别场面，有时并不能打动我。打动我的，往往正是这些不自觉的小互动，叫人欢欣或鼻酸难抑。

虽然，直到这一刻，我都没怀疑过叶慎寻对我的真心。

但谁规定，真心只有一份，并且期限是永久呢？

至少他没对我说谎。

他说要重新开始，立马就能言行一致。我羡慕他。

我还羡慕可以在他怀里正大光明躲风的人，不用说一些言不由衷的话。

“姑、姑娘，我是真没五毛的零钱，没有要黑你的意思……要不，我微信扫码？您能别哭吗？”出租车里，司机小心翼翼地说。

我趁水花还不多的时候迅速抹把脸，头一甩：“五毛我不要了，再带我转一圈吧。”喊出了不要一亿的架势。

因着酒店就在公寓附近，我现在没法儿下车，只能毫无目的地游荡。

等再次回到酒店，我愕然发现自己身上也没现金了，手机也宣布电量低关机。

驾驶座上的司机一脸“城市套路深”的表情：“算了，也不远。下次遇见你们这种表演学院的，我绕道呗。”

企图维护半透明作者尊严的我尽力解释：“不，师傅，你误会了，我不是坐霸王车的人，我可是微博黄Ｖ！”

为了证明我不是霸王，我留下了那只史努比——

“看照片，那是您女儿？”我顺手指向车灯附近的挂件，“五六岁的小姑娘最喜欢玩偶啦，这个就送给她，抵消车费吧。”

司机应该觉得赚到，没推辞：“小女孩嘛，还真是，前阵子央着我买……”

男人眼里发着类似宠溺的光，我差点又热泪盈眶。

曾经也有这样一个人，在情浓时对我的耳朵讲，会宠我如掌上明珠。但后来，我才发现自己只是他的沧海遗珠。

他是宽广的沧海，我是遗珠。

叶慎寻和谷朵的婚礼正如各方消息所言，按期举行。

婚礼地点选在滨城一座海岛上。上面只有一家酒店，却从不对外营业。不知谁开的，有点富人后花园的意思。

我自知叶家长公子的婚礼能有多声势浩大，却没想提前三日就有私人邮轮靠岸，开始张罗。

受邀前去的宾客大多从海内外各地赶来，陆陆续续被接上岛入住酒店，那几日的报纸头条也多是跟踪报道和现场照片。

婚礼当日，我自然没伟大到去现场送祝福……

OK，是因为没邀请函的我进不去岛。总不能告诉别人“我是你老板的前任，没有婚礼请柬，可不可以刷脸？”

总之，我就站在最高的礁石上，远远望了那座热闹喧腾的小岛一眼。

海风吹得和拉萨山巅的风一样狠，我恍惚说过同一句话——

“I Miss you.

“But,I Missed you.”

我想你，

但我终究错过了你。

那天的二十四小时究竟多漫长，我第一次笔拙。

我只记得自己如何彻夜不眠地从头到尾回忆了一遍过去，然后在翌日清晨，鬼使神差地跑去迷谷森林，打算撕掉假墓碑上的照片。

白头偕老需要仪式，告别也需要。

我幻想着擦掉有关自己的所有痕迹，就能与过去真正道别，不料遇见叶慎寻的私人助理，沛阳。

沛阳当日应该是休假。惯穿正统西服的青年男子，身着闲闲的家居服，手里握着一盘录像带子式的东西。

他蹲下身去将带子埋进土里，一边埋一边哼哼唧唧：“这里面装着昨天婚礼的全过程。我猜，你八卦心这么重一定想知道。”

我扒着粗壮的树干兀自感动，沛阳还是挺有良心的嘛，不枉我“斗地主”的时候老让他赢……

“你看看吧，好好瞧瞧，自己究竟错过了怎样一个飞上枝头做凤凰的机会。”感动宣言没发表完成，我又听见这么一句。

这不是最绝的。

更绝的是，他忽然抱着墓碑，几近崩溃道：“看这形势，你是真要投胎做我的女儿啦？不要啊，程小姐，求求了，我不想将来和老板一样糟心！

“如果非要这样做，那你就保佑叶太太将来生个儿子。你去祸害他儿子，让他儿子叫我老子，带我一起飞，这样我就不排斥……”

……

叶慎寻把你当助理，你却想做他亲家，这年头真是人心难测。

但我还是接受了沛阳的好意，在他离开后，扒拉出录像带，带回纽约。

不久前才经历过一场大手术，来来回回的长途飞行还是让身体产生了不适。我在强烈的气流中吐得七荤八素，迷迷糊糊发誓，要找个金发碧眼，长得像布拉德·皮特的老外嫁了，生个可爱混血，才对得起这来回几万里路。

渐渐，飞机开始上到更高的云层，颠簸逐渐趋于平静。

没一会儿，空姐推着餐车经过。我要了瓶可乐，灌了一大口醒脑。脑子是醒了，却因为灌得急，忍不住打了个嗝。

恰巧有旅客去洗手间，越过我身边时忍不住回头嫌弃我一眼。

就那么一眼，再也没能忘记我容颜……

时间：2018 年 ×× 月 ×× 日

地点：飞机

场景：我举着可乐，打着嗝，僵着胳膊，和刘大壮四目相对。

不知过多久，有其他旅客提醒他让让道，刘大壮才回神，眨了下眼，抬腿向我走来。

明明就四五步的距离，他像走了四五年。

待刘大壮近到跟前，我的手还僵着，最终颇为机械化地摇了摇，声音也特别虚："好巧，你这是去纽约吗……"

"不然？"

良久，他面无表情地反问："难道我玩'绝地求生'，中途跳B城？"

呵呵，果然变了。

得知好友死而复生，不该是惊天动地地痛哭流涕吗？

他这都不叫冷静了，堪称冷漠啊！

我果然是个没人爱的孩子！我要闹了！我真的要闹了！

"看样子叶慎寻对你也不是多上心嘛。"忽而，刘大壮又说话了，这回是赤裸裸的讽刺语气，"带你度蜜月没私人飞机伺候就算了，连商务舱也不准备的吗？"

他迅速瞟完我周遭的一切："咦？你老公人呢？该不是你俩结婚第一天就感情不和吧！"

敢情他把我认成了……谷朵。

一时间，我真是悲喜交加。悲的是，我已经美得让他认不出我。喜的是，在他的认知里，我已经不存在于这个世界了，他还是一如既往地站在我这边。

谁能想到，有朝一日我原谅刘大壮，竟是因他从头到尾将"我"奚落了一遍。

当即我可乐也不再喝，转去担忧地握着他的手说："朋友，和'我'老公作对不是长久之计，毕竟叶家长公子称号可不是浪得虚名，回头是岸啊。"

语出，刘大壮陡然凝固在我手中，讶然的神色跃上面庞。

"怎、怎么？这就被吓到了？"

没出息的！我能指望你什么！

“改改。”

他终瞠目结舌地说。

事后，我问刘大壮怎么忽然又认出我。他说，因为我的厚脸皮。

“能如此厚颜无耻地叫叶慎寻老公还一点儿不颤抖的人，恐怕就你一个。”

滚滚滚。

现在让他跳B城还来不来得及。

言而总之，魏光阴精心为我策划的假死戏码，就这样轻而易举穿帮了。在我还没享受够折磨他们的时候，哼！

虽然，好像他们也没怎么受折磨。

盛杉顾着养胎。

叶慎寻依旧结婚。

我的编辑升职了。

连刘大壮都和好淑女交往了，这次就是结伴去纽约玩的。

世界并没因为任何人的离去停止运作。只有我，还是孑然一身的我。

想到这儿我就惆怅，好淑女看我脸色以为我还没原谅刘大壮，一路诚惶诚恐地扯着我的衣袖，生怕我又凭空消失。

“程程姐，你就原谅刘维吧。”她楚楚可怜地哀求，“你不知道，那叶公子的婚礼，他都差点绑炸弹去炸现场了。”

“那为什么没去炸呢？”我问。

刘大壮抢答：“因为上不去啊！”

他吼：“瞧瞧你这恋爱谈得，不仅自己鸡飞蛋打，连我们这些做朋友的也没捞到半点好。本来我爸还想趁机去送个礼，攀关系……”

“呵呵。”我直接笑出了声，“送礼我是帮不了你了。不过，送死可以。”

刘大壮寒噤一打，拉好淑女和萧何的母亲做挡箭牌。

哦，忘了说，他俩此行一是为了游玩，二是帮着萧何送他妈妈到美国去过年，让她多走动走动看看世界。

回到魏宅，我质问萧何："为什么你没告诉我刘大壮要来纽约，搞得我半点准备都没有！"

他一脸的莫名其妙："怪我啰？谁能想到你会抢婚失败呢。"

他想着，我都死皮赖脸回滨城求和好了，那婚礼的女主角肯定就是我了嘛，那我的假死亡信息大家都知道了啊，没必要再圆无谓的谎。

谢谢他考虑得如此周全。

刘大壮等人的到来，魏光阴也知情。

他似乎就是和大家开开玩笑，帮我出口气，没打算瞒多久，于是顺理成章地将萧妈妈与萧何等人都安排在别院住下。

兵荒马乱的一日，大家都忙着倒时差，魏光阴将接风宴定在第二天。

可叶慎寻与谷朵的婚礼尚有余威，让我患上某种无法闭眼的病，百无聊赖下翻出沛阳埋的那盒录影带。

宅子里有个小地下室，观影专用。我缩在沙发里欣赏大型挥金如土纪录片，还有各式各样在财经杂志上才能看见的面孔。

萧何不知是失眠，还是知道我会失眠，也适时地钻下来，说要见识见识土豪。

现场所有摄影好似都是用无人机完成的。不仅有岛上风光，还有上岛前一系列豪车抵达码头的盛况，隐隐约约还录下了我。

镜头很快，估计就两秒时间，很容易被忽略的细节。但看着那个站在礁石上的白色身影，我还是一慌："能不能不拍我略显佝偻的背影，拍拍我完美忧伤的侧颜？！"

萧何经我提醒才倒回去，定格，啧啧道："前男友结婚，你就穿这身去？

即便不能打扮成新娘，也不至于弄得跟伴娘似的吧……”

最近大家都不太想活的样子，究竟怎么回事！

鉴于我和萧何在地下室已经打成一团，自然没注意入口处多了道修长落寞的影子。黑暗成功将影子吃进嘴里，反复咀嚼，终于将它和自己融为一体。

翌日，接风宴。

还好有萧妈妈在场，刘大壮比较顾忌，没怎么发疯。只是在菜上桌的时候夸了几句地道的回锅肉与辣子鸡。

“哇，没想到美国也有这么正宗的中国厨师！”

第六感促使我尝了口，一下子尝出是小厨娘的杰作，想也没想“呵”一声。现在所谓的撒狗粮都不抽象了，来真的是吗？

坐我右手边的魏光阴秒懂，侧头瞄我一眼，尴尬地拢手轻咳：“蔻蔻今天没课，怕伯母吃不惯西餐，所以就麻烦她了。”

一桌的男人都：“不麻烦，不麻烦，好吃就行了！”

只有好淑女注意到重点：“蔻蔻是谁？”

这下魏光阴没敢接话。

好淑女将视线投给我，我阴阳怪气道：“不重要，吃菜就行了。你品，你细细品。”

不知是不是错觉，我竟恍惚看见右边的人弯了弯唇角。

可能带了滤镜吧，魏光阴无论做什么都好看极了，包括吃饭。男子细嚼慢咽着，眉骨轻轻跟着动，似乎海啸来了也岿然不动。

一顿饭吃到尾，萧何送萧妈妈去别院洗漱休息。

人一走，刘大壮就疯了，嚷嚷着要喝酒，为久违的团聚干杯。尤其他还要找魏光阴的碴，说我死亡的假消息都差点让他陪葬了。

“最痛苦的，不是遇见一个人，犯了一个错。而是你犯了一个错，却永远无法被原谅了。当我知道改改……当你那么认真地说她……你俩知道吗？我真的以为自己一辈子都没有机会被原谅了。”

刘大壮难得煽情，还是挺有效果，起码连我都给面子地陪他喝了一小口，萧何更不用说。

魏光阴今儿也不知哪来的兴致，刘大壮推多少过来他都接招，让我有幸见证了他从清醒到迷蒙的全过程。

原来，什么谪仙不谪仙都是忽悠人的。

不怕神仙清贵，只要他喝醉，都是三岁。

魏光阴喝多了倒不怎么胡闹，就是比较拧，你说什么他都和你反着干。你让他少喝，他就直喊倒酒。你让他休息，他说嗨到天亮。

中后程，男子上头，脸颊红红粉粉的，像成熟的蜜桃，让人想咬几口。

怕他身体熬不住，何伯终于肯与我眼神交流，齐齐将他架回了卧室。

只是这老头，一把他家先生扔上床就匆匆退出房间是怎么回事？像要送羊入虎口一样，可怕！

当然，魏光阴是羊，我是老虎。

身为老虎的我费尽力气将我的羔羊挪正位置，扯出被他压着的被角，盖在他身上。他可能头晕，手背贴着额头，我象征性地替他揉了揉。

我从来不知道自己可以如此温柔。

当初在斯里兰卡，为叶慎寻“滚蛋”，我还借机用力，报了仇。

但我也许，终生都无法对面前的男孩狠心吧。

哪怕他用我妈的骨灰威胁我，用药灌我，我还是连反抗都没有，视死如归。

啪。

一只长手忽抬起，没注意方位和分寸，打到了我的侧脸。我捂着脸稍稍往后退，便见床上的人两眼迷蒙、双臂打开对我说——

“来吧。”

我一惊：“来什么来！”

都怪叶慎寻这挨千刀的，老给我灌输些少儿不宜的词语和画面，让我此刻的想法显得很不正人君子。

没关系，我的光阴是正人君子。

我不断暗示自己别想歪，岂料那人压根没有放下手的意思，反而不自觉地嚼着嘴，好像有些不满：“玛丽苏必备桥段，男主角喝醉，女主角一定偷吻……来吧。”

呃。

“宝宝不是很明白玛丽苏的梗啊。”我半真半假试探着不知清醒还是不清醒的他，“吻之前需要说点什么吗？”

魏光阴孩子气地猛摇头：“不用说，做就行。”

喝醉的他还真是让人！

惊喜啊。

“既然这样，”我色鬼附身地咂几下嘴，甚至搓了搓手，“让我找个完美贴合机位的姿势！”

床沿，我左腾右挪，依旧怎么坐怎么不舒服。

还没等找到最完美的姿势，魏光阴先不耐烦了，唰地垂下手，泄气的口吻——“哦，对不起，忘了、我忘了……我……

“根本不是你的男主角。”

簌簌簌。

我一下感觉自己是颗柠檬，被人用力一捏，掐出酸水，浑身上下哪儿都腌得疼。

一瞬间，我觉得傻气的并不是魏光阴，而是我自己。

因我和叶慎寻一样，从头到尾都在期待一句真切的“我喜欢你”。

我们或许是在感情里缺乏安全感的人，才导致对方做再多，只要没郑重其事说出真心，就都不敢相信。

会猜他／她对我的好究竟是责任，是回报，是愧疚，还是爱。

我们奢求是爱，可他／她从来不讲。

现在，他一句“不是你的男主角”讲得那样隐忍深情，连带醉意里都染上哀愁，我心中一堆死灰眼看要复燃。

“原来，我不是你的男主角……蔻蔻。”

说完这句，魏光阴彻底睡蒙过去。

哈，哈，哈。

我会变脸是不是？

一会儿变他家谷朵，一会儿变你家蔻蔻是不是？

我不配拥有姓名是不是？

为什么没有一个人，从始至终只肯记住我一个人的名字。

我是改改啊，光阴。

我是程改改。

那夜的插曲，魏光阴一觉醒来后就忘了，我也没打算再提。

当你过于不想失去一个人，你就能自学成才如何权衡利弊，杜绝任何能让你俩变尴尬的可能性。

好在有刘大壮分散我的注意力，让我带他和好淑女好好逛逛纽约。

听说盛杉的宝宝已经能判断出性别了，是个男孩儿，路过母婴店的时候我没忍住停下了脚步，搜罗了好几套男婴衣裳，料子柔软，看上去也酷酷的。

刘大壮蹦过来摸我肚子：“不是吧，你们不过待了一晚上，就……”

激得我差点反手给他一耳光。

还没来得及打，微信弹出视频邀请。我摸出看，竟是盛杉。

“你已经告诉她我假死的事儿了？嘴巴怎么这么大！”这下我真的推了

刘大壮一把。

不是我故意要瞒着谁，而是有的谎一旦撒下，要去戳穿，极其需要勇气。尤其盛杉有那狠劲和能力，让我真正魂归西天。

“我没有哇！”他举手连喊冤。

只有好淑女镇定：“她不会是看见了婚礼纪录片？程程姐你不是被拍到里面了吗……”不愧是名校毕业，逻辑这么清晰。

铃声歇了又响，大有不拨通不罢休的架势。

见避不过去，我才心一横，接起。

“喂。”

地地道道的男音。

睁眼，发现屏幕上是周印。

我松口气，假装和他嬉皮笑脸缓和气氛，他却没打算给我脸，开门见山：“能尽快回滨城一趟吗？”

周印这人，气场和叶慎寻相似，尤其发号施令的时候。就算我不是他的下属，都有种必须听他差遣的错觉。

见他丝毫不关心我诈尸的问题，我意识到问题可能不小：“怎么了吗？”

“杉杉动了胎气。”

这趟回国我抱了必死的决心。

要么死在盛杉手里，要么死在十几小时的航程颠簸里。

其实，接视频电话的时候我还心存侥幸：盛杉在滨城，又怀着孩子，暂时杀不到纽约来。

可盛杉与周印这两口子何其人精，只怕早猜到我怎样想，直接找了个我没办法拒绝的理由，封喉。

如好淑女所想，盛杉是看了婚礼纪录片，在两秒内发现了我，可她不敢确定，才有周印打来的这通视频电话。

因为，她怕认错，怕这头还是无人接听。

医院。

好不容易挨过飞机一劫，现在来到终极难关。

打一进门，床上的人就只轻描淡写地瞅了我两眼，然后接过用人手里洗净的葡萄。

这个阶段的孕妇嘴好像很馋，却不能吃其他东西，只能吃些补充维生素的水果。不过这葡萄倒是可口，叶氏新引进的农业技术种植的新品种，一粒籽儿都没有，甜得发腻。

为什么我知道？

因为在盛杉审视的目光下，我紧张得口干舌燥，恬不知耻地抢了两颗她盘子里的葡萄润喉。

“说吧。”

看我准备得差不多，她出招了。

我这一说，差些说到天黑去。包括我为什么突然离开滨城，生了什么病，经历了怎么样的劫难，就差没把心窝子掏出来。

“反正，是光阴的锅，我也是事后才知道我‘死’了。”

谁叫他醉了还念念不忘别的女人！害我差点又自作多情！我要报复！

盛杉不知信了多少，眼珠子都没动一下，倒是葡萄吃到见底儿。三斤啊，她也是能干的。幸亏周印会赚钱，不然她能把他吃破产。

“知道了，滚吧。”

从我进去到结束，她统共说了这么两句。

我如蒙大赦：“嗯、嗯、嗯，奴婢告退！”一个福身后就往外跑。

生怕脚程不快，盛杉反悔，让她家保镖将我就地正法。

不过，我不会告诉别人，在转身的时候，我曾看见女子捏最后一颗葡萄时，指尖颤抖。很小很圆的玩意，她却像用了极大的自制力，才将它捏稳似的。

很多年后，再提起这段，盛杉漫不经心地讲：“那天，我居然发现，原来比中彩票还幸福的事情，是虚惊一场。”

对她而言，没什么比“虚惊一场”更能形容当时的感受了。

就像在梦里梦见恶鬼缠身，醒来发现只是梦。就像你以为失去了最重要的人，回头发现他就在身后。幸亏所有的黄粱一梦背后，都可能是虚惊一场。

“那我和你不一样。”我说，“对我而言，最幸福的事情还是中彩票。”

怎么可能有比中彩票还重要的事情呢？

如果有，那一定是因为他不缺钱。

盛杉：“是的啊，我不缺钱。”

……友尽。

但想想，我又不介意了。

起码，她真的怕过，失去我。

第三章

我真的懂

迄今，我仍无法阻止自己对你的爱意，

可我们都对命运的安排无能为力。

回滨城那阵，我赖在盛杉和周印家，过着大爷般滋润的生活。

盛杉吃什么，都有我的一份，差点把如今形销骨立的我补回婴儿圆。

犹记去他们家的第一晚，我口渴下楼喝水，在客厅遇见周印。恰逢用人打盹儿，他有心地看了下厨房炉上的汤锅，是盛杉明儿的营养早餐。

我倚着厨房门，两眼冒星星：“也不知道你这款的老公市场还有没有卖呀。”

“我很好？”他一手拎着炖锅的盖子，厚颜无耻地反问。

但我依旧选择诚实：“至少目前没找出什么缺点。”除了当年情急下给我的那一耳光。

“哦，”他忽而露出若有所思的表情，“我倒觉得自己有个缺点来着。”

“什么？”

“嘴不太严。”

倚着门框的我脚一溜，剩的最后一点点骨气立马喂狗：“先、先别告诉他。”

这个“他”指的谁不言而喻。

周印点点头。

我以为他同意了，正要说谢谢，男子又一针见血：“可你真不希望他知道？如果完全不想，在我给你打越洋电话的第一时间，你就已经拜托我了。”

真是，混账。

生这么聪明的脑袋还能有这么聪明的老婆，上帝能不能将幸运分点给我，呜呜呜。

可我确实没想好怎么和叶慎寻说。

总觉得无论怎样的开场白，如今都不再合适。

坦白是打扰。不坦白，是欺瞒。

仗着叶慎寻和谷朵度蜜月去了，我怀着这剪不断理还乱的心情在滨城待了段时间，顺便见了见我的编辑顾圆圆。

一见我，她先是吓得灵魂出窍，然后就开始拍手鼓掌——

“高招啊，高招。知道以前的笔名红不了，干脆换笔名写热门的重生文。为了写好，还亲身体验一遭？！”

我懒得解释，反正也没有人听！

况且已经升职的她，不断拍胸脯向我保证，这次卷土重来，一定将我捧得和 ××× 一样红。

离开办公室我就给刘大壮发消息，告诉他我要红了，要他准备好承包王府井书店的钱，未来给我开签售会。

他豪气干云地说没问题，更在当晚更新了微博：即将走红的我和 partner！

但你说，他发微博就发微博。为什么，要配图？

请向我解释，我俩在纽约掐来掐去的合照，为什么赫然挂在内容下方？

好，这些我都可以忽略不计……

“姓刘的，你为什么要用‘爱信不信’的 ID 发？你是不是故意的！”

“爱信不信”是我和刘大壮的组合名字。

当年我和他都喝醉了，比拼谁唱歌好听。最后谁也不认输，都觉得自己好听，遂一合计，干脆组合出道呗！

“有个叫‘信乐团’的，那我们叫爱信不信乐团好了！”我说。

彼时，叶慎寻就在驾驶座开着车。为了蹭他热度，喝醉的我还非要他注册微博，关注我们“爱信不信”的 ID。也不知道好几年过去，他还玩微博吗？如果他玩，那我就玩儿完了。

“啊啊啊！我忘记了，姐妹！”刘大壮在那头似真似假地吼。

“我信你个鬼！”

摔了电话，我就瑟瑟发抖去查看粉丝，希望看见叶慎寻早已取消对这个

ID 的关注。

显然，老天不会这么帮我。尽管他无头像、无简介等等，看起来像个僵尸粉，可他还是坚挺地躺在零星的粉丝列表中。

应该没这么巧？

度蜜月呢，谁有空刷微博。再说，他不度蜜月也不刷！

我抱着侥幸心理正分析局面，丁零零，手机大响。

夜深人静的这通来电，莫名让我额头冷汗一冒，捂着过快的心跳。

十几秒过去，我才有勇气探身去看显示最终眼一闭，崩溃接起——

“刘维。你最好有非常充足的理由，才敢挂了电话又打来。”

不知道我此刻就像一只惊弓之鸟，心情极为复杂吗！

生怕！

生怕，是他。

“别㞞，姐妹，我已经把微博删了，这不特意来告诉你一声儿吗！”青年在电话那头邀功。

我眨巴几下眼，企图平息怒气：“删掉不行，直接注销。”

否则他行事那么抽，难免哪日又给我挖坑。

可刘大壮也不怎么玩儿微博，搞不懂注销流程，我只好一步步教导。

身为孕妇的盛杉这个点一般已经休息了，为避免吵她，我刻意出厅，往空荡的院子里去——

“先打开客户端，然后点击‘我’字，找到账户设置，点进去，就有注销选项，看见了吗？”

不知为何，刘大壮好歹一个计算机专业学生，此刻像个手残，来回重复：“没呢，没看见啊？我俩系统是不是不一样？你的是 IOS，我的是安卓。”

“安卓和 IOS 差不了太多，你再仔细……”

“细”字还没来得及落地，一道影子，清晰地覆盖了我眼底所有景致。

我俩是面对面撞上的，他疑似刚摁了密码踏进院子。估计先一步听见我的声音，僵在那里，看我捧着手机由远及近。

黑暗中，彼此的轮廓与眼光都好似蒙上阴影，单靠院里的几盏昏灯，根本驱不开。

从前形容魏光阴，我最喜欢的词，是长身玉立、惊才风逸。

我以为，只有这样的美好才值得我铭记在心。

殊不知，原来仅仅需要一双黑洞洞的眼睛和一个荒唐自嘲的表情，就足够我心生疮痍，结出硬痂，却无力剜去。

我依然是捧着手机的姿势，好半晌才找回声音：“快、快……”

其实开场白，我是想祝他快乐。毕竟新的一年刚开始，有个好兆头总没错。可我甫一张嘴，竟不知自己究竟该说“新年快乐”，还是“新婚快乐”。

刘大壮不知我经历了什么，以为我催他呢，很高兴地说：“别催，别催，姐妹，找到了！我现在就把 ID 注销，一会儿再黑进网站将遗留痕迹抹去，保管叶总一辈子都看不见这条消息。”

而恰巧，我一时手抖摁到了免提键。

不过，这样也好，起码我的忐忑少了些，因为有人替我挡刀。

就算要死，也是刘大壮先死，嗯。

“呵呵。”

男子突然在夜色里笑，怪好看的。

我眼皮一跳，这才回神来挂电话，结结巴巴地问：“你不、不是度蜜月去了吗？”

他却没回答我的意思，只鬼使神差道：“不过如此。”

“呃，嗯？”

趁我不明所以之际，他忽然越过安全范围，近身来捏我的脸，牢牢拖到针扎一样的视线下方。

良久。

“差点认不出来。还真是你，程改改。”

说完，叶慎寻撤身，掸了下手，好像方才碰了什么不该碰的东西，持续失笑——

“没必要做到这种程度吧，”他讲，“谁离了谁真不行还是怎么的？假死这种鬼谎你都能扯出来。如果记忆没出错，我早就放你和你的光阴双宿双飞了，就那么怕我死缠烂打？”

他嫌弃的动作和嘲讽的口吻配合得相当好。刹那间，连我都以为自己有这样十恶不赦的想法，直想下跪认错。

可是，下跪有意义吗？他已经结婚了。

那个口口声声说要以我之名，冠他之姓的人，终究把这份权利给了别人。

“我俩什么时候能停止演这种虐心戏。”不一会儿，我强打精神开玩笑，“就不能走走怀旧路线，好好坐下来聊聊天？”

叶慎寻眸一黯：“聊什么，如何摆脱烂桃花的心路历程吗？”

他咄咄逼人，我有点快撑不住的感觉，只好胡扯：“不是啊，从黄金单身汉变身人夫的心理路程也能谈。最近写这种类型的小说，差点素材，大不了稿费分你一半。”

“嗯。”

他忽然后退几小步，看似闲适地往院里的石凳上坐，瞧着我，仿佛真要聊天似的：“开始吧。”

是我错了。真的。

我错在以为自己能接受他结婚这件事，就能从容面对他。

“要从哪里开始呢？”他终于别开目光，蜷着手，冥思苦想，“从你离开公寓的时候说吧。”

口吻虽云淡风轻，声音却是坚硬的——

“程改改，我差点，就死在那天了。”

如此平铺直叙的一句，却令我的鼻腔霎时翻起酸意。

当日情形历历在目，我如何推开面前这个人，冲进大雨里，被光阴捡回家。那锥心刺骨的一幕，同时刻进了叶慎寻的眼睛。

说好不追的，说好不看的，说好放她走的。

可若是每一句“说好”都能做到，世上就没有“失信”这个词了。

反正他很丢脸，他没做到。

“抱歉，叶公子。”我察觉喉咙一痛，吐出的声音都涩涩的，“伤害你不是我的本意。”

我只是必须在“伤害他”和“摧毁他”里选择一项，两者取其轻。

当初恶病缠身的我，有今天没明天，如何许他期望的每一天？

比起让他接受从此没有我的人间，不如让他怀抱恨意，和我攀比谁过得更好一点。

我曾经设想，若上帝垂怜，肯让我平安走下手术台，我就把所有的不舍和难言之隐说给他听。非得感动得他当场立遗嘱，未来的钱全归我才甘心。

我要告诉他，你知道那些药多难吃吗？那小半年里，我吞到味觉失灵，连最爱的麻辣火锅也尝不出味道。

当时我恍然大悟，原来活着已经是那样奢侈的一件事情，若还能额外拥有一份厚重的爱，我就应该去争取，即使做渣女也在所不惜。

可没办法，谷朵怀孕了。

曾经颠簸半生的我，终究不够狠，至少没狠到看一个鲜活的生命，自出生就背负沉重的壳。

我背过，我知道那是什么感觉。

我可以为了一份等候千年的感情，用尽手段，抢世上很多的东西。唯独，不忍抢一个手无寸铁的孩子的父亲。

我试过的，叶慎寻，我为你回了国、狠了心，却依旧没成功。

所以……或许是的……叶慎寻，我爱你。

迄今，我仍无法阻止自己对你的爱意，可我们都对命运的安排无能为力。

哪怕，是你。

“伤害我不是你的本意。欺骗我，是吗？”男子眼一闪，头偏得飞快。不肯再让我看清表情。

“算了。”不待我回答，他苦笑，“不重要了。”

我想说，重要的。

起码让他知道，他不是一个人在演独角戏。奈何缘和份两个字，一旦分开，不是无缘，就是没份了。

“真奇怪，程改改，你离开那些日子，我反而看清很多事情。以前，我眼里容不得一粒沙。认识你以后，我却将一把沙都揉进去，糊了眼睛，装失明。事实上，我没瞎啊。我甚至能感觉到，你对我总有几分真情，然而，终究比不上你对他满腔热忱。一旦选择来了，你总会与我背道而驰。我只是不想被选择了，程改改，你明不明白?

“至于死亡消息……”

那人顿了下，才道：“我不傻，并非没怀疑过真实性，但每当控制不住要去追究，就有一个声音说，她活着，在别人身边，与她死了，退出你生命，又有什么分别呢，叶慎寻？这样一问，我就清醒了，开始逼自己接受你死去的事实。渐渐我发现，难受肯定是会的。至于难受的程度……也不过如此。”

他嘴里的不过如此，原来暗指此。

“大概潜意识知道会被抛弃，因为被放弃过太多次，感官都麻木了似的。所有以为会崩溃的时刻，如今总算都熬了过去。虽然艰难，总算是走过了。”

这回，他总算摆正头看我。

见我怔怔望着他，哑口无言的样子，男子好像尝到胜利的快感，再度失笑，态度比刚才柔软许多——

“没办法，谁叫我前半生太得意？听说人若是太得意，就容易从天上摔下去。要想重新回到天上，需要经历一件比摔倒更痛的事情。这件事情，我想我已经历过。所以，我要回到可以呼风唤雨的天上去了，再没什么能绊住我的脚。至于你，程改改，你就留在有他的人间吧。就像你常挂嘴边的，仙人与凡人恋爱，会遭天谴。

“我和你，天上与人间，本不该相遇。”

好素材。

听完所有，我脑子里只冒出这仨字儿来。

卡文的时候找叶慎寻总没错，他从以前开始就是我的灵感来源，因为嘴够毒，金句频出。

没想到，如今他控诉的是我，说已经放弃我，我还是觉得他很棒。

“嘻嘻。”我不明所以跟着笑，“看样子顾圆圆的梦想真要成真了，她总算能把我捧为一线作者。”

兴许是我笑得不够真诚，叶慎寻觉得硌硬，当即起身，掰开我攥紧的拳头，将一串钥匙放我手里，要我转交给周印。

“只有我那层是密码锁，其余都是钥匙，他知道该怎么做。”

我脑子尽量转快，还是没太懂他意思。

他的目光恍惚有过一滞，唇线稍松：“那栋楼位置不好，留着也没什么用，打算卖了，给她建个基金，作为打入圈子的媒介，毕竟圈儿里的人都势利。”

哪栋楼，曾留过什么回忆，哪个她，我没自虐到再去追究。

“嗯，挺好啊。”

我面无异色收下钥匙，寒暄：“这么晚，你就为这事儿来？”

他点点头：“最近慎周有个重要项目，才改了旅行日程。明早的机票，想着走之前把该解决的问题都解决。”

不动声色扔刀子的本事有增无减。

“行，我明天转交，这会儿两个人估计都睡着了。”我搓搓无端冰冷起来的手臂，竭尽所能地礼貌道别，“那我先进去啦？你也早点回去休息吧，旅途愉快。”

这句是真心的。

叶慎寻，要愉快。像你没遇见我之前那样。

呼风唤雨，举世无双。

叶慎寻和谷朵度蜜月的地方在北欧。

别问我怎么知道。

我手贱呗，想去查看刘大壮到底有没有把 ID 注销掉。结果一走神，ID 输成了叶慎寻的，点进去发现有惊喜，原来的僵尸粉账号突然活过来，不但有了简介、头像，还有官方认证——

叶氏集团少东、慎周总经理。

太浮夸了吧。

若换作从前，我约莫要转发嘲笑，外加一个冷艳白眼。

可这毕竟不是从前。

于是我只能瞧着曾经熟悉的人，与另一个女孩，在我不熟悉的地方，拍下星光璀璨的照片，并作为头像。

照片没有婚纱照那般富丽华贵，只是简简单单两个人。他穿一件单薄的烟灰色毛衣，她穿米色连衣裙，站在漫无边际的银河下相视而笑。

不算很开怀，却透出温馨。

叶慎寻大婚，滨城谁人不知，普通小老百姓最乐见豪门恋情曝光。外加他这番高调秀恩爱，给削尖脑袋找素材的媒体提供了热门，几夜间粉丝就如潮。

刘大壮和好淑女也看到了热门，不约而同朝我发来“问候”。

“这芬兰的极光，确实绝了。”刘大壮那厮“哪壶不开提哪壶”。

我的手指正要点“删除好友”键，他像有感应，又补一句：“回头我也带姐妹去看！”勉强挽回。

“我才不稀罕极光。”我努力做出不在乎的样子，“我喜欢乡村、森林，老旧的地方。星辰大海，不适合我。”

刘大壮自知在我心口插了一刀，过意不去道：“不稀罕极光，《绿光》怎么样啊亲？”

差点我又暴躁了，以为他吐槽我头顶带绿，解释半天才明白他是要请我去看孙燕姿演唱会。

要说偶像，我其实没特别专情于谁，只不过听孙燕姿的歌曲多一些，喜欢她特别的声线。如今逮着机会敲竹杠，不去白不去。

滨城前两年刚建成的体育馆，还很新，能同时容纳两万人。

门口是一幅孙燕姿的巨幅海报，上面写着演唱会主题：在世界中心呼唤爱情。

于是乎，我高高兴兴地等着刘大壮一起来呼唤，结果这家伙失约了。因为他妈在买菜回家的路上被电动车撞了，说没大碍，他还是不放心：“得去医院看看。”

一听他不来，我竟隐约松口气，好像这才是我需要的。

我需要一场足够淹没我的盛大，才能让泄漏的悲伤毫不起眼。

《开始懂了》《绿光》《天黑黑》……

演唱会现场，经典老歌一首接一首，我也随大溜地跟着和，声嘶力竭、不哑不休。

吼到兴起，我跳上座椅，将手机当作话筒，怼在嘴边嘶吼——

“我真的懂！你不是喜新厌旧！是我没有！陪在你身边当你寂寞时候！别再看着我！说着你爱过！别太伤痛！我不难过！这不算什么！只是为什么……”

眼泪，会流，我也，不懂。

看我唱着唱着就嗨了，嗨着嗨着就哭了，旁边有两个结伴来观看的小姐妹主动搭话。A抽抽搭搭地问我：“看样子，你也喜欢孙燕姿很多年了啊，呜呜呜。”

我模模糊糊好像点过头，又听见B说：“我喜欢她十年了。”

A不认输：“我喜欢她十二年了！”

“你呢？”A想起什么，问我。

我感觉脸上坠落的东西抹都抹不及，只好敷衍一句：“……千年。”

“哈？”

A以为自己听错，我却实打实地听见了自己不成调的声音。

“两千年。”

我说。

那夜，回到盛杉家，我筋疲力尽。

明明没喝酒，也没做过量运动，却感觉小死一回，将所有的力气都花光了般，倒床就睡，连外套也忘记脱。

醒来已是午后两点，腿和胳膊悉数僵硬。

我挪了很久，才勉强从床上爬起，慢慢恢复知觉。

我站到窗边，拉开窗帘。外间春光大好，如画如卷。

“醒了？”

盛杉不知何时出现在门口，孕肚明显凸起。好在她早年有功夫底子，行动没看出什么不利索。

不用猜，她肯定知道微博的事，那恩爱秀得沸沸扬扬、尽人皆知。可她不提，只说用人临时请假：“家里除了汤没其他东西。给你做了汤泡饭，将就吃吧。”

汤泡饭的吃法还是我教她的。

上大学的时候，她不爱吃食堂，老拉我去校外打牙祭。

我不好意思每次都让她请客，却也实在没闲钱次次下馆子，索性把祥和里院长的绝活拿出来献丑，没想她还挺受用。

“哇，还有西红柿炒蛋！”

上桌的时候，我一眼望见。

盛杉耸肩，没觉得有什么的样子：“其他菜油烟味太重，再说我也不会。”

言下之意是，如果她会，她已经做了，导致我拢长发的手抖了抖：“盛杉，是不是周印做了什么对不起你的事……你直接告诉我！不用收买，我也会为你背炸弹。”

她摸摸我的头：“以为我家周印和你家叶慎寻一个样啊。”

话落，她总算意识到不妥，吐了下舌头卖萌：“呸，抱歉抱歉，别人家、别人家的。”

……

可当我喝着汤泡饭，吃着番茄炒蛋，那瞬间，我原谅了所有。

谁不渴望平凡简单的幸福呢？

大风大浪放在年轻的时候，或许是一段传奇，足以一生铭记。可风走浪退，望着一片狼藉，你还是会想念之前见惯的溪涧。

它翻不出绝美浪花，却能在你累了想歇息的时候，给你一点甘甜。

叶慎寻不过是累了，想歇息了。而我是他生命中的风浪，不是溪流。

我得放他离开。

如同当年，痛彻心扉去放弃一个叫光阴的男孩。

说曹操，曹操到，光阴来电。

我当着盛杉面接起，假装自己还有人在意："喂，光阴啊。"声音又甜又嗲。

青年约莫抚了抚下颌，纠结的表情不用看我也能猜到。

随便问了几句，他直奔主题："我近期要回国。"

"什么？你要回国？"我忙不迭地打开手机免提，"不用啦，盛杉在滨城呢，我能出什么问题？你好好在美国经营子公司，为这点破事来回跑没什么意义。"

电话那头又一阵静默。

"那个，是蔻蔻毕业了，想回来看看。她在国内举目无亲，我不太放心。"

"……"

蔻蔻是谁？

接收到盛杉揶揄的目光，我咳嗽几声，丢脸地挂了电话叮叮咚咚上楼去。

好吧，事到如今，我再不愿意，也得接受，这个女孩注定在我的生活中有姓名。

蔻蔻就是魏光阴那位小厨娘。

她姓梁，籍贯滨城，父母双亡，八岁那年被送到美国姑姑家念书。

梁家不是什么大户人家，她的姑姑嫁得却挺好，只是人微言轻，在大家族里说不上什么话。蔻蔻为了不让姑姑为难，从小就十分乖巧。念书和生活都不怎么叫她操心，更烧得一手好菜，才有与魏光阴的乌龙相遇。

如今她研究生毕业，想离开姑姑的羽翼，自己闯一番天地。

听国内的同学说，她们文学研究专业如今在国内也很有前景，于是她动了回国的心思。单枪匹马，倒颇有勇气。

我和蔻蔻并无交情，但见魏光阴对她如此上心，好歹白吃了一年多魏家饭，这人情得还。于是我不情不愿地向魏光阴要了一份她的简历，回头就递给顾圆圆。

她是出版公司老板的千金，加上前不久出版公司被评为全国百佳之一，如果专业对口，先给蔻蔻找份工作稳定下来应该不成问题。

那阵子我刻意关了网络，忙乎些有的没的，日子好似顺遂了些，连带新坑都有了想法。

这天，我正趁外间风雨大作，窝在房间里奋笔疾书，一道我以为永远不可能响起的手机铃声，伴着风雨的怒吼，将我袭击。

“……”

“……”

电话已连接，两边却沉默。

我沉默，是因为我不知道他意欲何为。他沉默，估计是觉得打脸来得太快。

一个月前，他还在院子里信誓旦旦和我说什么天上人间，不再相见。这天上和人间的距离，未免太近了吧，我都有些傻眼。

“搞什么？”

最后还是我先大气地开起玩笑：“事先声明，我不好婚外恋这口啊。”

叶慎寻终于放松，却没心情接我的茬，言简意赅道：“来叶氏医院。慎星醒了，要见你。”

叶慎星这小子，再不醒，我就要将他忘记了。

“不可能的，橙橙。”

他口齿清晰，貌似比他出意外之前的状态更好，只是脸看上去略微苍白："那些帮助过你的人，你才不会忘记。"

遣词造句水准尚待提高，但我的心怎么就软得一塌糊涂呢。

自打拉萨那场意外后，我其实没什么机会见到他。

叶慎寻他爸叶忻手段高明，自然不肯让我这个始作俑者再接近他的儿子，哪怕叶慎寻手段通天也不行。毕竟撒旦的招数，都是从撒旦他爸那儿耳濡目染的。

好几度，我都想说声对不起。却又觉得，有的东西不是一声抱歉或感谢就能抹去的，所以我选择不说，放心底。

叶慎星刚醒来就活跃得很，叽里呱啦说一通，还老神在在地吐槽："橙橙，我哥太傻啦！他居然找了个和你长得很像的女孩子来冒充你，还让我叫嫂嫂，我可是孙悟空的火眼金睛，一下子就看出她是假的了！"

"哦，呵呵。"我干笑，不知怎么接话好，随便问道，"那你怎么认出来的？"

他突然露出一抹只属于少年的红云："因、因为，大哥让我叫她嫂嫂啊！橙橙你答应过，将来嫁给我。你不会骗我，所以那个女人肯定是假的！"

逻辑，神了。

本来吧，我想用榔头敲醒他整日胡思乱想的脑袋。转念一想，嗨呀，这不活生生一出虐恋情深戏吗？

如果我真嫁给叶慎星，意味着叶慎寻得常常见到我，届时还得憋屈地叫我一声弟媳，家产也得被我分走三分之一。

我要用实际行动告诉他，什么天上人间？

老子是大宝，要和他天天见！气不死你！

正当我琢磨着要怎么开始这场大戏，医院花园里，我又见到了叶家那两位出类拔萃的人精对峙。

第一次，叶慎星为了救我受伤，在手术室里生死不明。

叶忻雷厉风行地抬手，给了叶慎寻一耳光：“你的自由完了。”

那天，我见男子颧骨发抖。因为丢脸，也因为害怕。怕自己的一时冲动，葬送弟弟的一生。

第二次，就是现在，叶忻指责叶慎寻不该将我带来医院。

这次他没挨打，也没有回嘴，只是沉沉稳稳地立在花园中央，沐了一脸日光。

此情此景，我忽而想起偶然见过的一句话：孤独不是在山上，而是在街上。不是一个人在角落，而是站在许多人中间。

其实，我一直想告诉叶慎寻。看见这句话的时候，我第一个想起他。

光阴的孤独，任谁都能一眼看穿，可他不同。

他的孤独，是与烟火一样的热闹。世人只见其艳，不见其背后落寞的烟。我有幸见过那团烟，才总想去做点燃他的火。即便无法拯救那份孤单，愿共燃。

“你确实不该叫我来。”

叶忻一走，叶慎寻转身对我。

或者说，不应该以他的名义叫我来。

如今他是有妇之夫，加之我和谷朵容貌相似，稍微有心的人扒一扒，估计他们叶氏的股价就得跌宕。

叶慎寻掐掐太阳穴，回避了我的话，只问：“慎星状态还好吗？”

我略一默，好半天才语气哀婉地对他说了两个字：“快跑。”

要不说他是人精呢。

只需一个表情，加两个字，他就能明白我想表达的所有意思，风驰电掣地朝着叶慎星的病房跑去，毫无形象。

花园就在病房大楼前，距离不远，可楼层高。叶慎寻被我凝重的神色给吓住，等不及电梯，扭头就上了步行楼梯，中间还撞翻好几个医生与护士。

等他跑到十九楼，推开病房门，看见一手拿吮指原味鸡，一手拿奥尔良烤翅的弟弟，内心是崩溃的。

“程、改、改。”

他回头来寻我，咬牙切齿。

我明知故问：“怎么啦？”

他依旧皮笑肉不笑：“现在问你‘快跑’这两个字什么意思，是不是太晚了？”

我维持满脸无辜：“没什么意思啊。就是只吃过猪肉，没见过猪跑，突然想见见哇。”

哐啷。

有人脸色悉数黑了，有人的炸鸡全部掉了。

那日，十九楼的走廊鸡飞狗跳。

叶慎寻是练家子、腿又长，可是，我机灵啊！

比起抓住我，打死我，明显他更在意他们家一天的股市行情，所以我专往人多的地方跑。

我一跑进人堆，他就得躲一遭，我俩来回躲猫猫的游戏玩得不亦乐乎。

最后还是我身体吃不消，举手投降，一番话说得漂亮：“怎么样？现在有没有感觉全身通畅？腿不抽筋了，脑袋不疼了，浑身热血沸腾、吃吗吗香。”

他猛地刹车，站在距我五步之遥处。

过了一会儿，见叶慎寻还没有想搭话的意思，我扶着墙补充：“运动能消解郁闷，这是科学证明……”

“你僭越了，程小姐。”

须臾，男子摆正脸色，泾渭分明地叫。

我被他忽然的变脸弄得丈二和尚——摸不着头脑，眼见对面目光波动厉害——

“在最应该为对方着想的时候，你选择了伤害。在应该干脆利落撂狠话的时候，又要打温情牌了吗，程改改？为什么，老做一些不合时宜的事情。”

我只是看不得他郁郁寡欢，没打算扯出有的没的，当即也有些委屈涌上。

“那你呢？”我呛。

“假装很努力地在奔向对方，最终还不是半路返航。”

第四章
输赢不过“瞬间”

年轻时经历过太多动荡，
如今只求安稳的我，多想拥有这般岁月静好。

叶氏医院。

“那你呢？假装很努力地奔向对方，最终还不是半路返航。”

好心被当成驴肝肺，我正在气头上，口不择言的毛病便轻而易举地犯了，丝毫没考虑口气听起来到底像不像控诉。

控诉一个人，轻而易举地放弃了我。

“这又是哪首歌的歌词？”叶慎寻愣了一秒，问。

我心虚地缩缩脖子，贼模贼样道：“……如今连套路都不管用了吗？”

他冷哼一声，表示回答。

“这样挺好的，叶公子。”我缓口气，直身，“之前你说什么天上人间老死不相往来的模式，实在太不现实了。且不算我们之间隔着盛杉、周印等共同朋友，单单是你家亲弟醒了，能有多少花样折腾……总之我一周可能就得撞见你好几次。如果每次都剑拔弩张跟杀了对方全家似的，不累得慌吗？就做点头之交，偶尔还能互相损两句不尬场，棒。”

忽而，叶慎寻脸上的笑容近乎刻薄了：“点头之交，OK 的。”

他赞同地下巴略扬：“不过，程小姐凭什么觉得我有精力和你互损两句？‘损’一个人代表多亲密你不知情？还是你改变主意了，觉得婚外恋也挺新鲜，想试试？”

此番他已经闲适地抄起手，姿态从容，打量我的窘迫。

想想，我和叶慎寻还真就是从斗嘴开始的。

他没见过我这么清秀脱俗的嘴贱王者，我沉浸在玛丽苏总裁剧里无法自拔，一来二去，王八对绿豆就……

“谁是王八，谁是绿豆？”他不满我的形容词。

我正要开火，远远传来一声呼唤——

“老公？”

我心口一刺，转身就逃。

叶慎星刚醒来，情况也不知稳不稳定。

叶慎寻不放心，召集了所有科系主任开会，层层分析可能出现的后遗症与应对政策。

病房里，我正想法子打发叶慎星，好趁机离开是非之地，谷朵却不放过我。

为什么用上“不放过”这词儿我也发自内心地不懂。

我记得望城纷乱热闹的街头，我一时兴起向她说起滨城，说起盛杉、说起刘大壮等一系列人物，她满脸憧憬地对我讲：“太多姿多彩啦，真想去你的世界瞧瞧！”

彼日，瞧着那张神似的面容，听着同样苦难的身世，我心下一动，某个荒唐念头不期然就起了……

“程程姐能抽出点时间吗？”

女子一身小香风套装，鬓角平整地出现在门口，全然褪去初始的青涩，变成外表合格的上流社会夫人。

她估计看见了我和叶慎寻交谈的画面，想问问究竟。

我正犹豫，她下意识地抬手看表：“青豆马上就放学了，想说我们俩一起去接她。”

青豆。

我和叶慎寻在拉萨收养的自闭小女孩。

拉萨一别，叶慎寻对我提过几句：“居住手续还得回滨城办理，有点繁复，加上这孩子遭过家暴太怕生人，得在她熟悉的环境慢慢养。”

于是我同意了留她在拉萨，让叶慎寻找专人照顾，如今看样子已经接来滨城。

校园附近人流量尤其大，车子有进无出，只得停在一棵高壮的梧桐树下等。

司机借着抽烟的名头，很有眼力见儿地下车，空留我和谷朵。

长时间无话。

她忽然失笑，侧脸看我："程程姐，你别紧张，我没有兴师问罪的意思。想着你和青豆许久不见，应该挺挂念，就自作主张邀请你过来了。你和他的人品，我还是信得过的。"

我难得被噎，一张脸姹紫嫣红："你不介意就好，我俩……的确有很多不得不碰面的场合。"

谷朵鲜妍的唇翘了翘，似是也陷入回忆，不无感慨道："别说碰面了。如果你想把他要回去，我也拱手奉上。我心里清楚，你一直记挂着那句'想去你的世界瞧瞧'，才把我带去他身边。"

"别这么讲。"和她的坦然一比，我倒觉得自己虚伪了，"我也是有私心的。"

真的有私心。

那会儿叶忻不许我和叶慎寻来往，甚至用我的性命做威胁，叶慎寻不得不妥协。

若非后来我父亲的老师、叶家最大佬叶舜山插手，我和叶慎寻连丁点后来都不会有。

可自打我莫名其妙离开滨城，跟着光阴去美国，叶舜山估计也对我失望了，再没掺和过这档子事，哪怕孙子另娶也无事，并且似乎没去参加婚礼。

"望城分别，叶慎寻太难过了，我才一通电话把你叫去。以为两全其美，他缓解伤痛，你看看世界……没想到我的自以为是害你经历那么多痛苦。"

谷朵反应过来我说的"痛苦"指什么，眼神黯下，很快又明亮。

"不重要。"她讲，"毕竟，孩子不是他的，失去也不可惜。"

语出，我下意识掐了把大腿。

“当年老爷子插手，你俩重新和好，到谈婚论嫁了，他找我谈过。看在你的分上，补偿自不用说，可他不知道，从他伸手抱我的那刻起，我想看的世界，仅仅就是那一个人而已。给我再多钱，送我去再美的地方，又如何？我的心被绊住了。程程姐，你应该明白吧？心被绊住的感觉，身不由己的感觉。”

我明白的。

感情这东西最没道理，从不以时间长短和付出比例论高低，输赢不过“瞬间”而已。

十岁，祥和里的森林里，有个小少年与我在暴雨中依偎。

他全副身心信任我、攥着我衣襟不撒手的情景，时至今日，依旧闪烁。

我曾经诚实地告诉叶慎寻，别期望我忘记光阴——

“那教我识文断字的男孩，要我学会等待幸福的少年，在他崩溃伤人时说‘幸好不是你’的人，我永远不能对他坐视不理。只是从今往后，我会把他放在合适的位置。毕竟该割舍的，在我妈服药自尽的时候，在你为了我生死一线的时候，我已经学习着割舍。但，就那么一点点位置了，希望你让我保留。”

所以谷朵的心情我完全理解，甚至觉得她傻气。

能不傻吗？

明明历经灾劫，还撑着笑脸感谢我把叶慎寻带给了她——

“摊牌当晚我喝了很多酒，不省人事，醒来后根本不知道自己在哪儿，只有凌乱不堪的现场……我本想瞒着，反正好像也没谁真的关心，谁知道后来怀孕了，接下来的事你大概清楚了。我当时卑劣地想，如果内疚能让他留下来，那就内疚吧，有什么关系？既然你都能勇敢地选择离开，追寻真爱，我为什么不能勇敢地留在他身边？有朝一日，他总能回头看我。”

至于孩子，的确是叶慎寻不小心碰掉的，当然谷朵也压根儿没想要。

她之所以一直没决心去拿掉，是怕一旦孩子没了，两个人之间唯一的那么点牵连也就断了。

“坏的不是你们，是我。”

末了，与我并排而坐的女孩说。

“开诚布公”四个字听着简单，要做到，何其难。

如果说，此前我还有些难以面对谷朵的情绪，此刻都无踪无迹了。

就该这样。

陪在叶慎寻身边的姑娘，可以不聪明，可以不漂亮，至少别再让他辛苦。

别像我似的，什么话都埋心里，要求别人去猜，要求别人站在自己的立场去考虑，那样一点都不可爱。既然天性如此，我做不到可爱，只能让他被别人爱。

“唉，原来，叶慎寻不是渣男。”

我的口气尽量轻松，掩住所有惊讶与动荡：“这样看，我还真是放弃了一只潜力股哈。不过，没办法，谁叫当初让我一眼万年的不是他呢？我的时光，早在他出现之前就被惊艳了。”

这句是实话，我并不心虚。

我不过隐藏了后半句：但，等待也是可以等来真心的。

有个在佛前守候两千年的人，就做了最好典范。

咔嚓。

车门应声而开。

我条件反射地抬头，对上一双机敏大眼。

那双眼里早没了瑟瑟发抖、小心翼翼诸如此类情绪。一张小脸也褪去高原红，露出满满胶原蛋白。

“姐……姐？”

她先瞧瞧我，再瞧瞧谷朵。

一时间，可能连自己也分不清究竟在叫谁了。

阴差阳错之下的种种原因，我没和谷朵同框过。现在像极了双胞胎的两张面容，让她神经错乱。

直到回到医院她还是蒙蒙的，见到叶慎寻连哥哥也不会叫了。

叶慎寻冲我飞眼刀：“你突然跑去吓人做什么？”

“我！”

谷朵在场，我不好让她背锅，只能自己把闷亏吃了。

“青豆，你不认识我了吗？我是程姐姐哇。”我冲小女孩招手，她却抗拒地往叶慎寻身后一藏，摇摇头，细声细气地对我说了一句：“我不认识你。”

小孩子记性不该这么差啊。

想我十岁的时候，谁欠我几分钱、我挨过刘大壮几拳，我可都记得清清楚楚呢！

“那你还记得‘I miss you’吗？是我教你的啊。”

我正要帮助她回忆，小姑娘突然眼泛泪花道：“程姐姐不会丢我一个人在陌生地方的，你肯定不是。”

刹那，我心如刀绞。

叶慎寻这个挨千刀的，肯定教孩子什么了，才让她说出足以诛我心的话，我还无力反驳。

是啊。当初口口声声说要陪伴她，保护她，做她的亲人。

最后却是我离开她，丢下她，才成了如今的路人。

“对不起，青豆，姐姐很抱歉。”

我半蹲下身，隔着几步距离望过去，试图用爱感化。

叶慎寻当着谷朵就白我一眼，完全不给我颜面：“如果道歉能当饭吃，你已经发家致富了。”

“说好不怼我呢？”立时我也恶狠狠瞪过去，“如果反复无常能赚钱，你也已经发家致富了。”

“所以我发了啊。”

他展臂，一副很有底气的样子。

好，我穷，我没底气，你们一家子好好过吧，哼！

那天，我彻彻底底尝了把局外人的滋味。

人在故事中，不觉牵挂重。一旦跳出故事，又怀念惊涛骇浪了，实在不知足。

至于叶慎星，在医院恢复那段时间被看得死死的，没什么机会折腾我。

于是我抓紧机会写稿，终于在截稿日前将全文发给顾圆圆，并趁机将梁蔻蔻的简历发过去，没想顾圆圆如获至宝。

“可以啊，亲，知道我们公司缺翻译，立马推了这样靠谱的一位来。”

出版公司发展业务，着手引进一批国外的著名小说版权，恰恰需要这么一位文字专业生。更完美的是，梁蔻蔻从小在美国长大，无论书面还是口语都过硬，如虎添翼。

“能不能给我点优越感。”我说，“本想叫你走后门，随便安排个职位让她先落脚，好展示我人脉宽广。结果你表现得那么开心和急切，弄得我作用不是很大欤？？？”

面对我强行刷存在感的举动，顾圆圆心领神会：“这样吧，不用面试了，直接让她来报到，够叫你有优越感了吧！”

“呵呵，并没感觉到！”

言而总之，梁蔻蔻在滨城的第一份工作就这么落地了。

她去出版公司报到那日，顾圆圆正好约我去印厂看实体书封面，自此我们两位“王者”终于打上照面。

“魏先生果然没说错。”电梯里，她客气地向我道谢。

而我比较关心的是，光阴到底说了什么。

她仿佛看出我的欲言又止，主动提起：“他说程小姐很特别，即使面对陌生人也是左道热肠。当时我觉得他带滤镜了，不太相信，现在看来，果然如此。”

原来我在他眼里形象如此高大，导致我朝电梯外走的那几步都轻快起来。

“哎呀，也没他说的那么好。”我摆摆手，“人在江湖飘，广结善缘没错嘛，什么特别不特别地。呃……他有说特别在哪儿吗？”

驾驶座上的顾圆圆从镜子里扔给我一个“厚颜无耻”的眼神。

“特别、特别……”

梁蔻蔻给我的第一印象尚算大方，这会儿却拘束起来。我心想，那得多肉麻，才让她在人前都不好意思说出口了？

直到她心一横，讲：“特别……傻。”

“哈哈哈。”

前方不出意外传来一阵魔性笑声。

真的……要不是想着稿费还没拿……我可能……

算了。

反正我的傻，在那男孩看来，早已司空见惯了。

“光阴说我特别傻。”

刘大壮：“嗯。”

“他居然说我傻。我的人设不是机灵小不懂吗？”

“嗯。”

“心里知道就算了，还告诉梁蔻蔻。”

“嗯。”

现在连刘大壮都对我爱答不理，我终于怒了，揪住他的前襟扯跟前来：“是时候让你们知道谁才是老大了！”

他挥开我的爪子，语气强硬中带点哀求：“五分钟、五分钟，bug 马上改完了！”

进入他爸的公司后，刘大壮总觉得自己大材小用。这不，要与时俱进，学人家开发手游。

他本来是计算机专业毕业，又认识几个搞游戏开发的同校生。还读书那会儿几个人就合计，弄了一款手游。如今与互联网相关的各个行业都崛起，刘大壮重新动了心思，遂拉着大伙成立了一间工作室，还幸运地拉到投资。

刘大壮：“你猜，给我投资的是哪家公司。”

“猜到你会快乐吗？”

“也许吧。”

“那我不猜。”

“……”

对付别人，我兴许差点火候。对付刘大壮，我信手拈来。

看看，他已经急了，甚至怕我起身离开似的，立马主动交代：“慎周！”

叶慎寻和周印的老巢。

兴许刘大壮想做浪子的愿望在我心中刻太深，以至于我总觉得他没正形，就算拉到投资也是通过投机取巧的方式，他却喊冤，说他是凭实力。

“大环境这杯羹谁不想分啊，慎周难不成不想赚钱？两位老总只是看准了形势，先下手而已。”

“谋定而动”倒是周印和那人的风格。

可我还是不相信，刘大壮的这款游戏能棒到让叶慎寻摒弃私人恩怨，光想着赚钱去。

直到我在刘大壮的逼迫下，成为第一批内测玩家。

“真香。”我捧着手机，对盛杉讲。

盛杉看我玩得不亦乐乎，也下了游戏来打发无聊时光，一边打一边吐槽我幼稚：“21世纪了，姐姐，还信江湖豪情呢。”言辞间不无鄙视。

我已然不是从前什么都想不到的黄毛丫头，挂上叶慎寻教会我的标准冷笑：“要真看不上，干吗给你家老公推荐？”

刘大壮才没有肥胆儿直接冲去找叶慎寻投资，更和周印不熟。如若不是盛杉牵线搭桥，他哪里能这般顺利地搭起戏台。

盛杉微微吃惊，而后杏眼一转，表情默认道：“和我师兄斗智斗勇的时候没见你武力值那么高，要不轮得到你在我家蹭吃蹭住蹭玩儿还气我吗。”

一句话戳我伤口。还点我，别忘记如今寄人篱下的身份。

我怎么认识了这么一群货。

不过，也好。盛杉找着乐子，周印就不怕她孕期抑郁什么的，有时还会好心情地上号陪娇妻。于是我们三人常组队打怪升级，还组团去竞技场虐人。

竞技场采取积分制，随便挑选角色与对手PK，赢的一队将获得积分，赛季结束能换取相应礼物，积分越高，礼物越好。

我最常用的英雄是奶妈，PK必备。

就在我扬扬得意，自认为操作娴熟到飞起的时候，一位刺客大佬出现了，让我败北一百次。

眼看积分噌噌往下掉，我爆炸得不行，通知盛杉要弃游，正在兴头上的她阻止了我。

“能有多厉害？”她不屑一顾，“加那人好友了吧？晚上邀请他打擂台。”

我想问，你一个比我还手残的姐姐究竟哪儿来的自信？

她似乎听到我内心独白，笑容更不屑了：“一定要亲自上阵吗？我又不是没人撑腰。”

呵。

没人撑腰的我，突然好希望大佬也能杀她一百次。

于是当晚，周印就在我和盛杉的唆使下上了游戏，邀请大佬进行 PK。

然而我们两队人方一进场，只见周印的目光在屏幕上定了定，突然拇指移过去打开语音频道，叫——

“老叶？”

那头于是也开了语音，语气不辨地“嗯”一声，立刻我就扔掉手机。

冤家路窄。

不开玩笑，我差点儿就要问刘大壮是不是故意写的这匹配程序，给我添堵，老老实实做个人不好吗？

可我还没回过神，就听见战斗即将开始的声音。我捧回手机，发现阵营里多出一位队友，正是叶慎寻玩的刺客。

我用嘴形问周印这是什么鬼，说好的帮我报仇，结果抱团了？你们是不是对报仇有什么误解？

他清清嗓：“打不过，就加入他。”

“……”

不愧是商人，很会分析利弊、总结经验嘛。

我本想退出组队，躺我旁边的盛杉忽然凑到我耳边道：“认真你就输了。”

我清楚盛杉在刺激我。

可转念一想，网络上我见他都想逃，以后真正的生活怎么过？终于我停住手。

叶慎寻和魏光阴瞧着南辕北辙，实际有个共同点：做什么都很有天分，让人嫉妒。

他建号的时间瞧着和我差不多，等级也到达上限。不同的是，他对每个英雄都信手拈来，甚至熟悉敌人的操作技能，完美闪避。

我一奶妈，全无存在感地在场上，看他血也不吃一口的骚操作，直到传来胜利号角。

盛杉乐得清闲，躺周印腿上去撒娇："以后都把师兄组进来好不好，我就不用动手啦。"

我被这一幕刺瞎眼，可也不得不承认，叶慎寻确实很秀，当下还发自内心地称赞："他的确是'爸爸'。"却忘了双方都还开着队伍语音。

此刻听了我的肺腑之言，某人忽然"嘁"一声——

"整天你都在认爸爸。"

盛杉和周印对这番话不明所以，我陡然失声。

当年，我俩逃去拉萨避世，遇见身世可怜的青豆。

我起了恻隐之心，想收养她。办手续时，工作人员例行公事地问我们，是收养形式，还是资助形式。我不懂其中的区别，叶慎寻简单粗暴地解释："收养她，代表我是她爸爸，以后能名正言顺地将财产过给她。"

立刻我就狗腿地叫了他一句："爸爸。"

我以为他要炸。结果他那样温柔地低头，摸摸我的脑袋说："叫老公，也有。"

……

"老公！"

清清脆脆一声，将我从似真似假的记忆拉回现实。

显然，这声不是我叫的。

"吃汤圆吗？老宅那边送来的手工汤圆。"谷朵应该是站在书房门口，声音有点远，有点旷，但不妨碍所有人听清。

叶慎寻犹豫了会儿，"什么馅的？"他问。

"好几种。有芝麻、花生、板栗，还有榴梿……"

这下，怪爱吃榴梿的人再不犹豫，“行，放着吧，我下楼吃。”回头又明显冲语音里的周印招呼，“这个点在线的人你们应该能应付，我下了啊。”

周印下意识道：“嗯。”接着歪头看我。

这两口子怕不是有毛病，为什么都那样看我？活像看封建社会的弃妇似的。要不是……要不是盛杉怀孕了，而周印我确实打不过，现在我就能点一把火，烧光他们家房！

反正，我绝对不会承认，突然酸起来的眼眶，仅仅因为那几句寻常得不能再寻常的对白。

一模一样。

和我曾经幻想过的，结婚生子后的日常，一模一样。

年轻时经历过太多动荡，如今只求安稳的我，多想拥有这般岁月静好。然而，它终究不属于我。

“它不属于我，还有别的‘它’嘛。”

临睡前，盛杉钻我房间里来，我主动开口让她帮忙介绍对象：“其实我并不想求你，但谁叫我身边就你一个上流社会千金？手中的优质资源肯定不少。我只有赶紧嫁出去这条路，才能不蹭吃蹭喝蹭住蹭玩儿闹。”

盛杉像早有准备。我甫一开口，她就摸出手机，打开相册，调好界面扔我跟前：“睁大狗眼好好挑。”

我选来选去，觉得这位长相不行，那位气质不行，这位品位低，那位浪子气息太重。一大圈看下来，我居然谁也没看上。

“果然，”盛杉抄手，幽幽道，“女人一旦错过最想嫁的人，就会变得极其挑剔，连你都有诸多条件了。”

从前，我可是只追求富有的。

“唉，你别这样讲。”我长叹气，“搞得好像嫁给叶慎寻是我人生的唯一出路一样。”

“难道不是吗？”盛杉一脸扼腕叹息的表情，“早有这觉悟，孩子都能打酱油了。”说完觉得哪儿不合适，又补充，“哦，不对，这孩子哪用去打酱油？可不全世界都捧手心上吗。”

为了让我心生悔意，她也是很拼。

“要不，我把他抢回来？”我不想气氛那么煽情和糟糕，没正形地开起玩笑。

没想到盛杉点头如捣蒜：“完全可以。”

为了配合她，我还堆出极其纠结的表情：“但我不想做破坏人家婚姻的第三者。”

“在感情里，不被爱的才是第三者。”

瞧瞧，这些听起来很有道理、实际鬼扯的言论，她就有本事说得一本正经。

“可……”

我还想反驳，盛杉身一转：“也罢。”她放弃治疗般，“你已经不被爱了，也没资格做第三者，还是降低一下要求，去相亲吧。”

呸！

所幸，生活也不仅仅让你挨刀，偶尔还是会给颗糖。

我的新书上市，反响不错，没多久就加印了，稿费比以往多一些。余留的部分我打算拿去旅行，带上青豆。

对青豆，我心有愧疚。

尤其那日在叶氏医院，她神色委屈地对我讲：“程姐姐才不会丢下我一个人。”

我的心碎了。

尽管我并不知情她何时被接来滨城，但我让她再度产生了被抛弃的感觉。

要让一个从小历经离乱的孩子敞开心扉，接受你，已经很不容易，可我却让她再度尝到孤单的滋味。

“理理我嘛，求你咧。”

那段时间我常厚着脸皮去学校转悠，还带去很多好吃的，企图拦截青豆，得到她的谅解。

她始终没与我和解，可也并非过分排斥。因为不知从哪天起，叶家的司机见我出现，就远远离开，小姑娘也没追究。

遗憾的是，她依旧不太与我交谈，与同班同学也不说。

有天不知怎么的，她被班主任带出校门，一头早已打理得秀美的长发乱糟糟。

我迎上去，在班主任的审视下自报家门：“老师您好，我是青豆的姐姐。”然后看看一直低头的小女孩，“什么情况？”

班主任语重心长：“你们家长可算来了！”她不无无奈地叹道，“青豆这孩子太内向，与班上几个大大咧咧的女生合不来，课间起了点争执。孩子嘛，年轻气盛，可不就……”

把学校的监管失误择得一干二净。

我竭力维持礼貌，从她手中牵过青豆，逆着熙攘人流走，这次她没反抗。

幽静的小公园里。

“你想怎么解决？”我用成人的方式询问，我知道她什么都懂，“要不要告诉叶哥哥？”

她坐在秋千上，抱着书包，低头思考。

“如果叶哥哥出面，欺负你和忽视你的人应该都会得到惩罚。可青豆，这是你希望的吗？”

她背脊一僵。

我察觉到她的小动作，循循善诱：“到时的确没人敢再欺负你。同时，也没人敢再靠近你了。”

孩子再自闭、再早熟，内心也是渴望朋友的，没有谁天生喜欢孤独。

如果事情演化到这一步，那和她留在拉萨有什么区别呢？不过是走在更拥挤的人群中，感受着加倍的孤独。

“姐姐，我不知道……该怎么办。”

她终于试探着开口，向我说起事情起因，和日常与同学们的相处。

听到最后，其实问题特别简单。不过是她每天穿着漂亮的衣裳，坐着昂贵的轿车上下学，还不怎么爱搭理人，于是被同学误认为骄傲又清高，自然不讨好。

我默了默，收起老成的说教方式，问她：“那你知不知道，人家喜欢什么呀？”

她想想答：“好像喜欢听歌曲。”

正好，我上次去看演唱会得了孙燕姿的签名CD，回头就让青豆背去学校，主动和对方示好。

她不太明白我为什么教她这样，可还是老老实实听话地照做了。

没几天，等我再去学校，她终于不再是一个人低着脑袋走出校门，任人潮擦肩。

十几岁的女孩儿，眉目将展未展，鬓角还呈着青色，笑得比太阳明亮。

她的目光搜寻到我，立马回头向其他几位姑娘挥手，疑似说再见，然后几乎是飞奔过来，差点将我扑倒，声音尖得爽朗。

我很怀疑，这孩子长大后会成为和我一样的大力士，不禁悲从中来。

大力士不容易得到疼惜，什么都得自己来。

没多久，五一小长假，我和青豆约好，带她去云贵川走走看看。

本来一开始怕她想念家乡，打算回趟拉萨，但她拒绝。

的确，只有苦难记忆的地方，在她心里应该没被称之为家乡。

“云贵川那边有什么？”她毫不掩饰向往问，“有很好吃很好吃的麻辣锅吗？”

她那段日子被我带偏，什么都学着吃，什么都爱上。

再这样下去，我感觉叶慎寻要给她换学校、换住址，不让我接触了。

小丫头其实很机智，看穿我的顾虑，悄咪咪说：“没关系，有慎星哥哥做挡箭牌。”

她无论带回去什么零食，都说是给叶慎星带的，谁叫那家伙也贪吃！

可我万万没想到，青豆与叶慎星的革命友谊已经到了秘密共享的地步。譬如，我要带她去云贵川的事，没几天就泄漏了，我接到叶慎星的追命电话。

“橙橙为什么不带我？为什么？是我不够好，还是你变心了？”

我能怎么办？只能回答：“对啊，是变心了。”

那家伙就开始作死，声称要绝食，说我狠心，说他在医院里受尽折磨，我却连散心都不带他去。

要不怎么全世界的大人都想再做回小孩子呢？因为讲话不用负责任，想威胁就威胁，旁人还会惧怕真实性。

没办法，怕他真绝食，我只能从稿费里精打细算再分一笔出来，决定带上这货。

事实证明，我很傻很天真。

叶慎寻护弟狂魔的称号是瞎叫的吗？

叶慎星在床上躺了两年，才死里逃生，把他交给谁照看，叶慎寻都不会放心。于是这趟原本只有两个人的行程，又硬生生多出三个：叶慎星、叶慎寻和谷朵。

临出发前，盛杉阴阳怪气道：“我怎么觉得，我师兄带上谷朵，是为了监督自己别越轨呢？”

我不要她觉得，我要我觉得。

我觉得……

“姓叶的，你再说一遍。”

机场大厅，捧着叶慎寻递过来的一套衣裳和一副墨镜，我整个人是崩溃的。

他说我和他老婆长得太像了，为避免被记者拍，产生不必要的误会，希望我全程戴上墨镜，再换一身看起来就像是女佣的衣服，这样大家就以为我是保姆了。

“我凭什么！”

叶慎寻指指机场那一大面落地玻璃，让我看：“自己什么定位，心里不清楚吗？”

镜子里，我一手牵着青豆，一手拉着行李和杂七杂八塞不进行李箱的日用品，看起来，真的和保姆没什么区别……

况且，我旁边还站着光鲜亮丽一对璧人，的确相形见绌。

第五章

喜欢一个人

原来所谓的宿命，是他终于回到他的天上。

而我，继续徘徊在人间。

我这一生，错就错在，让叶慎星为我挡了一刀。

如果他没挡那一刀，谁要给他哥面子？老娘立马不去了！谁愿意看你们秀恩爱似的。

真的是秀恩爱，从上飞机开始就没完没了。

叶慎寻难得大气，把我的机票也升舱了，说免得叶慎星和青豆老想跑经济舱来找我，折腾。然后我就眼睁睁地看着他对谷朵嘘寒问暖。

谷朵流过产，休养期间好像还受过寒，总之身体没以前好，牛奶也得热过再喝。

因为他的周到妥帖，加上五官那么好，服务的空姐忍不住多看了他们两眼，夸赞：“您太太长得好像一位女明星啊。就眼睛特大那个，经常演格格。”

叶慎寻帮助对方报出名字：“×× 吗？”

“是的，是的，先生。”

他含情脉脉地看了谷朵一眼，居然不知廉耻地接下：“似乎有那么一点。”

骗子的惯用招数吗这是？以前浓情蜜意的时候，他也夸我长得像范冰冰呢！

盛杉：“什么？说你长得像范冰冰？还真是骗子啊。”

我竟无力反驳。

有的事经不住回想。越想越抑郁，越想越抑郁，差点我就摘下墨镜让那空姐瞧瞧，我俩究竟长得像谁。

“那位小姐的牛奶也热一下，谢谢。”

正当我走神，忽闻一嗓，紧接着就被叶慎寻淡淡一句给钉在座位上，居然心虚到头也不敢抬，更别提瞧他一眼——

果然，果然，这家伙绝对有做渣男的潜质。婚都结了，当着老婆面也敢关心前任，胆儿太肥了、太肥了……

我要不要接受好意？要不要？很纠结啊！

毕竟我是自诩道德感超标的仙女宝宝，和已婚男人扯上关系很跌份好吗？

此刻我内心一片慌乱，但显然已经没有说“不”的余地。因为空姐甜甜地应了叶慎寻一声，便抬腿朝我走来，阴影越罩越近。

末了，脚步声在我旁边停止，她弯腰，制服上的馨香入鼻。

“妹妹，姐姐帮你热下牛奶哦。”

真的是，现在各行各业见谁都流行叫妹妹，叫得我一个女孩子都内心发酥，很不好意思地小声解释：“其实我只不过看着年龄小，我俩的岁数应该……”

话没说完，只见青豆从我旁边将牛奶杯递过去，礼貌道：“谢谢。”

呵。

搞半天，叶慎寻指的“那位小姐”是青豆。

我可去他的。

好歹我也为他捐了个肾，怎么，不配得到一杯热牛奶吗？！

“哈。”

自作多情的我气到朝天一声。

青豆是聪慧敏感的小女孩，她似乎察觉出我因为什么不高兴，最终将自己的热牛奶小心翼翼地推给我：“姐姐，你喝呀。”

一下，我自惭形秽。

——已经不复从前了，程改改。

莫名地，我心头浮起这足以让人抓心挠肝的一句。

但从前又是怎么样的呢？

飞机巨大的嗡鸣声中，我努力回想，居然都不是和他惊天动地、要死要活的悲惨时刻，而是曾经好眠醒来的某个黄昏。

似乎就是前两年的事儿，我的行李被叶慎寻悉数拎进公寓，就此开始同住一个屋檐下。

那阵子我的心理状态好了许多，渐渐能从我妈和恩怨情仇的阴影里走出，开始或伪装或真实地去生活。

叶慎寻察觉我的改变，也很高兴，趁着圣诞将至，带我进行了几天几夜的露营，美其名曰“靠近自然看星空”。可那地方不知有什么东西，回来我就生了疹子，向着侧腰延伸。

这也是为什么如今我听见“星空”俩字儿就脑袋疼的缘故。

不过，我从小皮糙肉厚，受过的小伤不少，更是蚊子乐意亲近的对象，于是病起的时候我并没太在意，只在药店随便买了管治疗皮炎的药膏解决。

谁知翌日清晨，我被腰部的刺痛闹醒，发现疹子越长越多，密密麻麻，像条绳子要生生将我勒死。

恰逢好淑女闲着没事织了两条围巾，将其中一条送公寓来作为圣诞礼物。她看见我腰上的状况，一脸的触目惊心：“程程姐，得赶紧去医院啊！”

依好淑女讲，我得的病，在医学上叫带状疱疹，在民间却有个骇人听闻的名字：蛇缠腰。

据说一旦疱疹长满一圈，回天乏术。

“倒没那么夸张，”作为一名向南丁格尔发过誓的护士，她有义务破除封建迷信，“疱疹是由病毒感染分布在皮肤表面的，对人体的伤害不大，通过止疼和抗病毒药物治疗便好。但你情况特殊，经历过大型手术，身体免疫力和解毒指数都低，一旦出现带状疱疹就容易被病毒入侵血液，完全可能引起肺部和中枢神经系统的感染，届时问题就大了。”

叶慎寻一听，那还得了？压根儿不问我意见，又生拉硬拖地将我押进极其讨厌的地方。

毫不夸张地说，我给叶慎寻捐肾都没那么煎熬过。打了麻药，醒来又用了镇痛的点滴，起码的衣食睡觉问题不大。然而那次得疱疹，则颠覆了我对

“折磨”的认知。

太疼了。

事后我再回想，亦忍不住爆一句粗口，几度有过一死了之的冲动。

好淑女努力将疱疹说得跟普通皮肤病一般轻松，但它的治疗周期长，疗效也慢。我只记得腰上的水疱越来越火辣辣、亮晶晶，随时都像微型炸弹要爆开似的。

不碰，疼。一碰，炸。

反正生病那段时间，我的眼睛每天都是水龙头，除了哭毫无办法。有时睡觉或翻身不小心碰到，我痛得受不了，就叫叶慎寻的名字，骂他不该带我去看星星看月亮，总之花样取闹。

就这样过去一周，病情还是不见明显好转，我完全崩溃了。

病房里有个小阳台，我越看越想爬，跟神经病似的。吓叶慎寻半死，只好找人没日没夜地看着我，熬红了一双又一双眼睛，逼得沛阳都想拉着我一起跳了。

“能不能给她用镇痛泵？”叶慎寻也难得没了主意，出下策。

主治医师酝酿着一个白眼，不知当翻不当翻：“叶总，镇痛泵一般是给大手术术后患者或者产妇用的……”

“麻药呢？打一针就晕那种。”

“……总不能没日没夜地打吧，如果您不希望程小姐醒来变智障的话。”

“那她痛啊！”

很不讲道理的样子。

医生内心：关我什么事！带她看星星的不是你吗！

最后别无他法，寻来一位民间老医生。

老医生开了一辈子的诊所，对皮肤病的治疗颇为拿手。大致瞧完我的症状，他让人去医院开相关针剂，要往我背脊里扎。

一个皮肤病而已，还要动脊背？扎针就算了，还让准备线头、打火机。

见状，叶慎寻蹙眉，明显不太信任，其间叶舜山闻风赶来。

“让人家治。”老爷子发话，“我们打鬼子那年头条件艰苦，怪模怪样的病多了去了，哪有这么好的医疗条件？还不都靠民间土方活下来。有方法一试，总比坐以待毙好。那么多大风大浪都挺过来，总不至于在这儿栽跟头。丫头，你说呢？”

我强撑着最后的理智，看向面目严冷的老人，撒泼耍浑那套怎么都使不出来了，只能虚弱地点点头。

那天以后，我不再惧怕任何。剜骨剔肉不过如此。

老医生的方子太偏，疼痛难忍，我全程哀号，水珠子大颗大颗往下滚，砸在叶慎寻被抓皱的外套上，形成印子。

叶慎寻见我反抗太厉害，怕我掉下床，只能全程箍着我。

因为拥抱太紧，以至于我都分不太清，究竟是他在颤抖还是我。

一系列治疗下来，我筋疲力尽，眼皮一闭，昏天暗地。

等我再度醒来，已是翌日傍晚。

察觉脸部温温的，迷迷糊糊摸索过去，发现一只手掌正搭在我脸庞。

它的主人约莫在睡前安抚过我，连手指都僵了，只剩下微弱的体温，后来兴许因为太累，干脆趴床边睡着，歪着头，很不修边幅的模样……

不像现在。

不像现在，衣着光鲜，小憩在蓝白相间的天光里，轮廓分明、鬓如刀裁，好看如谪仙。

可依偎在他身边的人，不是我了。

耳机里循环着不知谁的歌曲：就当我上辈子欠了你 / 就当这是今生的宿命。

原来所谓的宿命，是他终于回到他的天上。

而我，继续徘徊在人间。

此行第一站是四川，甘孜阿坝的方向。

正是郁郁葱葱的季节，随便一举目都绿意连天。

景区里没有机场，要进去只能坐大巴，时间有些长。中途在加油站停靠的时候，叶慎寻准备下车。我以为他要去洗手间，准备把闹腾的叶慎星推给他："你弟也要去！"

他头也不回："我买话梅。"

谷朵晕车，一路上昏昏沉沉，说想吃酸的。

下意识我瞄了眼她的肚子，脑子里立刻闪过不和谐的画面，连带着说话都不自然了："哦，哦，那我陪慎星去洗手间。"

从洗手间出来，不远处就是便利店，叶慎星被顺风飘来的一阵热狗气息给馋着了，拽着我上前。

叶慎寻也在便利店里。

高架子前，他一手拿一袋品种不同的话梅专注地研究，随后问售货员："哪种话梅更酸？对晕车比较有效？"

售货员："先生，晕车药效果最好。"

"药怎么能乱吃？"他语气忽而严肃，令售货员噤声。

很久很久以前，盛杉开玩笑："你根本想象不到，嫁给我师兄究竟多幸福。"

"说得像你嫁过他似的。"

"但我嫁给周印了啊。"盛杉歪在沙发上，得意忘形道，"他和周印是同一种人。看着很难搞、很有原则，可一旦你真正靠近他，你就是他的原则。"

我的确真正靠近过叶慎寻。

可在那晚，他下意识为谷朵挡风的那一秒，我隐约清楚，自己也真正失去了他。

“橙橙要吃烤肠吗？”

便利店里，叶慎星拿起两根向我献宝。

我不动声色地撇开眼睛，转而冲男孩点点头。

“要辣椒吗？”售货员问。

“要很辣。”

“很辣是多辣？”

“辣死我那种辣。”

这样我就能顺理成章地解释眼里突生的潮湿。

没想到售货员还挺搞笑，一边往烤肠上撒辣椒一边操着川普对我讲：“喏，辣椒我给你下本钱放了撒，等会儿辣到买水也要回我这里买啊。”

须臾，我失笑，眼里的潮湿褪去。

叶慎寻恰巧来柜台结账，见我笑得明朗，反倒一脸不爽，推推我的肩膀：“麻烦让让。”

“……神经病。”

给老婆买话梅了不起？哼！

要看大山大水自然不容易，目的地附近大多是民宿，没什么星级酒店。尽管房间布置得挺温馨，却也改变不了僻壤的环境蚊虫漫天，夜晚更甚。

赶路一天，叶慎星也累极，扑上床就呼吸绵长地睡去。

我们三人一间房，三张单人床。我忙着整理行李，等闲暇回过头去，发现光线微弱的台灯旁蹲着个小女孩儿。

她衣袖全挽，几乎折到胳膊尽头，然后用自己光秃秃的皮肤去吸引附近转悠的蚊子，以免熟睡的男孩被叮咬惊醒。

他俩的革命友谊，还得从叶慎星昏迷的时候说起。

早熟的小姑娘不愿白吃白喝，在叶家生活得小心翼翼。叶慎寻何等人精，察觉出她的敏感，主动提议要她帮忙照顾叶慎星，就当回馈恩情，从而打消她的顾虑。

自那，每天放学后，青豆的第一站都是医院，帮着护工照顾叶慎星，做些简单的事情，例如擦手、喂水等。

久而久之，她知道了叶慎星的身份、名字和他儿时遭遇的意外。

小姑娘的同情心一旦泛滥起来，谁也拦不住，我就是最好的例子。

若非当年我对某个少年心疼到骨子里，一心想做他的太阳，驱散笼罩他的黑暗，如今我恐怕亦不知在哪个方向。

青豆沉浸在自己的世界，一会儿扇风，一会儿捏蚊子，不厌其烦、心甘情愿的模样。我打量着她，仿佛通过时光机打量着十年前的自己，太傻气了。

但，傻气得太可爱了。

乡野蚊子实在太多，我有些后悔另辟蹊径看山水的决定，终于忍不住下楼找客栈老板要蚊香。

叶慎寻和谷朵的房间就在我们隔壁。我左思右想，还是不计前嫌地给他俩也要了一盒，并亲自送去。

谷朵好像在洗漱，浴室有水声。我埋着头，尽量不去想些有的没的，只将蚊香盒塞他怀中："知道你细皮嫩肉，明早别想拿被咬了做借口，耽误行程。"

他唇一扯，竭尽礼貌的口吻："谢谢。"接着毫不留情地摔上门，门风扇得我刘海起飞。

呵，剧情是不是错了？

琵琶别抱、另娶他人的……是谁！

回到房间我还赌着口气，客栈送上来的炒饭也没吃几口。

大概过了十来分钟，我越想越过不去，又砰砰砰去敲了隔壁的房门，开门的还是他。

“这回该不会是来送打火机的吧？”他抄手，倚着门框，神色突然揶揄。

我假笑：“不是。刚刚老板娘对我说，蚊香要钱的，谁拿就算谁头上。既然这样……您知道我很吝啬的。”言下之意要他将蚊香退回来。

叶慎寻有些蒙，方才的闲适一扫而光，立正身子好像气得要掐我两把，但他的手在半空中顿住。

好一会儿……

“等着。”他面无表情地转身。

再出来时，那盒刚刚拆了封条的蚊香被他扔回我手中，“消失。”他言简意赅。

看他太阳穴附近青筋暴突，我心里总算畅快，忍不住大着胆子挑衅：“这就还给我了？不放点狠话不是长公子的风格呀。”

叶慎寻冷笑，肩膀跟着轻抖：“和女人打情骂俏这种事太暧昧了，不适合已婚男人，更何况我还是已婚的好男人。”

他在气我。他在气我。他在气我。

心里默默重复三遍，我才平心静气地转身，给他一个“老娘不在意”的潇洒背影。

还好他没有再和我多说几句。

否则，我留给他的，估计就是颤抖的自己。

晨。

我就知道不能和公子哥出门。

记得初相识那会儿，也有慎星，我们三人去徽州呈坎。实则我制定的旅行计划有好几处景区，风情面貌各不相同，偏偏叶慎寻赖床……

叶慎寻：“说清楚，谁赖床。”

喀，偏偏叶慎寻灌我酒，我喝醉赖了一天，可接下来几天都是他赖的！他说呈坎太安静、太避世了，让人有种一睡不醒的冲动，接着他就一睡不醒了。

而此时此刻——

“麻烦您告诉我，这次让您一睡不醒的原因是什么？”

那人不以为意地伸个懒腰：“理由你昨天不是帮我找好了吗？”蚊子太多，睡不着。

偏偏我还把蚊香给抢回来了。

立时，我想给自己一耳光。

错过了早上坐大巴去景区的时间，我们又得在这山野留一晚。其实客栈偏归偏，价格并不便宜，因为恰逢五一，一年之中难得涨价的契机。

老板娘见我们还要留宿一晚，估计有些过意不去，特意拿来家里的腊排骨，说晚上给我们做顿当地特色的蜡排骨火锅。一听有好吃的，我就浑身得劲儿，也懒得埋怨了。

白日待在房间太无聊，我挂了相机要出去拍照，青豆和叶慎星俩跟屁虫自然少不了。

叶慎寻本不想去，被那俩孩子拽着，一口一个“哥哥”地叫着，搞得他烦不胜烦，只好闲闲散散地跟着。他时不时也陪谷朵蹿进周边小店，看看有没有什么稀奇物件。

稀奇东西没见着，稀奇事倒是有一桩。

就在村中央，我抱着相机沿溪流一路拍过去，发现镜头里多了密密麻麻一堆人。

看样子不是游人，大多是村子本地人，拎着篮子、扛着锄头，装扮朴实。

叶慎星是人来疯，见不得热闹，钻天猴似的闪过去，叶慎寻拉都没拉住。怕拉萨的意外重演，我相机也顾不上了，慌忙跟去，走近才发现人群里面还有几位便衣警察。

“怎么回事？”立刻我也没出息地八卦心起，问身旁五十来岁的本地大姐。

大姐普通话不太好，勉强能听个大致。说是他们村有位姑娘，不知用了什么手段，竟将一个青年男子囚禁在这里长达一年。

青年男子貌似也是前来旅行的游客，估计和姑娘有什么牵扯，总之男子家人报了警，一系列走访侦破下才找到些蛛丝马迹，和这位貌不出众的女孩产生联系。

大姐：“里面好像挖了个地窖，放了很多酒坛子，她把人家藏下面，不知道搞什么。”

村民A：“这你就不懂了吧？小春得过脑膜炎，本来脑子就不太好，哪个正常男人肯娶她？好不容易遇见个长得好看的，不得想办法拐回家啊，哈哈。”

大家你一句我一句地讨论着，也不知哪个版本才是真的。

小秋：“不许你们这样说她！”

另一姑娘从人群里冲出，推就近的村民A、B一把，看样子是那位小春的好朋友，从两人取的别名便可见一斑。

不一会儿，一个身形微胖的女孩被警察围着带出家门，脸上还蒙着口罩，看不清真实模样。但在所有避之不及的肢体动作和眼神里，唯独这位小秋冲了过去，央求警察从轻处分。

小春露在外面的一双眼睛紧紧锁着好友，却抽不出手去抓住对方，只能任眼眶微红至泪水泛滥。

临上车前，她张嘴说了两句什么，小秋开始猛哭。

然而现场叽叽喳喳，大多的人看热闹不嫌事大，根本无心关注她到底说什么了，只顾逞口舌之快。叶慎寻在那头，护着叶慎星也没空听闲话，似乎只有我的耳朵截取了那两句。

接着我抑郁了。

晚上的腊排骨火锅也没味道了，反倒要来几瓶当地啤酒，说要庆祝慎星恢复健康。

叶慎寻欲言又止。

好几度，我都错觉他要发火了，可他隐忍的功夫也不知哪儿练的，分分钟转怒为安，冲我说了五个字：“你高兴就好。”

他真的不同我斗嘴了。

一想到这儿，贱皮子的我惆怅不已，酒量大增，找老板娘又开了几瓶，最后晕晕乎乎被叶慎寻扛回房间。

晚上有个什么篝火晚会，是住在附近的游客自发组织的，青豆和叶慎星要看热闹去，他让谷朵作陪。原因是他老婆太柔弱了，扛我上楼根本不可能。

呵、呵。

我们的房间里还有蚊香的残留味道，叶慎寻进门就闻到，禁不住掩鼻，不舒服地揉了揉。

起初，他将我扔到床上就要走。忽而一个意识过脑，禁不住转身，定定地瞧着被他胡乱扔床上、睡相不佳的我。

恍惚中，我仿佛听见有人口气不太确定地问：“不是真的吧……程改改。”

不是你个大头鬼啊……我在心中默默嘟囔。

明知道我没力气回答，他还问，可不就是傻。

哦，抱歉，他才不傻。他故意挑我不清醒的时间才问的。否则，他应该怎么面对我的回答？

“没错，叶慎寻，知道你有过敏性鼻炎，尤其对薰衣草味儿过敏，我才把添加了薰衣草香精的蚊香给要回来的。你还骂我、气我，摔我门，呜呜呜。”

其实，即便我真的说出口，他也不会相信。

他只会说我占有欲作祟，见到他和谷朵恩爱有加，后悔了，想方设法要骗他重新回到斩不断理还乱的盘丝洞里。

“我不会再回去了。”他一定会这样讲。

你看，叶公子，我们总是站在自己的立场去揣测对方。

我们做的所有努力，都是为了逼自己放下，而不是重新向彼此跑去。这，才是终究错过的原因。

是我们，错过了我们，与任何人都没关系。

翌日。

所幸我有定闹钟的习惯，才没让喝酒误事，否则错过班车的话，姓叶的一定会要我背锅。

叶慎寻：“还不如错过了呢。”

瞅着人群挨肩擦背的车厢，我感觉他想跳车。

没办法，节假日，游客比平常多。加上这里没完全开发，大巴班次不够，司机为了捞油水，绕过售票处自接了游客的单，偏偏还真有那么多人宁愿没座位也要挤。

“吱——”

一个急刹车。

昨儿半夜下了细雨，车辆遇见滚石，不得不急停。

叶慎寻让谷朵坐靠窗的位置，隔绝人群，他则坐过道，被急刹中趔趄摔倒的游客拽住衣裳，领口差些开裂。

“呼。”

他长舒口气，压抑地偏头看我，给我比了个下车的手势。

“疯了吧？”我给他发消息，“这是乡道，就几辆大巴车来来回回，你是想徒步走回客栈，还是想走到八十公里外的景区。”

就算他可以走，慎星和青豆也不行，他家谷朵流产过后看起来也很脆弱啊！

我正琢磨着怎么说服他改变忽起的少爷脾气，那家伙却不再搭理我，抄着手干脆睡觉，眼不见心不烦。

大概又过了二十来分钟吧，大巴又是一个急停。

我昏昏欲睡磕到脑袋，差点暴起，头凑到窗口发现不是遭遇意外，而是遇见执勤的交警。

乡道一般是没有交警巡查的，司机此刻也慌乱无比，迅速跳下车解释。奈何为首的那个交警手一摆，直接开始拍照取证，并要司机出示工做证和驾驶证。

听说超载人数过多除了会被行政拘留处罚，还将面临高额罚金，超一人罚多少，导致司机开始胡乱数数。

交警哥哥呵呵哒：“准载二十八人，你算算你载了多少。”

司机梗着脖子：“意思是，我也算人吗？”

……

眼见外面没完没了，车厢里开始有游客啐：“真倒霉。”

叶慎寻看看时间差不多，目不斜视地起了身，一手拉谷朵，一手拉行李下了车，礼貌地伸手同警察交谈：“你好，我是举报的乘客。我严重质疑这辆超载客车会威胁我和家人的生命安全，烦请将我们带到可转乘的镇上，我们再自行安排。”

一瞬间，司机目瞪口呆，我的脑袋更疼了。

鉴于叶慎寻提出的要求合情合理，我们的确被警车载到了隔壁镇上。

“然后呢？”我按捺着，用最后的理智问，“我查过了，镇上今天也已经没有去景区的大巴。”

他没回应，只摸出手机，导航去了镇上唯一一家车行。

“打扰了，打扰了。”

当我眼睁睁看他将一辆崭新的小型越野车开到面前时，我情不自禁地吞了下口水，谄媚地后退三步，弯腰鞠躬。

土豪的世界，我不懂。

但，怎么讲……真香。

有了代步车，我这个“旅行团领导者”终于不用再担心错过班车，是否早起，该如何叫一堆懒虫起床……总之前两日的阴霾一扫而光，连叶慎寻秀恩爱我都不想骂他死得快了。

还有，青豆这小姑娘的性子也有越发开朗的迹象。

偶尔叶慎星的幼稚行为惹到她，她开始会假装生气，或撒点儿小泼，叶慎寻却觉得这都是我的锅。

“近朱者赤，近墨者黑，你能不能教点好的？”眼看叶慎星跳下车花样百出地哄青豆，他这个护弟狂魔坐不住了。

知道他不痛快，我就痛快了，远远给青豆比个“好样的”的手势，小姑娘一下气势更高。

见他黑脸，副驾驶的谷朵劝说：“小孩子是这样的啦。”叶慎寻这才噤声，转而问她：“累吗？”

谷朵并未扭捏作态，诚实说挺累的。他将座椅靠背往下降，方便她躺：“睡会儿吧，到了叫你。”温声细语得让我怀疑自己的耳朵出了问题。

下意识地，我竟想跳脚质问：“姓叶的，为什么以前和我在一起时，你没有这么体贴温柔！”

差点我就跳起来了，幸好我不够无耻。

因为，其实，是有的。

当年我阴差阳错挨了周印一巴掌，这位叶长公子就不声不响地拿来一盒消肿药膏，勾了我的下巴至眼前，眸子充满亦真亦假的深情问：“疼吗？”

那时我几乎错觉，自己就是他的全世界。

谁知，到头来，我只是从他的全世界……路过？

好心塞，不如也睡个觉吧。

后车座位上，我两眼一闭，怀着满腔抑郁酝酿睡意。

叶慎星和青豆不知是怎么和好的，和好以后还玩儿起来了，拽了相机去拍马路上一望无际的碧草和周边成群吃草的牛羊，而我和谷朵则在小越野车里昏昏睡去。

正是午后一两点光景，外间风景大好，艳阳高照，实在太让人睡意上头，没一会儿我倚着车窗的脑袋就开始荡。

荡来荡去，我几度撞到车厢壁，干脆趴到前方主驾驶的椅背上，将重量全部托过去。

迷迷糊糊间我意识到，欸，椅背好像近了？刚刚根本没到触手可及的地步。只是连日的奔波让我精神萎靡，终究沉沉入睡，没注意后视镜里一束打量的眼光。

四川风景甚多，“可一路看下来大同小异。”

到了景区，刘大壮恰好给我打电话，我如实对他讲。没想被旁边经过的本地人听见，很不服输地推荐了一处山沟：“尤其晚上，天空好看得很，不信你们去看看。”

能有多好看？不就是星星吗，我这辈子都不想看星星了。

偏偏青豆和叶慎星被对方神神秘秘的口吻勾起兴趣，俩祖宗非要去。叶慎寻看了下导航，两百公里左右，开车不算远，勉强应下。

“别人是‘扶弟魔’，你是护弟魔。为了你弟，你真的拼了。”我摇摇头感慨。

没料叶慎寻反唇相讥：“明明自己也想去，偏拉别人做挡箭牌。为了让我怼你，你也是拼了。”

……有这么明显吗！

我已经装得很不情愿、很不在意了啊！

我只是忍不住好奇嘛！

总有一天我这只猫要被害死。

这不，当我们抵达目的地，才得知那儿根本没有可供住宿的酒店，连间客栈都没有，入眼全是帐篷，还有一间临时搭起来的活动板房，用于贩卖帐篷。

“一顶帐篷的价格远比一晚的房费昂贵。”

看出我的疑惑，叶慎寻一语道破天机。

偏偏我全无经商头脑，条件反射般提议说：“那我们回景区吧！刚刚那本地人肯定是故意忽悠我们来买帐篷。”

他撇唇，满脸看不起我的表情：“你傻，别人不。重点是一顶帐篷多贵吗？重点在，它这么坑，依然有这么多人埋单并留下来，证明这里的确有值得的风景。”

行，思维模式我也追不上你的，是在下输了。

为了证明自己还有微微可取之处，我硬着头皮说买帐篷的钱我付，叶慎寻一点阻拦的意思都没有，反而睨我，仿佛在说“不然呢”。我默默算着稿费余额，面上笑嘻嘻，心中痛兮兮。

更郁闷的是，青豆和叶慎星吼着要过来看惊天动地的风景，结果晚上啃了点干粮就摸出 iPod，一人一只耳机，听着音乐睡着了。

旅行和感情这两件事，本身异曲同工——

最初你对它向往，真正收拾行囊启了程，才发现它令人身心俱疲。有的人累了，选择中途返程，有的人则咬牙坚持。

你很难评判，到底回头是岸正确，还是咬牙坚持的应该得到奖赏。

我只知道，当晚咬牙坚持的人不少。包括叶慎寻，包括我和谷朵。

并且，我的猜测没错。当地人所说的胜景，就是满天繁星。意外的是，这片夜空里的星星比我二十几年来见过的全部星星都要多得多。比起星空，我更愿意称它为“河”。

满船清梦压星河。

我们所处的地儿是一处洼地，四面皆雄山，只有唯一一条人工栈道。

天刚擦黑时，部分摄影爱好者架好单反支架，打算随时捕捉夜空的一点一动。等我们休息好出去，夜色已催更。

为了不做那二人的电灯泡，我刻意加快步子跑到栈道另一头，学习摄影师们摆弄相机的熟练姿势，以后好糊弄糊弄刘大壮那种外行。

不知过了多久，有人叫了声：“流星！”

我的第一反应竟不是抬头，而是倏地将脑袋转至某个方向。

其实栈道尽头的叶慎寻离我有些远，并且隔着高高低低的观景人群，我很难将他所有行为看真切。但我总觉得，有一束目光，比漫天星光更刺眼地扎在了我身上。

我忽然想起昨日那段插曲，那个脑子不太好的叫小春的女孩子。

她被警察带走时，曾轻轻地呢喃了一句，表情悲伤到让我都宿醉神伤。甚至，在我与叶慎寻若有似无对视的这一刻，想起她来，依旧让我鼻酸难耐。

可她到底说了什么？

成片的闪光灯下，我的眼睛隐约有些模糊，脑子也像被水糊了，很久很久才想起。

噢，她说——

“喜欢一个人……为什么藏不住呢。”

为什么藏不住呢。

第六章
没有出口的地方

听说世上最无能为力的两件事是
死别和生离。
我想，应该还有一件。

“没什么一定要我回滨城亲自解决的事情吗？”

深更半夜，叶慎寻电话骚扰周印，讲话找不到重点。

大着肚子的盛杉好不容易睡着，周印只能起床，把自己晾到阳台上。春夜的风依稀存有凉意，他睡意全无，脑袋澄明：“别告诉我，你跟去的时候没预料到这幕出现的可能性。”

非往这趟旅行扎堆的是他，这会儿想东想西，责怪程改改应该看流星不该看他？

这两个人怎么都是如此德行。

“我不是为了慎星吗。”有人继续嘴硬，“他要再出意外，我和老爷子都得垮。”

周印唇一撇：“你们家安保的钱这么好赚？哪天失业我来应聘。”

言下之意他根本不用亲自跟去。

叶慎寻被噎，下意识摸烟，才反应过来已经因为那场大手术与尼古丁绝缘，禁不住走了会儿神。

有的事情就是那么玄乎，不信不行。

那日他硬拖着程改改下了超载的大巴车后，买了小越野，上去就听频道广播说乡道有辆超载大巴失了事，悬崖侧翻、情况惨烈，伤亡人数不定。

谷朵心有余悸地对他讲：“还好你报了警，要不然翻的可能就是我们那辆。”

叶慎寻表面故作镇定，心底却狠狠松口气。

本来程改改还被折腾得有点赌气，那会儿才缓和了紧绷的臭脸，冲叶慎星和青豆吐了下舌头。

她做事素来凭心意，丝毫不计后果，叶慎寻正因为太了解才不放心。

可他真的就只是单纯地不放心叶慎星？

答案他竟不敢深思。

“再说，”这头，周印没停止飞刀子，“你不看人家，知道人家看你？”

叶慎寻心口再一痛，当下就有了挂电话的冲动：“是我打错了算盘，居然妄想从你这儿得到解决之法。”

都说“旁观者清”，这厮就不能出个靠谱的主意？只会讲风凉话！

周印耸耸肩：“解决之法很简单，你自己也清楚的，离婚嘛。一旦离了婚，她去哪儿，你都可以追。她看你，你就吻。再不行，大家都是成年人了，就地正法……也无可厚非。”

有人太阳穴突突地跳：“歇了吧。”他死心地讲。

周印却来劲了：“嗨呀，差点忘了，连婚都不用离。你和谷朵貌似还没去拿红本儿吧？”

一针见血。

谷朵那姑娘，周印没深交过，不是很了解。截至目前来看，有点傻的样子。

叶慎寻对扯证这件事一直拖着，黑不提白不提的，她也不问。遑论它婚礼多风光，到底名不正言不顺。

“是她不扯的。”

仿佛猜到周印内心想什么，他出口回应。

不过，多多少少还是与自己有关。在这点上，叶慎寻捋不清。

前几个月阴差阳错之下得知那丫头的“死讯”，他几乎不在状态了。公司虽然照常去，可每天浑浑噩噩的，文件签错字的情况大有，差点惹上官司。

谷朵的孩子也是他走神不小心撞到对方，她摔倒，当时就一地血红。

可她说：“感谢。”

残存的母性让她下不了决心进入手术室，然而每每瞧着挺起来的肚子，脑海里还是会控制不住地浮现出“孽种”两个字。

“一定是命运，叶慎寻。”

她连名带姓地叫他，表情恍如隔世，令他几度产生错觉。

“是命运把我带到你跟前，是命运让这孩子出现又消失，将我俩重新系在一起。尽管这样说话很傻气，但我愿意。我愿意等你伤口结痂，等你的回忆风化，等你带我去民政局的原因从责任变为爱情，再向全世界宣布我的姓名。”

原本婚礼她也不急着举行的。

若非事关叶氏股价波动，有必要向叶忻交差，估计两个人还在循序渐进地培养感情。

要说完全没动容，叶慎寻没底气，毕竟他不是真的铁石心肠。

其实他比谷朵更期待那一天的到来——解脱的一天。

届时爱谁都可以，只要不是她，那个光是听听名字就叫他两耳发痛的女孩。

“没你想的那么简单，周印。”

深山凉夜里，有人的声音仿似也跟着染了霜：“不管有没有那纸婚书，外界眼里我都是已婚人士，不可能随心所欲。”

“再者，”他顿了顿，“从我答应谷朵给彼此机会的那刻起，在我心里，就已经是她的丈夫了。或许吧，我一时还难以做到对程改改视若无睹，但我正在努力。”

“努力没什么成效的样子呀。”

“……总经理说话，副总能不能不要杠。”

周印都快被他逗笑了：“能不能不要一沾上程改改，你就变智障。”

叶慎寻差点脱口而出：“我这是沾上程改改吗？我这是沾上了爱情。”还好他忍住了，否则他在周印面前下辈子也翻不了身了。

去他的爱情。

“哦，对了。”临挂断，叶慎寻想起什么，嘱咐，“不许告诉你老婆结婚证的事，否则兄弟没法做。”

盛杉嘴上将程改改贬得一无是处，实则早将她看作自己人，护犊子得很，什么消息情报都会送到对方手里去。他可不想被看笑话。

更重要的是，他不想再让彼此觉得有可能性了。

以前闲暇时，叶慎寻私下看过程改改写的一些无病呻吟的东西，里面有句话说："喜欢一个人，就是亲手把刀子递到对方手里去。你是死是活，全凭对方心情。"

他不想递刀子了，不想每天战战兢兢地担心死亡或失去，演悲伤独角戏。

"哗——"

周印推门的动作很轻，盛杉还是悠悠转醒。

旁边的床空了有些时间，温度已流失，她敏感地察觉到，起身半坐："搞什么呢。"声音里含着明显睡意。

谁知立在门边的人打量她许久，忽而鬼使神差地来了一句："杉杉，打我吧。"

看着如今的叶慎寻，他方知当年的自己有多矫情。明明可以少受点折磨的，明明可以更早幸福的，他就是要选择旁门左道，害她走了好远好远的路，跟得如此辛苦。

盛杉不明他此刻的千头万绪，以为他开玩笑，定睛一瞧，却发现男子神色极其认真。

倏尔，她变了脸，身子坐得溜直。

"谁。"冷不丁一句。

周印："哈？"

"哪个小妖精？你新招的小秘书……还是解绫？！"

周印哭笑不得。

原来不是他的问题，亦不是她的问题。

而是再聪明的男人或女人，一旦碰上感情，智商统统为零。

离开银河胜地，我们按照原计划去往云南。

开往丽江的K9686次双层列车，据说是全国最高端的火车。

它采用双层客厢设计，外部与内部装饰融入了纳西族、傣族等当地少数民族的风情特色。

不仅如此，全车还覆盖Wi-Fi，提供纸笔、明信片、创可贴等，同时设立有便民充电站，跟个小型机场般。

一上车我就忙着拍照，并发到微博给喜欢我的小仙女们看，兴奋之余差点撞到其他乘客，被叶慎寻极其不耐烦地拎到身边："能别表现得跟乡巴佬进城似的吗？"

我当即不高兴了："凭什么瞧不起乡巴佬？"

没有我们这些乡巴佬，光有他们坐直升机的，哪儿能体会到人间烟火的乐趣。

叶慎寻估计一路开车太累，懒得再与我争斗，折身往列车的内设酒吧去。我领着青豆和叶慎星亦步亦趋地跟，三双大大的眼睛里都写满大大的好奇。

列车上的酒吧倒没有闹市里的那般光怪陆离。它灯光柔和，游客交谈也都相对小声，但也能隐隐感受到即将抵达"艳遇之城"的那种微妙氛围。

叶慎寻挑了一张六人沙发。没多久，谷朵也从洗手间出来，自然地在他身边落座。

他问她要不要试下百利甜加牛奶，我没经多想就附议："不醉人，还挺好喝。"话落才发现不合适，那款调制洋酒是以前我喜欢的。

果然谷朵表情僵了僵，不明显，可我捕捉到。

好在身边经过一兜售员，徐徐推着餐车，我转移话题地叫住对方，买下几份乳扇和饵块——云南的特色小吃。

青豆尝了口乳扇，一种奶制品，估摸尝到了近似拉萨的味道，一口气吃了好多。

叶慎星眼馋，其实没多喜欢，就爱与她抢，两个人有笑有闹，气氛一下热了不少。

我在嬉闹中压抑着自己的心跳，盘算着这场旅行到底什么时候结束。

矛盾的是，我希望它尽快结束，别再每时每刻面对他俩的琴瑟和鸣。然而，我亦有一点点不舍得。

因我心中清楚。这段旅程，或许是我这一生，唯一能陪叶慎寻走的路了。

我总觉得我欠了他。

哪怕他如今有爱，也有家。

我不止一次在故事和杂志专栏中写过，云南是个好地方，包括如今已商业化过头的丽江。

商业化这东西具有双面性。

一来，它会改变原始面貌，让事物少了些底蕴。可说到底，集中的贩卖区和景区链，的确给不熟路的游客带来便利。

我们抵达丽江正是下午三四点光景。

五一小长假，游客很多，摩肩接踵，红蓝白绿的店铺都被人潮遮住了。

我们订的客栈就在大水车附近，从头闹到尾，听说到后半夜才有鸣金收兵的迹象。我爱热闹，叶慎寻却表示要换地方。可他能凭空买辆车，总不能平地建套房。

“公共大假都得提前订房，哪儿轮得到你挑三拣四。”我怼。

他满腹怨气，打电话问了一圈确实如此，只好作罢。

“就在这一瞬间，才发现，你就在我身边……”

一路走来，我被古城歌手洗脑，在房间里旋转跳跃地收拾，嗨得不得了。

睫毛膏、心机眼线、渣女波浪、酒红流苏耳环……统统带上。

行李箱里还躺着不久前才淘的连衣裙，我很喜欢。乳白色，裙边缀了几朵草莓，后背却开了衩，刚好把我因为生病而瘦出的蝴蝶骨露出：“可爱又不失性感，完美！”

正在和盛杉视频的我欢天喜地地讲。

盛杉一边嚼水果一边摸了摸鼻子：“嗯，难得眼光好。”

连她都赞美了，我更无法无天，放出豪言说今晚就要在这座艳遇之城把终身大事解决。

“但我不太会画眉毛欸。”我求助她，“老画不出好看的形状，容易成蜡笔小新。”

盛杉正好有心情和时间隔空指导我，有点儿成效，但效率太低，谁叫我手渣。加上谷朵和青豆一行人在楼下叫了我好几次，我嘴上应着，手上更不得其法，最后叶慎星敲了我的门。

“橙……橙。”男孩眼睛直了。

我的底气更足，但还是有点不好意思让他看着我化妆：“你先下楼，给我五分钟！”

叶慎星明显好商量，点头如捣蒜地离开了。

叶慎寻见他空手而归，眉毛皱更紧，亲自来请。破小孩儿走的时候没关门，也不知道他在门边看了多久，声音才响：“程小姐这是打算去C位出道吗？”

我吓一跳，歪了一笔，精致的妆容立刻变得滑稽，气得我大骂：“阿西吧！”

客栈不太隔音，隔壁传来咚咚敲墙的声音。我只好作罢，匆匆擦了眉毛跟他出门去。

当天的集体晚饭是本地野生菌汤锅，吃完后我一路看见小吃还是没停手，尤其钟爱烤土豆。

谷朵长得和我有七八分像，却比我有出息。她大概不想丢叶慎寻的脸，除了正餐什么都没往嘴里塞，还展示才艺给大家看。

从前在望城，谷朵就以摆摊为生。望城也是旅游胜地，她自然学了很多讨生活的技艺，譬如丽江著名的手鼓，她也精通。没试几下，她便将那首洗脑我的《一瞬间》给敲了出来——

“就在这一瞬间 / 才发现 / 你就在我身边……”

唱着唱着她就看了叶慎寻一眼，两人四目相对，温情脉脉。

一个人眼里有光的时候，无论她是谁，你好像都会觉得她漂亮，起码我现在深有感触。

青豆戳戳看走神的我，小声道：“姐姐唱得更好听。”

我不清楚十余岁的她是否能准确感知我们三人之间的气氛，但我确定，她在取悦我，令我当下有些感动。

“嘘。”我故作神秘，“一般人我不唱给她听。”

忽而青豆笑更开，扒拉下我的肩膀，继续和我咬耳朵：“哦，原来叶哥哥不是一般人，嘻嘻。”

逃亡到拉萨时，叶慎寻曾送我一支绾长发的簪子。我嘴上说着浪费，内心却狂喜：这臭直男，终于开窍啦！于是当天心情大好，唱了首歌给他听，被青豆撞见。

听说世上最无能为力的两件事是死别和生离。

我想，应该还有一件：那就是你努力想遗忘的回忆，却阻止不了别人记得。

丽江古城大大小小的酒吧很多，我们挑了最热闹的一间。

谷朵手机响，她看了眼来电显示，跑到外面安静的地方去接。服务生正好前来点单，我搓搓手跃跃欲试，话还没说，辨识度的杧果味儿。

我咂巴几下嘴，瞬间尝出是一款韩国解酒糖。

这款解酒糖，在我和叶慎寻同处一屋檐下的时候，常常出现在他的枕边。

他应酬多，尽管没多少人敢灌酒，但遇见重要的合作伙伴还是免不了要沾荤气。我没法儿劝，只好网上找来这款糖，要他在应酬前吃几颗，管他有用没用，起个心里安慰。

正如宿醉后的人要喝粥，熬夜后的人要睡懒觉，总觉得这样就不伤身体。

叶慎寻拿糖灌了我，自己也有点怔怔，旋即反应很快地硬着声音说："喝归喝，别再给我找麻烦了。"

我望着镭射灯下他欲盖弥彰的脸，悲从中来——

你看，我们连撒谎都做不好，怎么学遗忘。

这趟旅行的最后一站是贵州。

我们打算贵州逛一圈，再从贵阳机场直飞滨城。谁知，我没能陪到最后。

刚辗转到贵州境内，一下榻酒店，连精力无穷的叶慎星都直嚷嚷累，躺床上不肯再起来。少了他跟着，我得空打算自己单独逛逛，谷朵却跟了来。

潜意识，我总觉得她有话对我讲，但一路上她只和我讨论些有的没的。

太阳下山的时候回酒店，经过不远处的水果摊，我被凤梨的香味诱惑，停下来买。

水果摊老板动作花哨，没两下便将棘手的皮儿解决掉，唰一下递给我。

不知怎么回事，很突然地，我再度想起久远的事。

当时因为什么吵架都忘了，反正我喝多了，好淑女给叶慎寻打电话，让他来接人。也是那天晚上，我和刘人壮成立"爱信不信"组合。事后回到家，叶慎寻臭着脸要走，还想继续和我冷战的样子。

我气急，拉他一把，害他后脑勺撞到衣柜，当即肿了个包。

然后那藏在他怀中的，一坨用筷子扎着的凤梨就这么掉了出来，啪地碎在我眼前。

画面太美我不敢看。

以至于如今看见凤梨我就忍不住想起那人那景，肩膀控制不住地抽动，笑得凤梨都接不稳，任它滚落在一堆水果中间。

见它光溜溜地掉了，谷朵下意识去捡，捡完好像觉得如今的自己不该这样，立马又尴尬地建议："再买吧？"

为了缓和气氛，我摇摇头："没事，别浪费，等会儿给你老公吃。"之所以刻意强调叶慎寻的归属权，是为了让她心里舒服，谁知她好像更不舒服了。

"其实，程程姐……我知道不该这样，但这几天我真的挺难受。"

末了，她讲。我无意间碰到她的手，烈日当头，却着实冰凉。

粉饰的太平终究只是粉饰，我佩服谷朵的勇气。

如果我有她那份坦荡，不论是我和魏光阴，还是叶慎寻，都不至于走到如今。

"当然！"谷朵有些急，"我不舒服不仅仅是因为你俩以前的关系。还因为青豆和慎星对你的依赖，让我觉得自己才是局外人，好像我永远都走不近他们似的。"

我点点头，表示理解。立场互换，我未必能大方。

"要不，我先回滨城？"一闪而过的念头，我还是抓住了它，讲出了口。

谷朵的手摇得剧烈，过来挨紧我："程程姐，我不是那个意思。只是在这个圈子里，我就你一个朋友。除了你，我实在没人说真心话了。"

她越无措，我越心疼："你也别想太多，我没生气，只是觉得你说的话有道理。给青豆办收养手续的是叶总，按道理，你俩才是她的合法抚养人，慎星更不用说。也许我不在，你们多点时间相处，你能真正融进去。"

谷朵扭着手指沉默，好半晌才鼓起勇气般："那你……怎么和他们说？"

好问题。

临进酒店，我还没拿定主意。

叶慎星睡了一觉又生龙活虎了，带青豆到顶楼的无边游泳池戏水。我找上去，叶慎寻也在。

晚风习习，他悠闲地躺在伞下看报纸。旁边搁着杯长岛冰茶，服务生刚送过去，还没被动过。我端起来一饮而尽，惹他不可思议的一眼，估计喉咙卡着三个字：“要点脸。”

没等他怼出口，我先封喉，说要打道回府。

他没反应过来，以为我说要回房间，翻了个白眼说：“你去哪儿不用向我打报告。”

仿佛我就为等这句话，等到了便顺势点点头，抬脚去往电梯口，要下楼回房间拿行李。

谷朵与我擦肩，给我一个感激的眼神。水池里，青豆和叶慎星还在嬉闹，不知道为什么，突然我有种卖孩子的诡异痛感，只好逼迫自己加快脚步，别回头看哪怕一眼。

我的东西还没时间往外挪，要收拾的不多，拉了行李箱就可以走。

折身关门时手机响了，来电显示魏光阴。

“喂。”走廊空旷，我尽量放低声音，可还是听见自己的回音。

他是来例行报告的，说回到滨城了，问我假期过得怎么样，有没有被堵在路上。

历来我对他都是报喜不报忧，于是挑拣了一些比较特殊的欢乐片段对他讲。当然，没忘记分享那片震撼人心的星光：“有机会你真应该来瞧瞧。”

“我看见了，”他稍稍犹豫，说，“你微博更新过照片。”

我意图打趣几句，嗨，这么关心我呀，蔻蔻不爱了吗？想想我又觉得不妥，跟争风吃醋似的，还是算了。

魏光阴："那你好好玩，回来见。"

青年嗓音里带着明显疲惫，估计也是刚落地不久，索性我收了那句"今晚就回"，怕他劳师动众地接。

通话一结束，抬头对上电梯口叶慎寻面无表情的脸："我说呢，哪儿来的小姐脾气，瞪你两眼就闹着要回滨城。闹半天是老情人回国了，赶着去见。"

他用的陈述口吻，连试探都没有就盖棺定论，但我头一次觉得没有解释的立场。

或许换作其他人，随口补一句："并非你想的那样。"再轻易不过一件事。

然而放在我和叶慎寻之间，不太合时宜。

究竟不合时宜在哪里，亏我自诩满腹诗书，亦找不到合适的形容词。或许，《倚天屠龙记》里周芷若的一句，能完美诠释我此刻的心境。

面对年少恋人张无忌提出的合作建议，周芷若反对，说如今各有婚配，惧怕外界眼光，张无忌回答："我们问心无愧。"

女子神情一瞬凄哀："若我问心有愧呢？"

因我问心有愧，所以我无法向已为人夫的叶慎寻解释我的感情状况。

我可以暂时地、偷偷地藏着自己残余的喜欢，但我不能用这份不该存在的喜欢去打扰他。

"至于这么惊讶？你不是习惯我的不告而别了吗。"

我嘻嘻一笑，拉着行李箱越过他，两人再无话。

电梯门应声打开时，我往里走，撞到僵硬的肩胛骨，却强迫自己不去看那张青灰闪现的面容。

终于，我没回首，他没抬头。

徐徐下行的时间，我才发现有什么东西湿了脸。

星级酒店服务周到，出了大门还有门童帮忙招出租。我前脚刚上车，后脚青豆就追了出来。司机不知道她在追我，一脚油门踩很远。青豆追得急，好几次差点摔倒。

我看得心软，难过得几度想叫停，却从后视镜里看见谷朵也跟了出来。

就在犹豫的那几秒，司机将她们的影子甩很远，绝了我全部优柔寡断。当然我也没看见，谷朵为了抱住差些被私家车撞的青豆，狠狠摔在地面。

酒店房间。

“疼吗？”

话一出口，叶慎寻冷不丁自己都愣了，熟悉又尖锐的画面。

谷朵膝盖擦破了皮，问题不大，却被他问得泪如雨下：“如果这样能让青豆和慎星打从心眼儿里接受我，多来几次也无所谓。”

霎时，叶慎寻胸口闷闷的，罩了团乌云般。

“他俩不讨厌你。”他试图安慰。

“但也不是真正喜欢。”谷朵明明白白，神思幽远，“至少，不是对程程姐那种喜欢。”

叶慎寻微叹气：“时间问题。人都是感情动物，相处久了自然情谊深厚。”

“那就给我时间。”女子眼睫上的水渍翻飞，“能不能喜欢、多喜欢，至少给我时间去证明，不要让我觉得想努力都找不到从何做起，这样对我不公平……不是吗？”

笨得要死，是盛杉常常挂在嘴边对我的评价。

至少我不懂得如何用温柔的方式进行索取，只会胡闹和歇斯底里。以至于到头了我都不明白，叶慎寻喜欢我什么。

喜欢我财迷？喜欢我嘴贱？还是喜欢我总选择对他冷酷到底。

所幸，我的冷酷给了他。总还有一份温柔，也只属于他。

梁蔻蔻的工作正式落听了，趁着魏光阴回国的时机请他吃饭。

“程小姐必定是看你的面子才为我引荐这份工作的。”餐厅里，她很确定地讲。

魏光阴不置对错，只道：“那今天的主角应该不只是我。”

梁蔻蔻狡黠地眨眨眼：“你怎么知道她不来呢？”然后看看时间，要魏光阴玩个游戏，“要不要赌？闭眼十秒，你脑子里正在想的人就会出现。”

他俩坐的隔间，用古色古香的栅栏隔出一方小天地，还拥有一扇单独的落地窗。视野很好，能窥尽三分之二的滨城大道。

结果青年连赌注是什么都没问，点了手机秒针开始计时。

十秒很快流逝，他还延迟了一秒才抬起眼皮，但是滨城大道上来来往往的人潮，没一个像飞扬的她。

梁蔻蔻输了，却开怀地笑：“到底多想见，才会连这么没谱的游戏都认认真真去玩？明知她在外地旅行，根本不可能出现在这里。”

魏光阴哑口无言。

好半晌，他也偏头笑，轻柔似拂面风：“没办法，谁叫她总能让我看见奇迹。”

明明是个照着字儿念都费劲的小女孩，竟为了追逐他成为世人眼中的天才少女。

分明矮矮小小、身无利器，却闯进他心中设了重重关卡的领地。

手术台上，明显她的手更加颤抖，居然还牢牢握住他的，说要带他到最美好的地方去——

“这次就跟在我身后吧，光阴。如果我真的去了很美好的地方，也绝对不会遗落你。”

然后那副残缺不堪的身体，以为今生都将拖着它苟延残喘的躯壳，竟真的承受住了最严厉的打击。

“奇迹这东西，从前挺不屑的。”他靠上椅子，防备全失的姿势，“后来发现它还挺令人开心的。”

梁蔻蔻：“不是奇迹令你开心，是创造奇迹的人叫你难忘。魏先生，你喜欢她。”

多年生活在国外的女孩，习惯了直来直往：“口是心非地假装和我亲近，目光却总落到别处，国人的感情都这么含蓄吗？”

须臾，方才还展过的唇角带了苦。

魏光阴：“梁小姐没喜欢过人吧？我是说，注定没结果的那种。”

那女孩曾发誓要做他的太阳，驱散笼罩他的黑暗。那会儿他心里想，她到底知不知道太阳距离地球有多远？

可他是知道的。

他明明清楚太阳和地球的距离究竟多遥远，却一度妄想过去拉近它们，不自量力。

一瞬间，青年唇边的苦扩散，蔓延到四肢百骸。

“Hello？”

魏光阴和梁蔻蔻不知在说什么，注意力都不在外面，连我靠近了落地窗都没发现。

我敲敲窗面，引起注意，见举止向来斯文的男子瞳孔微震。

隔间里，梁蔻蔻莞尔：“你说的，她擅长创造奇迹。“她粲然一笑，被魏光阴难得一见的小慌乱给取悦，忍不住拿起杯子喝水。

“不是在贵州？”魏光阴自动将椅子挪了挪，默认我坐他旁边。

这五天被叶慎寻和谷朵虐惨了，竟连这么个小动作都能感动我了，尽管他只是出于绅士风度那样做。

“我是会错过免费大餐的人吗？”我含糊其词。

恰好服务员进来上第一道菜，桂花糯米藕。我拿起筷子便虎虎生风地夹了一块，糖渍糊满嘴，视线却落到了梁蔻蔻的方向：“不介意吧？我饿昏了。”

在贵州赶往机场的出租车上，我哭得头晕眼花，心想青豆和叶慎星这下估计不会原谅我了。

但终究要别离的。

我总不能永远以“朋友”这个假模假式的身份赖在他俩身边，影响人家的夫妻生活？

与其依依不舍地徘徊在离别的门口，不如我先走。

看看，先走的也很好，起码能吃到这么香的桂花糯米藕。

梁蔻蔻的饭局邀请我刚下飞机就收到了。为了转移注意力，我迅速答应，一心想给自己找点事情，蹭饭也算嘛。结果我以为远离了那两尊佛就轻松，没想到吃个饭还不消停。

席间梁蔻蔻和我寒暄，说正式感谢我为她介绍的这份工作，公司氛围很好，她蛮喜欢。

但，说归说，旁边那位先生能不动筷子吗？

Excuse me？不是我喜欢吃糯米藕吗？他居然将最后一块夹给了梁蔻蔻是怎么回事！

当即吃到嘴里的什么都不香了。

饭局末，魏光阴吩咐司机送我回家，自己则留下来和梁蔻蔻继续你侬我侬，连我走的时候他也只是坐椅子上冲我挥手。想起临上飞机前，我还自作多情地感觉，他会来机场接……

怪不得叶慎寻老吐槽我“蜜汁自信”。

偏偏，我对这个叫光阴的男孩就是恨不起来。

他连要我死我都接受了，移情别恋算什么。

我一走，梁蔻蔻就直言不讳地怼魏光阴：“死要面子活受罪。”

他说并非要面子。在我面前，他毫无面子可言，因为早在十岁那年，他人生中最狼狈的一面，早就展现了给我看。

十岁的他，害怕回家，和我逃到祥和里后山，相互依偎取暖。遑论我用华丽的笔墨将画面描摹得多美好。可事实上，当日那对少年，就是大人们口中常笑话的花脸。

尤其是百年难见的暴雨过境后，我俩简直不能用狼狈来形容，放到大街上，根本就是叫花子讨饭。

由此可见，我和魏光阴之间，从来不是脸面的问题。我们缺的是偶尔仁慈、偶尔浑蛋的机缘。

仁慈的是，它让我们相遇。

浑蛋的是，相遇之日，就做了我们分离的局。

所以，他哪里是要面子？

“我只是不敢再给她丁点的念想。怕她和我一样，被困在根本没有出口的老地方。”

第七章

期远

虽然隐约感觉到，

有什么重要的东西要再度从生活中被剥离……

但我无能为力。

我听得冒了一身汗。

离开餐厅的时候我发现手机忘拿，回身去取，便听见梁蔻蔻直言不讳的一句：“死要面子活受罪。”

而他否认：“在她面前，我毫无脸面可言。很多很多年前的夏天，我就把人生中最狼狈的一面展现给了她。此后再光鲜，始终还是那个被冻得流鼻涕的小男孩。当时，我们被一场大雨困在迷谷森林，我以为自己老早就走了出去，后来才发现没有。如今我只是——

“不敢再给她丁点念想。怕她和我一样，被困在根本没有出口的老地方。”

梁蔻蔻：“为什么一定要走出去呢？”她不解，“也许守在一起就能幸福了，不管在哪里。”

我们中间隔着太多爱恨情仇，魏光阴没法说起，只道：“但我见过她更幸福的样子，比和我守在一起更幸福。”

对我和光阴、叶慎寻的纠葛，梁蔻蔻应该略有耳闻，很快反应过来：“不过我听说，那个男生已经结婚了呀，还很轰动、盛大。”

魏光阴不置可否，眼神悠长：“总觉得……没结束。”

他说，虽然成长后对叶慎寻的了解不多，然而老人们都讲，儿时能看到大。他见过年少的叶慎寻，执着得不像话，近乎执拗的程度了。

那会儿年纪小，还没出慎星那档子事，滨城四大家族的小孩都走得近，就读的也是小、初、高集一体的私立院校，包括他俩。

据说某天下学路上，魏光阴和叶慎寻同时遇见一只有灵性的流浪狗，都想带回家养。

当时的叶家司机是叶舜山的老下属，退伍后心脏不太好，叶舜山才给他谋了这个不太需要运动量的职。到底是打过鬼子干过仗的，叶慎寻对他也有几分尊重，遂听了他的话，不情不愿地将流浪狗让给了魏光阴。

没办法，谁叫自己年龄长？理应让着小的。

然而吧，那条狗聪慧归聪慧，却多灾多难。被原主人遗弃在先，进魏家后又出了场车祸，轧断两条腿。

这件事魏光阴一直很自责，认为是自己照顾不周才出的意外，所以当叶慎寻再度来家里要狗，他想也没想送给了对方。抱着“我照顾不好，兴许你可以”的心态。

狗狗断了两条腿，生活几乎不能自理，叶慎寻却表现出超乎常人的耐心。

他在学校，狗狗的一日三餐由用人照料。回到家，清理屎尿他都自己动手，完全不若传说中不知人间疾苦的大少爷。

后来狗狗因为瘫痪太久，全身神经都开始退化，没过半年就走了。

自那往后，叶慎寻再没养过狗。但那条狗的墓碑，迄今还在叶家老宅子里立着，无论院子翻新多少次，那块地方始终没谁敢去动。

魏光阴：“对一条偶然遇见的狗尚且如此，何况，是他等了两千年的人。”

两千年……

一想到这个，青年的目光忽而飘得特别远，不知在想什么。

而站在隔间屏风后的我，泪流一脸。

其实，从头至尾，他还是没说出一句早该脱口而出的“喜欢”。但那份厚重的情谊，早在他每个眼神和每次言谈间暴露无遗，根本用不着特意陈明。

与其说，我恨他表现得太晚，不如说我更恨的是自己——恨自己明白得太迟。

如果不是因为在意，当年我没法和他一起去美国念书，他为什么表现得如此生气、在意？几近与我断了联系。

所以说，年少真好。百无禁忌地伤害，肆无忌惮地索取。

可是，年少也不好。我们，都还没学会表达和珍惜。

“何伯，你故意的吧？”

出了餐厅，他从荷包里摸出手机递给我，连说：“老了，老了，竟然忘记程小姐的手机我早已收好。”

在美国那段时间，我记性奇差，老掉东西，只差没把人掉了去，只好难为何伯跟在后边收拾烂摊子，还收拾成习惯了。

“你一定是在报复我让你做饭的事情！”我因为眼睛哭太红太丢脸，没大没小地冲他叫。

何伯佯装毕恭毕敬：“为什么程小姐认为是报复呢？”老人稀疏的眉头一挑，“分明是以德报怨。”

多久了，两个人都别扭地不肯走出更多一步，只好他来做“管皇帝闲事的太监”。

何伯：“要是哪天老头身子不中用，走了，先生身边还有个能说话逗乐子的，我也就放心了。”

搞半天，在他心中，我只是给魏光阴“说话逗乐子”的。

“胡说。”我斥，“陪他说话逗乐子的明明是你，我才没兴趣。您可得养好了，至少得看见你家小少爷出世，再长成先生，否则按照光阴的性子，是不会让你入土为安的。”

他讨厌所有不打招呼离去的人。

何伯明了我的深意，顺着话茬往下接：“光靠我家先生一人，小少爷也出不了世啊。”

我知道他要什么答案，沉默半晌，一张狗嘴还是没吐出象牙——

“抱歉，何伯，我不行。”

从我崩溃在叶慎寻的公寓楼下，迷失在那最后一分钟的烟火里，我就知道自己那双手，已捧不了别人的感情了。

至少，捧不了那份厚重如时光的。

我的心为别人迷了路，我的身体为别人受了伤，我的眼睛曾为别人回望，不配再谈守候。

每当看那男孩一眼，我还是会控制不住地对他温柔。就像他是世上最珍贵的宝藏，应该悉心呵护，避免打碎。但，我的心，不会再剧烈跳动如高空迫降了。

可叶慎寻，仅仅是喂了我一颗糖，我却像喝了最烈的酒，彻夜眩晕彷徨。

“你不行……是指哪方面不行？”何伯适时出声。

我脑瓜子瞬间嗡嗡的，还能不能好好演煽情戏了！

不，我不能被打倒，立志成为奥斯卡影后的我一定要念完台词——

“我的心不行了啊，何伯，连自己都无法掌控的那种。”我语气尽量凄哀，企图带入情境，“我写过那么多小说，现在才明白，无论是深情专一的男主角还是女主角，都不存在。你瞧，那个说等我两千年的人，还不是在两千零一年的时候，抱了别的女孩。而我，发誓只做一个人的太阳的我，终究闪耀了别人。”

何伯：“那是因为你和先生之间始终有心结没打开。”

“那您教教我，满门家仇的结如何打开。”

我喉咙动了动，还是没压住残忍：“我们可以嘴上说着，忘记过去，从头再来，然而，真的能忘吗？您见过他的父亲怎么抢夺我的母亲，必然也见过他对她有过温存。身为女人，她肯定也曾动容，结果呢？还不是玉石俱焚。因为小意温存和大是大非比起来，终究单薄了。因为人就是擅长遗忘美好、铭记伤痛的物种。

“更何况，”我一顿，颇为自嘲的口吻，“我根本没信心将叶慎寻完全剔除脑海。以前我总认为，他付出多一些，自然是爱我多一些，就整天有恃无恐、趾高气扬。但当我真正失去，才发现，其实我对他的感情，比自己想象中的深得多。甚至到了，很多很好的摆我眼前，我都可以做到无动于衷的地步。甚至，连我这么自诩清高的人，都真的想过要去破坏他和谷朵，您信吗？”

下了手术台，睁开眼睛，看着叶慎寻和谷朵铺天盖地的喜讯，我的确龌龊地想过：既然上天安排我历劫成功，为什么我不抓住唯一幸福的可能？

不被爱的才是第三者。我如此安慰着自己。

但最终，我却步了。

我却步并非因为我想通，或者不敢这样做。而是我无法忍受，那个全心全意爱着我的男人，终究把他的眼睛和心分给了别人。哪怕只是微不足道的一丝。

于是对待光阴，我亦如此。

不能给他干净的全部，干脆别给，否则徒添折磨。

“所以，我和光阴之间没可能了，何伯。”

我抬起头，第一次用慎之又慎的表情面对老人——

“正因为我知道完整的重要性，才宁愿孑然一身，也不要去侮辱我曾挚爱的少年。”

何伯与我推心置腹的那次谈话，不知事后魏光阴有没有耳闻。

但我猜，有。因为，他不再试图找我。

其实若非那场大病，硬将我俩重新绑在一起，我们之间，本该是这样老死不相往来的状态。后来还能和他好好说话，同住一室，通电话、吃便饭，仿佛已是命运的成全。

如今，情况好像要倒回老死不相往来的地步。

虽然隐约感觉到，有什么重要的东西要再度从生活中剥离……

但我无能为力。

不知不觉，滨城入夏。

日头开始晒得人心慌，连我这么闲不住的宝宝都不再试图往外跑，而是待在冷气充足的盛杉家码字，或者打游戏。

那款手游更新了版本，又增添许多新玩法，玩家也与日俱增。刘大壮因此收获了许多的金钱和信心，打算完全脱离他爸的公司，专心在工作室搞开发。

“对老玩家太不友好了吧？”我打电话骂他，“新角色的技能完全针对老玩家设置。一打就控，一招架就封内，你是打算让我真的弃游吗？！”

刘大壮：“老玩家都是‘白嫖’好友度的，还不够给你们省钱吗！”

“我是缺那几个钱的人吗？我缺的是胜利！”

“你再说一遍？”

“我缺钱。”

认㞞是我的强项，找准定位也是我的强项，毕竟我真的缺，一趟旅行耗费了我半本书的稿费。

剩下那半本？

我不吃饭吗！

盛杉：“你饭不是在我家蹭的吗？”

啊，一群没有爱心的人，让我留点私房钱傍身会怎样。

“完全 OK 的姐妹。”刘大壮在电话那头兴致勃勃，“我们工作室的游戏大赛宣传海报你看了吗？一等奖的奖金小两万呢。只要你能说动周印这位大佬带你，加上如今你溜得起飞的操作，问题应该不大。”

上帝啊，我的朋友都发达了，敢在两万前面加“小”字了，我却还在努力脱贫。

一想到这儿我就气血上涌，也不知哪里来的自信，当下拍板：“别说，说就是参与。”

盛杉的预产期还有一个月，周印刚做完工作交接，好像打算这段时间都待家里，怕我不靠谱，看不好她。

周印：“打会儿游戏的空闲时间倒是有。”

听完我的邀请，他琢磨半天道：“不过我们总经理好像也对大赛有兴趣。你知道的，虽然不在乎奖金，但他这么骚包的人还挺在乎名气的。”所以才连微博简介都这么粗暴吗。

“So？”

“要想拿奖，肯定会狭路相逢，绕不过去。”

怎么，我看起来像怕他的样子吗？

为了找回尊严，我针对他使用的角色，刻意练习了一段时间走位，早已不是当初的菜鸟程。

但说归说，实际操作还是有难度。毕竟走位是死的，人是活的。加上叶慎寻脑子勉强够用，好几次我都差点暴毙在他手下，幸亏我的反应和智商也不是吃素的。

叶慎寻的队友一般，不够周印打，我方还有盛杉助力，他独臂难支。

眼看战况激烈，难舍难分，我汗都下来了，终于瞅准机会，秒了他们的奶。

玩儿加血的这位姐姐当然知道自己的重要性，刚一躺地，就忍不住“啊”地尖叫了一声，而后疑似撒娇：“就说我不要玩，我太笨啦！给你们拖后腿。”

叶慎寻兴许摸了摸她的头发：“没事，帮你报仇。”

话是这样说的，但摸头发是我想象的。

为什么我脑子里会有如此宠溺的画面？因为以前我做类似蠢事的时候，他就这样，仿佛我不是大人。

啪。

关键时刻，我一下退游。

盛杉胜负欲强，差点动胎气的样子，骂我：“你搞什么？！”

周印也睨我，没说话。

我顶着两道极度审视的目光，终于硬着头皮找了个看似无懈可击的理由：“没听见吗？他要帮他老婆报仇，我赶紧跑啊！毕竟他不要奖金了光追杀我，我铁定玩儿完，不如及时收手保全颜面。”

盛杉半信半疑：“你怕不是内心爽翻了，手抖不好操作吧。”

“哈，我爽什么？”

“当然爽啊。”她斩钉截铁，“有利的局势你占了，他老婆你‘杀’了，那可不比赢两万来得痛快？”

盛杉貌似还要揶揄，周印冲她摇头，她才噤声。

良久，我不声不响地摸过手机，当着他俩的面将游戏彻底卸载。

盛杉这才发现我情绪不对，讨好地挪过来，用胳膊肘撞我一下：“怎么了吗？”她嘟囔，“不就是两万块吗？看把你气的，我就当提前送你结婚礼金，私下给你还不成。”

我居然没马上应承。

当然，也可能是想，她堂堂盛家千金，结婚给两万礼金是不是太少？

反正我最终抬起头，眼睛都跟着润了。

“我做不到。”

我听见自己的声音讲。

“心平气和地与他做点头之交，我做不到。之前觉得，承认自己做不到很丢脸。不就是两条腿的男人吗？街上一抓一大把，谁离了谁不行。可原来，不行。他们凭什么刺激我呢？就因为我很能逞强，活该我受折磨？我不要他了还不行吗。我不面对他了还不行吗。我不……我不爱他了，还不行吗。”

画面一时死机，连空气都凝固了。

好半晌。

“不、不、不行……”

盛杉的声音忽而痛苦，仿佛要和爱人决裂的是她。

我彻底被她气哭："为什么不可以？我就要！我不喜欢他了，让他去死！"

没想周印比我反应还大，唰一下从沙发上立了起来："杉杉？！"

我慌了。

当盛杉出现早产迹象被送去医院，我就不停地在想一件事——

这位周、盛两家的VIP继承人，如果将来得知他/她是被我气出来的，会不会对我进行打击报复？

不要啊！

我还想搞好关系，蹭他们家一辈子的饭呢，呜呜呜。

手术室外，我"呜呜呜"的声音影响了周印，男子眉毛揪老紧，可还是竭尽礼貌没对我出恶声。

"一号房的家属！一号房的家属在哪里？！"

不知过去几个小时，一名蓝衣护士急急走出。

没等我反应，周印噌地快步过去："我是。"声音绷得出奇紧。

他俩站定了我才回神，看他们你一言我一语地说着什么，心里一个不好的预感掠过，我当机立断跳起来喊："保大人！"

我的声音终于惊动护士，她越过周印的肩膀看我，很明确地给了个白眼："这位家属，请您安静。现在正规医院已经不问保大人还是保小孩这种弱智问题了。一旦出现情况，都是力保大人，谢谢。"

蓝衣护士歪头，我才看见她怀里还抱着个小东西，用襁褓裹着。

按照她的说法，孩子都出来了，那盛杉也没事啰？我松口气。

我的咋咋呼呼周印虽然也习惯了，但没有哪一次不是头疼的表情。唯独这次，他居然冲我微微笑了笑。不知他是在笑我傻，还是欣慰我在关键时刻没有忘记盛杉。

当然不能忘了，我还有两万在她手上……

盛杉还在手术室休息，蓝衣护士抱着孩子给我们看了几眼，又迅速收回去，然后对周印说早产儿要住保温箱，否则细菌太多，生存条件不好。“请跟我上楼办手续。”

又过了好一会儿，盛杉才被缓缓推回病房。

事出突然，还恰逢半夜，周、盛两家的人得到消息才赶到。

一屋子的人，见盛杉昏迷着，一窝蜂地跑到保温箱所在房间看孙子、外孙，周印也忙着办手续。等她睁开眼睛，看见的第一个人居然是我。

见到我，她的眼角就出水了，吓我一大跳。

曾经在斯里兰卡的佛牙寺，我俩盘腿听下雨。她说，如果这辈子不能和周印在一起，她虽然死不了，但也活不好了。

那时候，她都没哭。现在终于卸下包袱做妈妈了，情绪反而不太稳定的样子。

见她的嘴张了又张，努力吐音，手足无措的我俯身去听。

“我再也不生孩子了。”

她讲。

盛杉早产，送医院的途中一边喊痛一边挣扎，说不要生了。

毕竟是剖肚子，她给自己做的心理建设还在一个月后。时间突然提前，一种诡异的濒死之感让她害怕极了，完全不配合。医生没办法，给她做了全麻。

现在麻药劲过了，伤口天崩地裂地疼，任她铁齿铜牙，不敌切肤之痛。

我能体会她的感觉，疼得抓心挠肝却无能为力的感觉，得带状疱疹的时候我也经历过如此非人折磨，于是无论她现在提什么条件我都说“好、好、好”。

“那两万不给了……”

我还是犹豫了一下，才说“好”。唉，我的钱。

第二天，宝宝情况稍微稳定，可以出一会儿保温箱，我让盛家请的专业月嫂去抱来，要给盛杉看：“这可真的是渡劫来的宝啊。”

谁知她看了没两眼就虚弱地挥挥手：“拿开。”眼不见心不烦。

不怪她。

此时此刻在她心里，这孩子估计就是她的债。不仅让她疼得死去活来，还让她在最难看的时候，被四个医护人员抬手抬脚地扔床上，这阴影她估计一辈子都忘不了。

我感慨：“以后你儿子敢不听你的话，我弄死他。”原来做妈妈这么伟大。

更别说我妈生我那年头，医疗条件还没这么好。

一想到这，我有些不是滋味。

盛杉约莫看出来了，立马和我搭话转移注意力：“弄死他就算了，犯法的，我到时估计也舍不得。不然你将来生个女儿吧，让他又爱又恨，虐死他。”

是亲妈。

不得不讲，孩子虽然早产，体重却与正常出生的婴儿没区别，甚至比一些营养不良的还重些。

盛杉背了镇痛棒，伤口的痛稍微好点儿，开始和我聊闲话传授经验：“羊奶粉是比牛奶好，孩子个儿大，将来你也喝羊奶吧。”

我冷笑：“你要我生女儿，还要我女儿个大？说吧，什么用心，是诅咒她嫁不出去吗！”

就这样没边没际地你一言我一语，盛杉脸上总算浮出点笑意。直到周印拎着一个小本子进房来，表情一言难尽地递给她，那点笑意又哗哗没了。

“放过我不好吗？”

瞅着连篇累牍的字，盛杉头大。

给孩子取名字这件事早在她肚子有动静伊始就困扰过她。

周、盛都是大家族，辈分高的、出主意的许多。有的信星座罗盘，认为孩子应该按照他的上升星座来取名字。有的信易经八卦，认为孩子的出生时辰尤其重要。

周家长辈们虽然也信玄学，却更注重族谱，希望盛杉别介意名字好听与否，要有传承意义。

“所以周印的名字……”我发出灵魂拷问。

盛杉秒懂，答：“他是‘印’字辈的。”

当初周妈妈觉得这字儿过于抽象，取什么都不搭，干脆合起来算完。而盛杉的儿子属于“期”字辈。

总不能叫……周期？

“程改改，好歹你也是他干妈，拿个主意。”当着一众大人的面，她将锅甩给我。

哇，我什么时候做的干妈，我怎么不知情！

她就怕得罪人，拿我当枪使，是不是坏得过分了！

“要不，你让谷朵取？毕竟我已经不可能是叶太太了……”我伏底身子，小声提醒。

之前她以为我嫁定了叶慎寻，打的如意算盘就是我取名字。

因为叶慎寻与周印亲如手足，那么叶长公子夫人取的名字，更是没谁可置喙。

“没关系。”她顺势拍拍我的肩，“不能做叶太太，魏太太也是可以的嘛。”说完还冲我眨眼睛。

“哪壶不开提哪壶”的本事，绝了。

名字最终还是我取的。

为了不连累盛杉被数落，我挖空写一部长篇小说的脑容量，终于选择了一个大家看起来都还蛮喜欢的：期远。

周期远。

愿他的生命里，永远怀有期待和远方。

盛杉咂了几下嘴念了几遍，点点头："一听就很男主角，是我的儿子。"

男主角的长相我不赘述，结合两位人中龙凤的基因，再差也不会差到哪儿去。倒是性格，用周妈妈的话讲，简直与周印一个模子做出来的，特别省事。

别人家的小孩隔几小时就得喂奶，他不。一天按时三顿，早、中、晚。

至于睡眠，更是规律。白天醒，睁着还没长开的眼睛自己玩儿自己。一到晚上就睡，作息跟成年人似的，完全不磨他妈的心。

孩子稳定下来离开保温箱后，消息才正式公布出去。

两家忙活着见商友、见媒体等一系列流程，医院也开始陆陆续续出现贺喜的人群。而我，全程就跟个免费的迎宾小姐似的，迎来送往。

当天下午，病房终于等来那个消失了一段时间的人，魏光阴。

他不是自己来的，还有刘大壮，估计是两个人约好一起来看望盛杉。

见到浑身油气头发乱糟糟的我，青年的唇抿了又抿，感觉像要吩咐何伯带我去整理，终究没僭越，忍住了。

察觉魏光阴想打破尴尬，我也跟着使力，有意无意地问他送多少礼金。

他反问："你怎么打算？"

我厚颜无耻，一副理所当然的表情："她那么有钱，不在乎的啦，我送个千儿八百意思意思就好吧。"

魏光阴颔首，若有所思，接着转头冲何伯讲："红包就按照程小姐的一百倍给吧。"

立马我原地起跳："你这不是存心打我脸吗！"

你送一百倍，那我这做干妈的一千块还能拿得出手？

他仿佛就在等我跳脚，拢手轻笑。

见他一笑，我这段时间积累的沉重心绪总算松懈大半，更肆无忌惮："魏光阴，你是不是对我有什么不满？”我说，“有什么不满，请你直接说，我好把你的嘴封上。”

刘大壮刚从洗手间出来，只听见后半句：把你的嘴封上。

他两只眼睛噌地发亮，不远不近地起哄：“用什么……封？”

突然车速要飙往一百八十迈的样子。

“等等，我系个安全带。”我凭空做了个上车的手势。

眼见我俩这段时间的陌生不复存在，魏光阴此番连眉梢都染上笑意，说出的话也是轻的。

“好歹洗个头去。”他亲自动手整理我歪在一旁的刘海，提议。

我下意识捂住头，脸色一下变得姹紫嫣红，撇撇嘴：“这不是盛杉离不开我吗？说不想要陌生护工伺候。”讲完发现不对劲，这意思？我是熟悉的护工？

太过分了！

正当话题细水长流地进行着，走廊尽头传来又一阵清晰的脚步声。

谷朵的穿着不算隆重，却足够体面，窈窕淑女地走在叶慎寻旁边，接受穿梭的医生护士们接二连三的问好。

刘大壮不知怎么就是不喜欢她。搁我们这头，都很清晰地翻出个白眼。

但就白眼这件事论，我还没见过有谁翻得比叶慎寻高贵，包括他的无视。于是我眼睁睁看着他越过我们身边，当我们空气一般地飘进了盛杉的产房里。

他的背影很直，气场也很刚，说无法无天也不为过。于是我张嘴“喂”的那半声，生生作罢。

果然，没几秒，病房传来惊悚的尖叫，他整个人就被周印直接推出房门——

“有没有常识？产妇的房能不打招呼随便进？敢情不是你老婆。”

噗，让你嚣张。

盛杉正在进行日常挤压恶血的环节，剖宫产后的必经过程。此时产妇抵抗力弱，要避免生产的残血留在体内引起其他病变。赤身裸体的，叶慎寻问也不问就冲进去，不是找骂吗。还好周印反应快，迅速拉上隔帘。

我心里那个舒坦啊。

待盛杉整理完毕，一群人才潮水似的蜂拥而入。

谷朵站在人群最前方，拎着手袋，有些没话找话地说：“感觉生孩子好疼啊。”

好歹是特意来看望自己的，盛杉没拿她开涮，实诚以对：“生的时候还好，麻药一打，睡过去了。反而生完那阵，和挤压恶血的时候……就刚刚，简直想死。”

谷朵当然听见她叫得多凄惨，惊魂未定地讲：“吓得我都不敢生了，哈哈。”

闻言，刘大壮这个“嘴贱王者”再忍不住：“叶太太这么说话，感觉好像很庆幸当初那孩子没了似的。”

他并不清楚那孩子的来历，以为真是叶慎寻的，来劲得很。

我暗地撞他，让他别瞎多嘴。他回撞我，动静大得所有人都看见——

“怎么，她不想生，你想生啊？”

听得我尴尬不已、口不择言：“和谁生，你吗！”

与我比脸皮厚。抱歉，我没输过。

语出，刘大壮做了个特搞怪的表情，叹道：“姐妹，你果然是逼急了什么事都做得出。”

“不，她做不出畅销书。”

又一个清清冷冷的声音插入，我不可置信地看向床头的魏光阴，此刻他脸上写满故意。

“我、我、你……”

因为怼我的人是他，还怼到了我最痛的地方，我真的开始怀疑人生了。

“来，我们谈谈。”

我隔着床，皮笑肉不笑地冲他招手。

刘大壮继续煽风点火，故意拦在我身前：“谈什么？有什么好谈的？我们光阴除了谈合作和谈恋爱，其他什么都不谈。”

立时，我看见盛杉情不自禁地捂了下伤口，似乎被我们这群人的幼稚逗到，又不敢大笑怕扯着疼，表情管理做了又做。终于她没忍住：“再这样下去，该不是要把民政局搬来了吧。”

趁着民政局还没真的搬来，我用尽全身力气将魏光阴拖出是非之地。

门关，及至安全通道，我才重重地呼出一口气。

“竹马，谢啦。”大拳拳打青年一下。

我知道他是故意挑事，好让我找着借口离开，别去受那两口子的气。

魏光阴猝不及防，被我推得稍稍往后一退，很快又站定，方才脸上的所有故意统统敛去。

“不只为了帮你，我也有私心。”他语气淡淡，“不想和你变得陌生。”

有时候互相攻击，反而是关系亲近的表现。

何伯果然对他说过什么，应该也传达了我的那句“不可能”。何伯不是能看着自家小先生作茧自缚的人。

“你别猜何伯对我说过什么。”突然，青年开口，“好好想想相亲的事吧。”

“你怎么知道我要去相亲！”

盛杉牵的线，说有一个哪儿哪儿都好的富家公子留洋归来，就是比我小一岁，如果我不介意可以去见见，下半辈子总不能真的当尼姑。

魏光阴：“看来盛杉没撒谎。”

……这群人真的不懂什么叫秘密。

“能不去吗？”

正当我琢磨着怎么回应比较合适，那人又说话了，令我心下一咯噔。

唉，我的光阴，我已经配不上你了啊，你为何如此执着……刹那，我脑子里闪过无数唉声叹气、悲凉无力的词。

就在这些词儿要控制不住往外蹦的时候，他比我更先叹了口气：“别祸害更多人了。”

所以……在他看来……我去相亲是祸害别人……

“我最近是不是越来越好说话了？”我气到冒烟，连狠话都不知道该怎么放了。

魏光阴目的总算达到。他失笑，话锋一转：“挺好的，改改。”

我问，好什么。

他直言不讳，说像现在这样没有包袱和芥蒂的相处，很好。

魏光阴：“不管你与何伯讨论过什么，都不重要。我记得很久以前，看了一本你整天挂在嘴边的小说。男女主有段对白，我记忆深刻。男生问，你有没有喜欢一个人喜欢到不行？女生答，有。我很喜欢一个人，但不行。后来很多迷茫的时刻，分不清对你究竟是儿时情谊还是喜欢的时刻，我都会想起这句话——

“也许吧，改改，我对你有过特殊感情。但是，我比你更早明白，我们不行。

“况且这种感觉也没强烈到你曾经对我舍生忘死的地步。因为，当我亲手把那些药灌进你嘴里的时候，就足以说明，我心中的仇恨盖过了悸动，终变成伤害你的利器。所以‘放弃’这件事，我比你更早地在练习，也顺手了。不然你以为，我会轻易让你离开美国，回到滨城？这不是我的作风。我魏光阴，不敢说要风得风。但我真正想要的东西，从来都会去争取，哪怕遭全世界唾弃。”

明显，他真正想要的东西里，不包括我。

一个世纪过。

“啧啧。”

我舔着有些干裂的嘴唇，释怀：“本来想，自己魅力那么大，怕你走不出去。现在看来，我想多了。”

“……呸？”他犹豫着说了个语气词，“学你的。”

“唉。”我又一叹，“那你到底送盛杉多少钱？”

仿佛这才是谈话那么久的重点，因为真的不想露怯啊。

魏光阴轻松扬眉：“看心情吧。”他讲。

一瞬间，阴凉好似都停在了他的脸。

是时，梁蔻蔻来电。

第八章
为了我，可曾有？

如果你有需要，如果我还有力气，
千军万马来了，我还是会挡在你面前。

梁蔻蔻对滨城不熟，魏光阴好像答应了要给她画张地图，标明好吃好玩地点的那种，用心可见一斑。

我无声地冲他做个加油的手势，转身出了安全通道。

没走多远，路过转角，我就不能自已地捂着心口，缓缓滑向地面。

太疼了，光阴。再不离开，我可能会死在你面前。

要不是那日，何伯早忍不住告诉我，你灌我的那些臆药，其实全是维生素片，我可能真的就要被你不动声色的演技骗过。

是的，你魏光阴，在别人眼里，从来是宁可不择手段也要达到目的。

但他们都看不见，你魏光阴，想要保护什么东西或一个人时，到底能够多用力，哪怕赔上骨子里的体面……

不过，有一点你说错了，光阴。

为你舍生忘死的那个程改改，根本没有变为“曾经”。

如果你有需要，如果我还有力气，千军万马来了，我还是会挡在你面前。就像十岁那年，你用身体为我筑的城墙。

可是，我好恨我自己。

恨我自己虽然敢为了你视死如归，却在美国躺上手术台的时候，满心满脑想的是：要为了一个人活下来。

要为他变得无坚不摧。

“有过吗？”

拐角处，我正切身感受什么叫痛彻心扉，忽而不远不近传来一声问询。

我循声望去，见那人逆光站在那里，身形瘦高、鬓角飞扬，目光却噬人，似要摧毁这方小天地。

叶慎寻：“像这样不分场合、不顾形象地情难自制、呼吸不畅，一想到就心痛难耐的状况……为了我，有过吗？”

他再问，语气切切。

须臾，我眼泪更加汹涌，无声而剧烈。

我多想老老实实告诉他，哪怕就那么一次，哪怕他根本不会相信。我只想说，我快撑不住了，可他比我更快否决。

“算了。”他有些好笑地摇摇头，“这样问，仿佛还对你旧情难忘似的。”

“那你难忘吗？”

我知道以彼此今时今日的身份，很多话根本不适合再提。可他穿心掠肺求证明的语气，让我的理智也跟着药石无医。

你难忘吗，叶慎寻。

我在心里又问了一句，仿佛求答案的根本不是他。

“有……点儿吧。”

男子目光犹豫了下：“这点难忘和结局无关，充其量只是觉得自尊受损。不敢说这辈子只爱你，但在喜欢你的时候好歹全心全意。如果对方连一次崩溃都没为过我，我会觉得自己很差劲。

“跟投资失败没什么区别。”他又多此一举地补充。

闻言，我莫名失笑。借着墙壁使了好几次力，想站起来，最后统统失败，只有嘴还听使唤：“你凭什么觉得我会满足你的骄傲？”

“因为你想要的一切，我都满足你了啊。”他理所当然道，“包括自由。”

我再度如鲠在喉。

良久。

叶慎寻：“算了。”这下是真正算了的表情。

医院这种是非之地，哪里适合谈心？他估计怕一言不合能砍死我，毕竟我的嘴里从没出现过让他受用的言语。

可明明是他放弃追究，我胸口的气却咽不下去。

须臾，走廊传来远去的脚步声。

“还有，”那人走两步又停下，“转告刘维，该学学说话的分寸了。我的老婆，轮得到他编排吗！”他齿牙森森，“今天看在孩子的分儿上，不想见血，实际我脾气没你们想象中的那么好。”

他不提，我都忘了。当初把我绑到老爷子面前去，还动刀动枪的人，怎会是善类？

偏偏刘大壮和我一样，喜欢蹬鼻子上脸。往日见我在叶慎寻头上作威作福惯了，总觉得他也可以效仿。

如今连我都认清形势，有多远躲多远，他还持续作死。

“抱歉，叶总，你的意思我会带到。”

我语气很硬，也不知是真心实意要带话，还是赌气，总之我俩再度不欢而散。

叶慎寻一走，我还缓了好一会儿才有力气爬起来，敲敲已生出麻意的双腿，冲周边听了许久免费八卦的小护士们撒气：“还没看够？你们有完没完！”

……

不过半小时，盛杉的房间满了又空。

刘大壮把祝福和红包带到就溜走，不知最近在忙什么，魏光阴和叶慎寻也前后脚离开。

谷朵在医院大楼门口等她老公开车来，遇见被解绫押来医院走过场的解冉。

如今解家大半生意扔给了解绫这个私生女，外界好奇不已，知道一点内情的我却认为这是解绫应得的。能对自己心狠、拿得起放得下的女人，没什么事做不成。

看看，连解家的正牌千金解冉都被她收拾得服服帖帖。

解冉：“哎哟，吓我一跳。”

她也懒得走，在医院大楼入口就下了车，和谷朵实打实撞见。第一眼以为是我这个死冤家，她眼皮跳了下，定睛一看发现不是，依旧不太爽的样子：“真是出门没烧香。”

谷朵对解冉和叶慎寻的过去了解多少我不知情，但她明显认识对方，很有大家礼仪地点头招呼。

“解小姐你好。”仿佛根本没听见她前一句吐槽。

解冉“呵”地失笑：“长得挺像，可比程改改识相多了。换作她，恨不得跳起来剁碎我吧？根本不会这么礼貌地与我打招呼。”

反正大局已定。人，她丢了。公司的位置，解绫坐了。她已经没必要再顶着世家的帽子，克制自己的性子。

不过解冉对我的了解还是不够深。

剁碎她？

给我一把刀，我能剁碎她全家。

谷朵：“怎么会，程程姐不拘小节，我不及她百分之一。”她面上微微笑，有个浅浅的酒窝。

解冉上下打量她几眼：“还姐姐？你俩演宫斗剧啊？抢皇帝呢。”

谷朵又一笑，这次显得更开怀：“解小姐真有趣。”

结果解冉根本不埋单。

兴许是我的脸太让她深恶痛绝，她恨屋及乌连累谷朵，“鸡蛋里挑骨头”地鼓了鼓掌：“忍常人所不能忍，叶太太不简单。”

平心而论，谁又简单呢？

我虽然是在孤儿院长起来，却比谷朵幸运。好歹我也是有娘的，尽管她不敢认，却默默在背后使力，让我即便待在祥和里也没有受过多余的风吹日晒和雨淋。

十岁那年，我和光阴出走森林，被一场暴雨冲到程家后，更是有米有肉。

年少时我唯一的焦愁，不过是猜测何时才能重逢我的男孩。

然而谷朵却全然不同，她是真正的无父无母、四处漂泊。当初她所在的孤儿院不正规，她机智地逃了出来后，连个固定住所都没有，睡过很久很久的桥洞。

桥洞下经常有为了讨生活而献技的手艺人，她边看边学，小小年纪就琢磨如何解决温饱了。

我遇见她的时候，她就在因为地摊位和一伙恶霸发生冲突。我让好淑女摸出手机打 110，她更彪悍，直接把肩头的衣裳往下扯，毫不忌讳外人的眼光喊："顺便告他猥亵未成年。"

一个女孩子，曾经被生活逼到什么地步，才会觉得脸面这东西也可有可无。

所以我从没觉得谷朵简单过，但我认为她的世故和成熟有必要，这样才不容易被欺负。

只是我没想过，她会用世故成熟的一面，来应对我。

医院门口。

解冉："我这是在做什么？为程改改打抱不平吗？"

她发疯似的敲敲自己的脑袋："程改改整天牛哄哄，以为有叶慎寻给她撑腰，全世界都得给她让路，现在总算遇见能收拾她的对手，我该开心地叫你一声朋友才对。"

说着她就冲谷朵咧嘴一笑。

谷朵满面狐疑："毕竟没有解小姐那样高的学历和见识，我理解能力有限，真不知您在说什么。"

解冉不喜她的装疯迷窍，毫不顾忌地拆穿她："一个两个，又来了。白莲花人设就这么招人待见吗？那孽种怎么掉的你心知肚明，以为绕过叶氏医院就没人知道？你拿药的那家医院，姓解的小姐，去之前也不打听打听？不在现场我也能猜到，慢性药物流产，外加找准时机碰一碰，可不就是叶慎寻的锅吗——

“绑住一个男人不一定要靠爱情，愧疚往往更有用，叶太太很懂。”

谷朵经过社会摧残，心眼儿自然不少，却没切实感受过上流社会到底是怎样一个圈。

正如我前面所讲——没点手段，不容易有秘密的。

来者是敌是友谷朵暂且分不清，木着脸没接话，避免出纰漏，解冉却被她隐忍却默认的表情取悦：“现在那孩子怎么怀上的，到底是不是意外，我都打个问号了。哇，这么一看，当年和程穗晚结盟我真是瞎了眼！”

谷朵秀眉紧蹙：“我没想伤害任何人。”意思是别拿她与程穗晚比。

“你这比伤害可牛多了，直接人都抢了。再说，”解冉怪气不减，“你不伤害，不是因为你没坏心眼，而是因为没尝够嫉妒。等你尝够了，欢迎来找我聊天。”

叶慎寻的车远远驶来，解冉眼尖，提前离开，一番话却给谷朵留下余震。

副驾驶上，她禁不住自省走过的小半生，不得不承认，自己说过的谎话连篇。

没遇见叶慎寻以前，她的谎话都是为了自保与生存。遇见以后，她所有的谎言都只是为了留住一个人。

清白之躯？

对安定的人而言仿佛理所当然，对来历不明、自食其力的她而言，却是奢侈。

不过，泥浆里打滚惯了的好处也有：什么千奇百怪的人都见过，看穿对方的弱点和软肋总比普通人容易些，更别谈程改改那一眼就能看穿的性格。

嘴硬，心软，近乎矫情。喜欢将烂摊子都揽自己身上，发生什么事一定先责怪自己。

正因看穿种种，谷朵才选择用示弱的方式换取对方心甘情愿的成全。

傻瓜，什么人可以放，什么人不能，到现在还没活明白吗？

若叶慎寻对她如此巴心巴肝，她即使把全世界炸了也不会让任何人抢了去。

那个女孩，口口声声说着和她同病相怜……怎么好意思呢？

自己颠沛流离、吃了上顿没下顿的年纪，她还待在好好的屋瓦下看信。自己为了生活不择手段、四处奔波，不惜扯了衣领自玷，她已遇见两个人护她如性命。

这些话说出来实在忘恩负义，亦无法被理解，但它腐烂在心里太久，让它们见会儿光也好。

光……

初初遇见那女孩的时候，谷朵脑子里的确闪过了这个字。

她幽默，开朗。明明寄人篱下却天生自信，还有双很会笑的眼睛。这种会笑是她俩长得再相似，谷朵也模仿不来的神色。

但打从一开始，谷朵就没觉得这一束光是恩赐，反倒像恶魔的邀请。

因为一个在黑暗中待久了的人，从没见过光是什么样，不知道有光的世界多璀璨，她就永远不会向往。她会觉得自己生来就是瞎子，活该在黑暗中死去。

一旦她得窥晴空，见高楼万丈，谁不想拼命往里闯？

哪怕闯过去的路上有长长的鸿沟一条。她纵身往里跳，兴许粉身碎骨……她依旧会孤注一掷。

这该死的人性，她没有力量抵抗。

滨城最近新颁发了一条“滨海禁渔令”。

官媒报道：“因过度捕捞，滨海几近陷入无鱼境地，大自然向人类亮起了警示灯。为尊重自然规律，滨海将进入五年休整期，其间禁止一切捕鱼行为。据悉，这也是滨海史上最大规模的休养生息。”

环保口号一喊响，多方志愿者和环保部门纷纷应援，然而事情没那么简单。

一旦滨海禁渔，那些靠捕鱼为生的渔民将面临彻底失业，温饱成首要问题。叶氏老巢就在滨城，上头下了指令，优秀龙头企业要做示范，为如何解决渔民就业问题出谋划策。

叶慎寻是当仁不让的叶氏代表，从医院出来就去市政开了大半天的会，回来便亲自做再就业计划。

这本是利国利民的项目，良心买卖，亏不到哪儿，他自然上心。

不过，谷朵这一天的情绪好像不太对劲。

叶慎寻：“你别等了，我这忙完指不定什么时候。”他推了下鼻梁上的金丝边眼镜，冲旁边百无聊赖地看东看西的人讲。

谷朵踌躇好一会儿，没头没脑地问了句：“程程姐以前会陪你熬夜工作吗？”

“嘁。”话没听完，叶慎寻就开笑，“她？怎么可能。”

说起来程改改也不是早睡的人，还有熬夜习惯，但他工作的时候她从来不出现。顶多兴致起了，跑书房来戴上耳机，说他这里的 Wi-Fi 信号更强。

谷朵：“啊，我都忘了，她做过大手术身体不好。”

某人更嗤之以鼻，无端吐了这么一句：“白天确实风都吹得倒。到了晚上，呵，狗都追不到。”还身体不好？

只是没有陪他的这份心。

谷朵：“那我……陪你？”

在旁边游弋了许久的女子终于蹲下身，双手撑着下巴卖乖：“嗯，我得承认这个问题有私心。因为知道自己和程程姐长得容易混淆，总怕你不经意将我当作她——

“想说，既然她没有陪你熬夜工作过，那从现在开始，让我陪你吧。”

女孩说着话，眼睛跟着眨巴，弧度终究和谁太像。

叶慎寻目光一漾，迅速将视线重新落到PPT上，模棱两可的态度：“你高兴就好。”

然后谷朵就像得到金牌令箭般，反客为主地在他的书房守着。什么也不干，光看他，搞得叶慎寻几度分心。

“要不，你还是早点睡觉？”

看她神色微变，他立刻加了句略带讨好嫌疑的话：“你在这儿，我没法专心。”

不管这句话里的情意几分真假，听来总是让人高兴和满怀希望的。

谷朵乘胜追击，向男子张开双臂，大着胆子娇气：“临睡前要老公一个爱的抱抱不过分吧？”

叶慎寻想不出任何拒绝她的理由，下意识伸出手。

到底不是把“冰清玉洁”四个字刻在脑门上的旧社会，两个人其实有过亲密接触。程式化的牵手、拥抱、接吻，一样不落，但多数发生在叶慎寻酒意朦胧的时刻。

像这样清醒的情况下……

新婚房统共就两层楼，占地面积却很大。室内一千多平方米，室外还有独立的院子和高尔夫球场，远远近近连户人家都没有，看起来像是给青豆和叶慎星准备的安静之所。

青豆的房间在一楼，今晚也不知怎么了，绕了好远的路跑到二楼书房来，不料撞见叶慎寻伸手将索抱的女子捞进怀中，很亲昵的样子。

她故意弄出点动静，吓谷朵一跳，立马红着脸从叶慎寻怀中挣脱。

“那我先去睡觉……”想来小丫头是来找叶慎寻的，她很有眼力见儿地退出。

人一走，男子揉揉小女孩发顶：“明天没课？”有点严父的口气——怎么还不休息。

小姑娘楚楚可怜，思忖好半晌才慢吞吞讲：“梦见姐姐了。”

她嘴里的“姐姐”是谁，叶慎寻当然心知肚明。虽然青豆也叫谷朵和身边的其他女子姐姐，但都带了姓，唯独程改改没有，仿佛彼此真就是打断骨头连着筋的亲姐妹。

叶慎寻：“她狠心地将你扔在贵州，害你差点受伤，你原谅她了？”

“本来没有的。”寂夜下，青豆声如蚊蚋，“忽然梦见那天追姐姐的车，她好像哭了。醒来我想，她一定不是故意把我丢下的，不然不会哭的，是吗，哥哥？”

叶慎寻想安慰她“是”，出口也不知怎么就变了冷硬的语气：“青豆，总有天你会明白，眼泪是最没用的东西。”

知道现在的小孩儿都早熟，他蹲下身，牢牢盯着小姑娘：“因为做错事了才会哭。可明知道是错的，为什么要去做呢？你是小孩子，可以被原谅，姐姐已经是大人了。”

不能像从前一样，她一哭，他就想方设法地去原谅。

青豆：“但如果，她哭得很厉害很厉害呢？”梦中，那女子的肩膀抖得像在筛糠。

原来无论大人还是小孩，当你真正想亲近一个人，即便她对你做了很多坏事和错事，你依旧能找到理由说服自己去释怀。

她哭得很厉害、很厉害呢？

叶慎寻被问得发蒙，嘴张了张，能言善辩的人也一下再讲不出什么。

狠话他可以放，但他未必能做到。面对小孩子，他选择少撒一点谎。

“姐姐肯定是有很重要的事，才不得不丢下我。”

见大人表情难辨地沉默，青豆忽而伸手抱了抱半蹲着的男子，反过来安慰对方："她一定也不是故意丢下你的，哥哥，我能感觉到。"

能有什么理由呢？

一行字闪过脑海，叶慎寻瞬间恼火不已。

事到如今，面对她当初的逃避和离去，他居然还会好奇，可他不愿去深究了。

他不够强大到控制情感，至少还有本事控制行为。

如今于他而言，什么人陪在身边都可以。真的，什么人都可以，只要别戳他千疮百孔的心。

周期远这个小浑蛋。

我要收回说他省事儿的全部话。

他的确按时睡觉，喝奶也很配合，但抛除睡觉、喝奶这两件事，其他时间，都像个恶棍。

直观点讲，就是他毫无遗漏地继承了盛杉骨子里那别扭霸道的公主性格。

比如，盛杉向来不喜欢薰衣草的味道，觉得土，我却认为气息淡淡的不错啊，于是买了香囊放衣柜，导致衣裳大多都带了点薰衣草香气。结果周期远这厮嗅觉灵敏，一闻到就哭，更有次疑似伸出肉手推了我的脸一把，想叫我走。

起初我和月嫂都找不到理由，怎么一见我就哭呢？

后来有天我逛街，买了新裙子，上面什么味道都没有，他终于让我安安静静地抱了十分钟，我才寻着端倪。

好淑女难以置信："不是你的风格啊，程程姐。"

在她心里，谁要敢给我巴掌，哪怕是刚出生的婴儿，我都小气到要打击报复，更别说什么整天变着花样地逗他、舰着脸抱他。

“没办法。”我一脸绝望地对她讲，“小家伙虽然继承了盛杉的变态个性，却也继承了周印绝代风华的一张脸啊！”

好淑女：“……三观呢。”

“三观是什么东西？我只知道五官。”

只要五官长得好，我不仅逗他、抱他，还会帮他每天晨昏定省地做伸展运动。

这是盛杉不知在哪个老人家那里听来的，说婴儿发育期间，经常伸展手脚的话孩子将来会长很高。

我嗤之以鼻：“这是基因决定的。”

盛杉：“怎么能全仰仗基因？很多爸爸妈妈都不差，孩子逆向生长的，必须把后勤做好。”

哦，你问为什么是我来做伸展运动而不是月嫂……因为盛大小姐不放心。

新闻没几天就是哪家小孩儿被保姆虐待的消息，她生怕给周期远找来一个变态，虐待她娃怎么办。

瞧瞧，这都是不爱她儿子的表现？疼得死去活来又怎样。

至于我为什么如此心甘情愿？

除了这孩子长得好，我也希望我的未来女婿高大威猛……避免我女儿找我算账。

有了周期远后，我的日子倒充实很多。平常除了写点稿子就是围着他跑，没多少闲时间想其他。

但叶慎寻的动向还是通过新闻传了来。

叶氏做带头榜样，为滨海渔民再就业的问题做计划。叶慎寻提议因地制宜，围绕滨海搞旅游开发。

滨海的水质看起来不怎么样，难以吸引游客。叶氏决定出金钱和人力搞一体净化，条件是海岛未来的营收权归叶氏十年，再回归官方。旅游业一旦搞起来，大批渔民能做民宿和吃食类的小生意，问题解决大半。

“十年的营收权足够叶氏回本，想赚个盆满钵满嘛，”盛杉努嘴闲话家常道，“还有待观察。”

一片海域的净化工程有多大，需要多少人力物力不用计算都能估摸大概，十年能回本就不错了，想赚钱有点难。可盛杉说，她师兄不像花十年做无用功的角色。

“赚够了吧？”我天真地参与讨论，“可能突然发现混个好名声对他来讲也很重要，毕竟主要任务也是为了解决渔民再就业问题，非得和钱扯上关系，多俗啊。”

周印正好从公司回家，听见我这句，抿直的唇线忍不住扯开：“他俗这件事你是第一天知道吗？”

原来叶慎寻的算盘根本没打在旅游业上。

要来十年的海岛营收权，正如盛杉所言，不过为了回本，真正的大头在于……捡垃圾。

不用他捡。他与一家专业从事垃圾回收和资源化的国际环保集团签了合同。对方负责海域范围所有的垃圾清理及回收工作，每年产生的利润与叶氏三七分成，合同期也是十年。

简而言之，他一边搞开发，又一边美化环境，还能躺着大把大把赚钱……

无论声名还是利润都两不落。

听完，我哭了。

我终于明白，这些年与他的纠缠对峙，若不是他真心退让，我根本一次也赢不了。

听说人最痛的时候，不是将将失去什么的时候。而是在你失去后的某一天，走到某个地点，忽然灵光乍现，后知后觉地明白了些事情，然而追悔已不及。

计划一定，叶慎寻就亲自带人到渔村进行深度调研，为期一周。

随行的人群中有几位叶慎寻的心腹，俗称的核心团队，都是住着好房开着豪车、拿着可观年薪的角色，不太能习惯住在腥咸味儿极重的渔村，上着没有天顶盖儿的厕所。

反观叶慎寻倒从容。

他吃过苦，和我在拉萨的时候。

不说比现在更差，起码差不多。

拉萨的天气白日常有阳光，晚上却极寒。我俩初来乍到，什么准备都没做。他还没钱，不敢动任何现金和卡，怕他爸追踪过来拎他回家。总之我俩经常不顾男女之别地挤在一张床上，相互取暖。

不仅有温差问题，还有吃饭喝水的问题。

习惯顿顿鸡鸭鱼肉的人，忽然要学着每顿吃红薯土豆，还得想法子找工作赚钱……

总之烦不胜烦。

我以为这样的日子他过不了多久，没想到后来竟习惯了，到末期简直如鱼得水。

他一直不知情，他在拉萨的妥协与改变，才是真正打动我、让我察觉真心的时间。所以在布达拉宫前，他似真似假地用一张保险单向我求婚，我心中的答案是：我愿意。

然而那枚戒指终究戴在了别人手上。

相爱兴许容易。相守，需要运气。

刚落脚，谷朵的电话就打来，嘘寒问暖。叶慎寻没做他想，拍了张渔民家的照片发给她，说感觉挺新鲜。

谷朵高兴得不行，欢天喜地道：“你知道吗？这是你第一次去哪儿向我报备。”

叶慎寻一愣，突然无话。

曾经哪位少女，也在深夜来过这样一通电话。

那时她生着病，还在医院里，想吃奥尔良烤翅，医生不允许。叶慎寻在外出着差，还分心给国际专业的医生打电话咨询，到底这种病人能不能吃快餐食品。

少女估计内心过意不去，这才主动给他打去一通电话，没有重点地问：“在干吗？”

那会儿他在一个小镇上的宾馆里，和她有一搭没一搭地说工作。

她根本听不懂，但还是保持了耐心，偶尔蹦出几个段子，他乐得不行，不知不觉煲了一小时的电话粥。

叶慎寻心情大好，想起什么，主动交代：“这里没有你讨厌的小浪蹄子。”

少女脸一红，欲盖弥彰地大声吼：“你说没有就没有啊！”结果吓得自己丢了手机。

通话挂断，叶慎寻想想还不放心，生怕她误会似的，竟千年一遇地打开摄像头，对准自己，搞了张房间环境加自拍发过去，以此证明房间里真的就他一个人。

往事重演，男子一下力气流失，没了应付任何人的精力，草草说“累了”挂断电话。

外间潮声响个不停，一浪又一浪。他走出去，到海边不过百米距离。海风狠戾，冲刷眼睛毫不留情。

于是那双陡然涩起来的眸，终于能合理解释。

叶慎寻忙着赚钱，我的春天也来了。

之前那本加印的书受到影视公司青睐，买下版权，说要筹拍电视。

我家编辑顾圆圆比我这个当事人还兴奋。通知我消息的时候，感叹号接连地砸来："就说吧！比起编那些没有感情的故事，把你自己的经历写成书说不定会有更多人看！"

她早就让我写，可我觉得太狗血。

顾圆圆："生活就是狗血啊！"

我尝试着听了她的建议，没想到还真会杀出重围。

除开奖金分成不说，亲手做的书能卖出影视，对顾圆圆而言也是一种鼓励，高兴得她周五一下班就拉我庆祝，还去的是人均消费高昂的海鲜自助餐厅，坐包间，我请……

包间里有电视，还有专门的流水线，二十几楼的落地窗外，万家灯火不绝于眼。

"太腐败了。"我说，"一想到吃完这顿回头又得吃糠咽菜，简直不想活了。"

盛杉：吃糠？咽菜？

虽然没到吃糠咽菜的地步，但也差不多了。

盛杉坐月子期间比怀孕期间还小心，不能受风，不能吃生辣腥冷，怕留下后遗症。

周印为了表达与老婆同甘共苦的决心，也开始吃素。我不好意思叫用人单独为我准备饭菜，只能入乡随俗。

所以这顿饭我称它为饕餮盛宴并不为过。有蛋糕，有肉，还有高楼外的风景佐酒。

"圆宝，我是不是喝飘了……"我叫编辑的小名，晃晃脑袋。

顾圆圆无语："这才哪儿跟哪儿？已经矫情到喝鸡尾酒饮料都要宿醉的地步了吗！"接着指了指我手边的瓶子，"况且你还一口没喝，玩儿我？"

我坚持："那为什么我看外面东西都是歪的？"

她不信，冲着我指的方向瞧去。

大楼对面也是座好几十层高的建筑，应该是商务办公大楼。外面挂着许多广告牌，此刻东倒西歪。

顾圆圆揉揉眼睛："我的妈，还真是。"

是时，包厢里随机播放节目的液晶电视传来新闻快报——

"我市于傍晚六点迎来第一号台风过境。最大风力十三级，中心最低气压1520百帕，风圈半径二百四十到三百公里，预计以每小时十五到二十公里的速度向南移动。有关部门正按照各自职责迅速启动台风抢险应急工作，相关水上作业人员和往来船舶应立即回港避风。目前已知城仔村受灾严重，死伤人数有待统计……"

我切牛排的手一顿。

怪不得出门的时候我就觉得天阴森森的，一点儿也不像盛夏风格。本以为会迎来场暴雨，没想是比暴雨更狠的角色。

"对不起，您所拨打的用户暂时无法接通。"

十分钟前，我曾以为，这串号码我永远不会再拨打出去。

然而当我拨出去也没人接听的时候，我还是感受到了一种莫名其妙的弦绷感。

记性太好的锅。

我一会儿松一会儿紧地捏着手机，暗恨：周印不过是稍稍提了句，我便记住了叶慎寻前去调研的小渔村，就叫城仔。

"圆宝，借你的车用下。"

忽然面前所有的美食都失去诱惑力，我冷不丁站起来。

顾圆圆还没开口说答不答应呢，随手搁桌上的车钥匙已被我抢走，急得她连连在背后骂："逃单新姿势吗这是！"

谁叫她拐我来这么贵的地方！

虽没出滨城市，城仔村说近也不近，差不多快两小时高速车程。它坐落在叶慎寻和谷朵结婚的那座海岛附近，挨着码头，有条专门进村的小道，车进不去。

之所以如此清楚，是因为当日在码头悬崖上遥遥观礼的时候，我曾偶然瞥见过那座风情淳朴的村子。

对我的车技，叶慎寻向来是鄙视的。但我的勇气他向来也是佩服的。

如他所言，我仿佛生来就不太明白如何趋利避害，哪儿危险就往哪儿钻，专给自己找不痛快。

好比现在。

我甚至都不清楚他住哪一家哪一户，具体在什么方位，现在是什么情况就贸贸然冲过去。

况且，他能出什么事？祸害遗千年吗不是。

还有沛阳应该在他身边。这孩子脑子看起来不够用，至少体格够，房子被吹塌了应该能为他挡挡房梁或石头。

沛阳：？？？

哦，对，更重要的我差点忘了：无所不能、手段通天的叶氏集团怎会允许自家失去少主？就凭叶慎寻那一肚子坏水儿，能给他们谋到多少不费劲的钱财啊……

一路上，我分析了很多，找了很多阻止自己多管闲事的理由，却控制不了那只猛踩油门的脚。

我清楚，就算我去了，也并不能为那人带去庇护。

可我始终记得在拉萨，在那间还没他公寓厕所大的房子里，我俩百无聊赖地看电视的日子。

那时我们根本没闲钱安装光纤，当地频道只有很古老的几个台，大多是些纪录片。关于远古自然，关于历史战争。

我特别看不了血腥的场景，尤其炸得面目全非那种，每每看一眼都会心生不忍和唏嘘，为那些倒在疆场上的战士默哀。

“看来爷爷的确身手了得，能从狼烟烽火中全身而退，怪不得他捶你你都不敢还手。”

我想起叶舜山当年就是退过敌的战士，忍不住提一嘴，叶慎寻却不认同。

“再好的身手能抵过枪子儿？”他撇唇，“他老人家也是从死人堆里爬出来的。那会儿他刚和我奶奶定亲，一心想着不能让对方当寡妇，于是拖着中弹的一只胳膊和一条腿就这么爬回了营地。十好几里路，战友都觉得不可思议。”

我正为这段不为人知的深情动容，他忽又似笑非笑地加一句：“所以程改改，我俩还是挺幸运的。”

他这般讲：“生在这个通信发达的年代，想找谁太容易。哪天我要是遭遇什么意外，你可得一通电话打来，对我深情告白，指不定我一时精神头儿起就捡回条小命？”

下意识，我竟没反驳，反问：“万一电话打不通呢？”

“那你亲自来找我呗。”理所当然的口气，“就算你不想来，也拜托旁人带句话……哪怕是假话，我也会信。”

哪怕是假话。

可能，我只是不想言而无信。

我答应过一个人，在他危险的时候要说点好听的，留他狗命。我允诺他的事情数不胜数，食言的次数也难以计数……至少这一次，我想毫不隐瞒地讲给他听。

第九章

0 与 nothing

等待太伤人了。

尤其在成为大人以后。

顾圆圆的车并不好开。

一辆甲壳虫，体型小、重量太轻。台风还没完全过境，稍微加快速度就感觉轮胎打飘。

我一路回忆些有的没的，并强迫自己冷静，穿过周遭婆娑的树影。好不容易冲到目的地，车门却险些推不开，外间呼啸的风和压力太大，搭配海水疯狂咆哮的声音，我几度耳鸣。

还好进村的路不复杂，加上路口已经有抢险队伍的指示牌，我打开手机电筒，锁了车往里走。

两旁都是树，漫天漫地的飞花乱叶。有的被飓风打下来扫过脸庞，并无半点浪漫，反而像许多把锋利的小刀，亟待一片片分裂庞然大物。

我见过2008年的那场地震惨状，在铺天盖地的电视新闻和媒体图片上。

当时那场天灾令闻者伤心，可到底离我遥远，少不更事的年龄，悲悯一阵自然慢慢淡去。直至今日，方明白什么叫哀鸿遍野。

渔村的房子大多是早许多年搭建起来的，几乎没有修缮过。受海边长年风化影响，本就比一般建筑脆弱。而今强台风过境，入目到处都是零零碎碎。

越往村里走，救援队的光打得越亮，现场触目惊心。

被石头建筑压在下方的人都是一堆，行动不便的老人或生活常识还不足的孩童，血肉模糊。

我生怕在里面看见熟悉的面孔，感觉腿隐隐发抖，怎么按都按不住。我低头一看，原来有只小手从缝隙里伸出，用尽全力拉住了我的裙边。我心神一慌，徒手去扒拉石头。

石头不多，却很大块，我试了好几次都挪不动，反倒十根手指都沾到了黏糊糊的东西。

预感告诉我那是平日沸腾的血，我这才大梦初醒般地承认自己的渺小，回头呼叫救援队：“拜托！这里还有人！”

两个身着救援服的青壮年听我呼喊及时抽身前来，协助我将石头搬开，露出一个不辨五官的十来岁小孩儿的脸。

医护人员随后赶到，不断在他耳边询问，试探他的意识，叫什么名字，家里还有什么人，等等。

小孩儿努力了一阵才张开嘴，断断续续说情况，其间我帮忙扶着，任医务人员为他打固定绷带，避免移动过程中出现骨头移位的现象。等一系列处理完毕，我起身，才发觉蹲久了腿发麻，差点站不住。

倚着残垣断壁，我感到一阵强烈冷意。

举头是无边无际的黑夜，远处是黑沉沉的狂啸深海，早已失去美感。心底的不安迅速扩散，怎么自我安慰都不行，我又尝试着拨电话。然而无论叶慎寻还是沛阳，都提示不在服务区。

“麻烦，有一支前来渔村考察的商业队，请问有他们的踪迹吗？！”

别无他法，我抓住身边一个匆匆而过的救援队员，希望能得到半点消息。

不出意外，对方沉默地挥开我的手，根本没时间和精力搭理我，态度里还有些责怪我妨碍救援的意思。

我既慌乱无措，又羞愧难当，屈膝抱住自己，喉咙泛起酸意。

“叶慎寻你个王八蛋！”

每当我决定要放弃，每当我觉得应该背身离去，他总能搞点事情出来，让我不得不再看他一眼。他也有本事就凭那样一眼，让我的心，不得安宁。

“那些人啊，好像出海去了。”

模模糊糊中，有声音不远不近地传来，乡县口音特别重。

我费力地循声望去，发现是个四十来岁的本地男人，受了点小伤，正被一个护士扶着走向救护车。

“是姓叶吗？住的俺家……四五点说是去环海考察什么……”经过我身边，他气若游丝地说。

刹那，我的手脚更冰凉，方才沾上的热血全部失去温度。

渔村的路七弯八拐，我一路问过去才找到出海口。半山腰上，窥见岸口的船只被风浪掀得颠来倒去，几近要破损沉没。

连岸边的浪都这样大……我不敢再想，当下只觉委屈得不行。

一点星火都没有的海平面、剧烈号叫的风、陌生的去路和来路，分明都应该令我害怕，我心间腾起的却是委屈。

委屈自己，竟找不到他。

原来不是我一回头那人就在原地的。说什么等候两千年都是骗人的。还骂我是诈骗犯：“你才是骗子好吧！”

我自认中气十足的回击，终究没传到任何人耳朵里，悉数被疯狂的海水吞噬。

等待太伤人了。尤其在成为大人以后。

十几岁的年纪并不觉得等待多煎熬，尤其是在等待与魏光阴重逢的岁月里，我从没觉得难过，反而处处透着股心酸的浪漫。因为那是属于少女的干净心事，没掺杂任何。

长大以后，明白了不是每场等待都有结果后，大家就不愿意再做这样的傻事了。

但为何，自诩机智无双的我，还是在这个仿佛不会过去的夜晚里，等一艘不知道会不会再回来的船。

太冷了……吧。

六月天，本应该热情如火的滨城，因为这场飓风迅速降温，海风吹起来更是让人如坠冰窟。没多久，身着短袖长裙的我察觉颤抖的不只腿了，还有牙关和胳膊。

半夜十二点、一点、凌晨两点……

别人数秒针，我数时针：“毕竟大风大浪，回来的确需要时间。”我不断安慰自己。

还好，及至后半夜，我达到了感官失灵的境界。犹如一尊石化的雕像，抱膝屈在岸边，长发纠结，双目紧缩。

三点、四点、五点……

海边的日出来得早。

适应了长久黑暗，第一道光芒起的时候，我无端眯了下眼，不觉得美，只觉得刺痛，还有种绝望的壮大。

手机显示还剩百分之二电量，我哆嗦着去摸它，想再拨打一次电话，没料微博推送消息先弹出——

叶氏少东与新婚妻鹣鲽情深、狂风现真情、商界清流夫妻……内容和评论铺天盖地。

点开，有图片组合：一架明显私人型号的直升机盘旋在海面上，专业人员动作迅速地落地甲板，将他们的老板完好无损地接回机舱，与因为不放心而前来的妻子深情拥抱。

是了，是了，程改改，你看你多聪明。

不是分析到了吗？他们叶家怎会允许叶慎寻出问题？就你瞎操心。是那家自助餐厅的菜不够好吃？还是饮料不够甜蜜？才大半夜跑这里活受罪……

好吧，我真的就是为了逃单，我容易吗？

一瞬间，我脑子里的信息纷乱杂陈——

都讲“风过不留痕”，胡说。如果真是这样，为什么成功逃单后的我，非但不开心，反而有种遍体鳞伤的错觉。

原来我是这样伤害你的吗……叶慎寻。

在你曾经为我坠落悬崖的时候，却听说我为了护住一片森林，宁愿舍生忘死，当时的你脑袋里在想什么？

一定觉得，自己怎么会喜欢这样的傻×。算了，算了，不如死去，从头再活。

因为，我现在就有这样的想法呀。

思忖着，不知道台风还会不会回来，卷起千层浪，倒灌进我的眼睛和耳朵，爱怨从此休。

讲心里话，看见叶慎寻完好无损安安稳稳，我心间还是一松。

一晚上身心的紧绷，突然松懈，起身的时候差点身子一软原地栽倒。我踉跄好几下，终究没站稳，后知后觉地感到脑袋很沉，耳边隐约有说话的声音。

A：“那姑娘还没走呢？”

B：“劝一晚上了，说要等家人的消息。”

C：“欸，欸，快，好像晕倒了！”

……

医院。

高烧 39.1 摄氏度。

顾圆圆：“你要死啊！”

她一激动嗓门就大，配上诊断书，那句“你要死”听起来不像是骂人的口头禅，反倒像真的时日无多。

我烧到全身无力，说话的声音堪称气绝：“看来……我还是逃不过‘红颜薄命’四个字……”

她“呸”一声：“红颜得好看，你这顶多算英年早逝。”

据顾圆圆的台词，她大清早被救援队的电话吵醒，问认不认识一个叫程改改的姑娘——

“这位小姐的手机没电了，只有身份证，路边还停了辆小轿车，目击者称是她开来的。”

他们查了车牌号，发现车主是顾圆圆，赶紧与她联系。说我高烧昏迷，正在 ×× 医院接受治疗。

顾圆圆："双闪打了一晚上，车都没电了你知道吗！"最后还是花了高昂费用，让拖车前去滨海码头，把轿车拉回滨城市区的。

我特别不好意思："多少钱，从我稿费里扣……"

她无语："怎么，你认为你现在有力气爬起来写稿子？还稿费呢。"一脸的恨铁不成钢，"人都往家里躲，你倒好，哪儿危险上哪儿，美国队长啊。"

"不能是黑寡妇吗？"

"黑寡妇那么美，你想得美！"

……

顾圆圆对我和叶慎寻之间的纠葛知道一点。

尽管不完全，但看看早上的新闻，再联想我突然跑去滨海，立马明白了因缘，不再追究。

"我得回去上班了，有本重磅书急着下厂，只请到半天假。"顾圆圆顺着问，"需要帮你联系其他人吗？"

"联系谁？"我幽怨不已。

话一出口，她立即反应过来不合适，有点尴尬的样子："哦，对，对……"

如今这世上，我举目无亲，唯剩三两朋友关心我的死活。

盛杉还没出月子，突然多出的孩子有够她忙活的，我不想她操劳。

刘大壮最近忙着拉投资壮大团队，各地出差，也有段时间没联系了。

魏光阴……我不愿他知情。因为已然明白，有的关心是罪过，是不该存在的多情。

萧何在美国，帮助魏光阴处理那边公司的简单事宜，鞭长莫及。

"那就、就帮我通知好淑女吧。"

原谅我垂死病中，没力气故作坚强了，此时我的确太需要人陪在身边嘘寒问暖，不管谁来。身体难受，不想心也孤单。

夜。

好淑女：“少了我的手臂当枕头你习不习惯，你的望远镜望不到我北半球的孤单……”

“我是让你来看望病人的，不是让你来嗨的。”

我刚吃完退烧药，手背还打着点滴，活蹦乱跳的好淑女看着让我生气。

结果她还一脸忧郁：“唉，程程姐原谅我，最近刘维忙死啦，都没时间碰面。看你这么孤单，我一时也是思念泛滥……”

泛滥归泛滥，拖我下水算怎么回事！

知道我下句必定没好话，她赶紧补充：“但你生病的事我第一时间告诉刘维了，他说出差回来会给你带礼物，要你安心养病！”

这还差不多。

讲到这儿，我闲得无聊，忽想起什么，问：“不过，你俩到底是怎么狼狈为奸的？”

当初面对好淑女的穷追猛打，刘大壮也是一心向穗晚，压根儿没打算给这妹子机会。怎么我去趟美国，回头她就登堂入室了。

“大概被我感动了？”好淑女没觉得感动和爱情差多少，还是欢天喜地的，“每天在他身边蹭来蹭去，多多少少也有感情了嘛。毕竟，我长得也不丑！”

以前我不相信世上有这样的女孩儿存在。

她们看起来就像不介意对方心里有别人，也不介意牵手的原因是始于爱情还是始于习惯，只要结果能牵到对方的手，就足够她深夜里欢声尖叫着抱枕头。

好淑女：“那会儿你和魏总突然去美国，萧何也不在国内，他身边除了酒肉关系没个真正的朋友。我就趁此机会去嘘寒问暖，但一开始他真不太领情。”

彼时，刘大壮急于向家里证明自己，铆足了劲工作，导致情绪焦虑，经常失眠。

好淑女怕长此下去他身体出现毛病，特意录了潺潺的流水声、夏夜的蝉鸣声、风吹树叶的沙沙声等一系列，让刘大壮睡前听，说有助于调整睡眠，可他随手就把 u 盘扔办公桌抽屉，从没在意。

没办法，她只能每天晚上给他打电话，也不管他耐烦与不耐烦，然后通过电流放这些有的没的。

过了一段时间，刘大壮估计觉得有效果，没再阻止，甚至会在迷迷糊糊临睡前应答她的每句“晚安”，即便只是含糊其词的“嗯、嗯”。

后来滨城入冬，迎来一场史无前例的寒流。

清晨的霜雾浓得影响全城交通，广播通知限行，叶氏医院和刘家的公司都在同个方向，好淑女特意早起陪他坐公交，手里拎着自家快餐店做的小笼包。

公交站前，她捧出热气腾腾的小笼包喂到青年嘴边，被尴尬躲开，约莫觉得喂食这种行为太亲密。

好淑女习惯了，并不气馁。反正他不吃，就全部塞进自己的嘴。

男孩大多不爱戴围巾，尤其刘大壮这种自认商业精英的男士，每天西装革履、人模狗样，即便被冷成傻子也没关系。好淑女解决完小笼包，侧头发现那人下意识地缩了脖子，想也没想，摘了自己的围脖蛮横地往对方脖子一套。

刘大壮猝不及防地身子一歪，差点被她拽摔倒。本想说上两句，她却顶着不知被烈风吹红还是自然红的脸蛋儿，两眼深情道：“求你了，告白被拒已经是很难过的事情了。你不要再患伤风感冒什么的，让我更难过。”

“牛！”我比大拇指，“早知道土味情话的威力这么大，我当初就恬不知耻地践行了。”

譬如：光阴，世上所有的门都应该你敲，因为你“敲”好看。

好淑女：“……老觉得魏总会理解不到你的点，安静如‘鸡’。”

我正要反驳，她高声一叫：“哎呀我还没说完！”

“您说、您说。”我做个请的手势。

“没想到他依然不埋单的样子，伸手去摘围脖。转头的时候我发现他下巴有条小口，估计是剃须时不小心弄的。我想着天气那么冷，风吹得跟刀割似的，伤口肯定疼，于是就把随身携带的护肤膏给他抹了点！”终于有人听她的爱情故事，好淑女激动地喝口水，继续道，“其实我是下意识做的，没征求他意见。当时吧，我心想完了，肯定又要挨骂了，谁知道他突然神采奕奕地盯着我。不开玩笑，小眼神就跟看心上人似的，全身都发光，一动不动了在那儿。”

之后好淑女的关心，刘大壮终于不再回避，甚至偶尔会回应。

接着圣诞那日，刘大壮应酬完，两个人散步回小区，两旁蜿蜒着彩灯长龙。女孩在闪闪烁烁的长龙中纤手一指，没头没脑地忽悠他：“你看啊，冬天的落叶！”

刘大壮：“冬天的落叶有什么好……”

话没完，青年颊边印上了什么。

先是温温热，而后冰冰凉。

不远处，那片叶正好落地，打在其他落叶上，发出细微的摩挲声，仿佛在为谁的勇气鼓掌。

病房里，好淑女扭捏着：“全部就、就这样。”

我若有所思地点点头，很励志的女追男范本。

如果不是清楚刘大壮和程穗晚那段过往，连我都要认真鼓掌了，可我始终开心不起来。

已然领略过风月，没可能再像白纸一样单纯。我隐约猜到，真正让刘大壮动摇的，不是那个让他看落叶的幼稚举动，也不是女孩鼓足勇气踮起脚尖的一吻，只因那管护肤膏。

因为小时候的程穗晚，就送过刘大壮一盒宝宝霜。他擦在脸上，暖在心间，至今难忘。

好淑女无意间做了相同的举动，才让他生出爱屋及乌的心情，不忍再伤害。

但我不打算告诉好淑女真相。

并非每段感情的开始，都能是纯粹的互相欢喜。我始终相信，守得云开见月明。就像我，终究赢得一丝清风的挂念，希望好淑女也能得偿所愿。

不过，我还是暗示了她，要好好把握："刘大壮我太了解了，很犯贱的。"

好淑女："……"

"一定要从这家伙嘴里逼出一句告白，否则就不嫁，听见没！"

好淑女想想，有些犹豫的样子："他……其实也有对我说过好听的话啦。"

"什么话？"

"有天他手机坏了，我陪他逛商场去买，随手试照相机像素。他对着我拍了一张，后来还开玩笑说手机只有 32G 的内存，为了存我的照片，他决定什么应用也不安装，嘻嘻。"

大家都是九年义务教育，凭什么他这么有一手。

我又做错了什么？发着高烧还要被塞狗粮，看来真想我死。

显然，我的不愉快还是让好淑女很愉快的，并致使她打开手机，点了大堆好吃的安慰我的胃。

我抱过所有好吃的，这才白眼一翻赶人——

"带着我的祝福，滚。"

我发烧体温太高了，加上身体机能差，一时半会儿出不了院，得留下来观察。

可点滴打多了，我嘴里泛苦。一苦只能猛吃东西，于是好淑女点的那些零食没多久我就拆吃入腹。吃完了，不知我哪根筋抽，大夏天想吃烤红薯。

外卖没有，身边连个跑腿儿的人也没有，我动了拔掉点滴溜医院门口去买的念头。

买烤红薯大多得看天气和运气，唯独医院门口有个小摊位常年在售，因人流量多。

时日渐久，小摊位卖出名气。他家红薯烤得外焦里软且甜，排队的顾客不少，我只是没想能遭遇沛阳。

这次回滨城，我俩还没正式过招。看见他，我就跟见到待宰的小羔羊般兴奋，毫不忌讳地跳他跟前去主动招呼："嘿，老战友！"

一起捶过他老板，可不是老战友吗。

结果他定定地看我两眼，问："你是谁？"

哈？

我不自觉地尴尬了一瞬，惹周边路人侧目。

为了缓解气氛，我故作熟稔地给他一拳："开什么玩笑，我程改改啊！你忘了吗？之前我俩一起坐过飞机，在飞机上'斗地主'，还遇见严重气流差点埋一处……"

我那拳到了肉，咚一声闷响，足见此刻我已经尴尬到想打死他。

"哦，"沛阳恍然大悟，"程改改啊。"

但我总觉得，他嗓子眼儿里拉了根警戒的弦，并不是真的想同我寒暄。他在等我去触碰那根弦，然后立马弹回来伤我的手。

"不可能。"他斩钉截铁地驳，"那个和我同坐一架飞机，在飞机上与我'斗地主'，后来还差点和我埋一处的姑娘早就死了。"

见我张开的嘴一僵，他继续面无表情道："她的墓碑我去过，还亲手将她前男友与新婚妻子的结婚录像带埋在了墓地，就为了让她看看。她不是一直希望看见他幸福吗？如今应该可以安心上路。”

我呼吸一顿，再讲不出任何。

他在怪我。

怪我不辞而别，怪我有心或无意的欺瞒。

他说他认识的那个少女已经死去、远去，再找不到任何痕迹，于是他也打算忘记这个名字了。

“这么绝情的吗？”我不甘心，“我听说，‘她’临死前还惦记着你和你那未出世的孩子，留了很大的红包呢。”

“红包没见着，诅咒倒是一箩筐。”

What？？？

我祝愿他老婆生个女儿，像我这么冰雪聪明、机灵可爱，他居然说是诅咒？当下我也不开心了，面对一堆的烤红薯都没了胃口，转身就走。

沛阳应该有注视我几眼。因我背上老觉得刺刺的，不太舒服。然而这种不舒服，根本没法儿和此刻心里的感受相提并论。

原来让人失望，也这么难过。

女孩一走，沛阳紧跟着也拎过摊贩老板递来的红薯袋子，折身往叶家去。

其实，他刚刚已经很口下留情了。若真想诛她的心，简单，老老实实告诉她，自己一个高级助理大晚上的出现在这里买烤红薯，是为了伺候老板夫人。

只需这一句，她必然兵败如山倒，更别想挺出如此傲气的脊梁。

书房。

瞅了眼挨行逐字看合同的人，沛阳终究没忍住：“老板，你猜我今天在医院门口买烤红薯的时候看见什么了？”

叶慎寻的视力不错，就是右眼有些散光，此刻架着金丝眼镜头也不抬——

“医院门口那块地挺肥的。听说它附近的小学要拆了建新区，你关注下，有机会拿下来，开一间日用品超市生意应该不赖。”

沛阳：“行，我注意下。我去的时候遇见程改改了，她也来买烤红薯，真是冤家路窄。”

叶慎寻依旧目不转睛地盯合同，只微微思考了下：“到时怎么处理学校附近的小摊贩的确是个问题。这样，你提前出个可行性方案，我回头打听具体的。”

沛阳的眼白都要翻到眼皮上面去了。

“程小姐穿着病号服，貌似生病了。”他祭出撒手锏。

看那人手中的笔一顿，这位高级助理总算心间得意：呵，我就知道。甭管您话得多漂亮，还是抵不过一句她有难。

叶慎寻：“可行性方案今晚就发我邮箱，难得没应酬，我等你。”

磨了半天，万万没想到会这样收尾，沛阳委屈巴巴：“如果没理解错误，我家老板又在要求我加班。”

叶慎寻搁笔，双手交叉，仰面看他：“如果没理解错误，我家下属在苛责老板。”

沛阳不知吃什么熊心豹子胆了，一脸不怕死的表情：“平常跟您风里来雨里去，一言不合就出差，家里剩我老婆一人带孩子，她已经对我很不满了。上次滨海之行差点出意外，她已经发了话，让我少点工作，多点时间陪家人。说如果老板实在不同意，就让我离职。毕竟工作再好、工资再高，最终还是要回归家庭的。”

男子一番话恳恳切切，叶慎寻听进去了。

半晌。

“也不一定要离职嘛。”他思忖片刻后讲，“你可以离婚啊。”

沛阳：“……”

您倒是不怕离婚哟。有人默默在心中怼。

成功打发沛阳回家做可行性计划书，某人貌似还是不太高兴，烦不胜烦地推了桌上的文件一把。

还没到中秋，天上却早早挂上一轮满月，煞是好看，却没带走一丁点他的烦。他抓过桌面的手机，按了一串烂熟于心的号码，删了摁，摁了删，终于下决心移到拨打键。

医院。

我一动不动地躺床上，两眼圆睁，跟挺尸一样，脑子里全是沛阳阴阳怪气的数落，把进来量体温的护士吓了一大跳。

手机来电铃声响起，护士叫了几声我才回神，抓过手机查看屏幕，腾一下坐了起来。

来电显示为“0”，我都忘记自己什么时候改的，反正有年头了。

谈恋爱的时候，有次不小心被叶慎寻看见，还不高兴了好一阵，问我，为什么光阴的备注是小太阳表情，他却是“0”：“0 代表什么？nothing 吗？”

记忆中的人幼稚非凡，还抢了我的手机将自己的备注改为“honey”，又被我神不知鬼不觉地改回。

再后来，我们就分手了……

我正神游，铃声已经响过大半，终究偃旗息鼓。

一瞬间，我内心五味杂陈。

我明白，叶慎寻没错。

他并不知情我在台风日跑去了滨海，只为践行当初的诺言，期望他能化险为夷。

然而，一想到我傻兮兮地在狂风怒浪前坐了一晚上，他却已经在安全温暖的机舱和他老婆拥抱……想到这点，我就莫名不想接他电话，更别提老娘因此高烧住院的事儿了。

哼，就不接！

控制不住赌气是一方面。

另一方面是……你以为世上最讨人厌的情绪是生气吗？不，最讨厌的情绪是，连生气的立场都没有。

主意一下，我暴躁地将手机往床上一扔。

护士难免看我两眼，端着瓶瓶罐罐退出房间："体温先烤着，五分钟后我再进来看啊。"

她人一走，手机屏幕又闪了下，响起微信铃声——

叶慎寻：死了吗？

看样子沛阳还是通风报信了。

文字沟通是把双刃剑，让人有足够时间思考，却容易产生歧义，因为听不见语气。

为了不产生多余的牵扯，我思忖再三，只回了表情包：对方并不想和你说话，并向你扔来一把刀。

我不确定叶慎寻的表情怎么样，但我猜应该是咬牙切齿。想着，他都纡尊降贵关心我了，我还不千恩万谢地接着："怎会有这样不识好歹的丫头。"

内心戏我都能刻画出几分。

殊不知，真实情况比我以为的更糟。

在收到表情包的第一秒，他居然笑到颤抖了一下，差点握不住手机，强行抹了把脸才恢复"死人脸"。

然后又一想，我为什么要笑得像个神经病？

南极待久了，捧到一杯冰水都如获至宝了吗？

越想越觉得自己不争气、越想越来气。于是他啪一下将手机摔老远，将它当洪水猛兽般。接着，屏幕，碎了。恰好坏在对话列表我发去的表情包上：对方并不想和你说话，并向你扔来一把刀。

诡异地，叶慎寻觉得他真挨了一刀。直戳心窝，避之不及。

住院这几天我说外出找灵感去了，让盛杉别担心，她就真的一点也不担心。

等我出院回到他们家，周期远这孩子貌似还认识我，见到我乐呵呵的。

小家伙五官有长开的迹象，已经能和其他刚出生的婴儿明显区分，让人意识到基因的强大。

周末，我和新晋妈咪盛杉带他去公园玩，其间我拿出手机打算录视频，说要从他儿时开始记录，以后放给我家女儿看，毕竟要结娃娃亲，但盛杉不太愿意配合。

刚出月子的产妇脸还有些圆润，她觉得有碍观瞻。

“你那也叫胖？是不是没把好淑女放在心上？”我说。

好淑女长时间沉浸在和刘大壮的恋爱中，吃吗吗香，体重飙得特快。

然而，盛杉呵呵：“少和妈妈来这套。”她说，“除非你也把脸鼓着，我才拍。”

说来说去就想看我扮丑。真朋友。

一般我没直接拒绝的话，代表着某件事有商量的余地。

见我满脸不情不愿的意思，盛杉不打算给我后路了，直接退开我三步之遥，赶鸭子上架。

江湖传言，拍照时刻，谁负责拿手机谁的脸最大，自拍杆也拯救不了。此刻镜头里的我，整个大饼脸，还为了美化那娘俩疯狂甩头发，以至面目模糊。

轮廓都看不清，这下够丑了吧！

盛杉忍俊不禁，抱着白白嫩嫩的周期远冲镜头打招呼：“给大家 say

hello。”

然后又加上一句：“顺便看看你未来老婆的模样。”

既然将来是我生的女儿，个性和外貌多少会继承我的，盛杉这番认亲家的话听得我心花怒放。心想真好，早知道扮丑就能攀上富贵枝头，我还要什么魏光阴？钓什么叶慎寻！

直接生女儿得了。

是时，我兴奋得回头去逗小女婿。周期远不知是看懂了我的狰狞还是听懂了盛杉的话，当即两眼一闭，睡过去，一副事不关己、高高挂起的模样。

我就这么不招人待见？

疑惑的眼神冲盛杉扫去，她也突然一副“你是谁？你在做什么？你是不是有病？”的神色，而后抱着周期远转身就走。

我正要喊，背后有什么坚硬的东西，及时地点了点我的肩膀。

我回身，面前立着一满头白发却身体硬朗的老大爷，两眼闪精光。点我的正是他手里那把关公大刀，看得人寒从胆边生。

“大、大爷……”我莫名心虚。

“谁是你大爷？”他操着浓重的滨城口音怼，“你们现在这些年轻人啊，不学好！跑公园里来耍什么社会？摇什么摇？有碍风化！”

那阵子，某视频社交软件走红，上面有的是乱七八糟的社会青年跑公共场合瞎闹。那群人还给自己的行为取了一个正儿八经的名字：社会摇。

现下，我估计也被大爷归入其中了。

“冤……”

“枉”和“大爷”几个字还没机会出口，大刀寒光一闪，没出息的我拔腿就逃。

我本来是诚心诚意陪盛杉散步的，结果反被驱逐出公园，那娘俩还很没义气地提前跑了！我心好累，当天就发了微博博同情：惨兮兮。被当作社会摇，差点挨社会毒打。逃跑的时候还摔台阶上了，差点栽马路中央。

附带一张跌破膝盖的图片。

果不其然，没一会儿，我的小仙女们就各种花式安慰我，总算给我生无可恋的人生打了一剂强心针。

与此同时，慎周会议室内。

周印小声提醒："你走神了，亲。"

叶慎寻不动声色地关掉微博推送，将手机扔给背后的沛阳："把这些乱七八糟的APP给我设置静音。"

沛阳暗地翻白眼："直接删除APP不是更好吗，老板？"

老板回头瞥他一眼，他了然于心——

"您说了算。"

第十章

是你飘了，
还是我提不动刀了？

听说人这一生，本就是各自下雪。

但我老期望，落在你头上的雪都是温柔的。

盛夏尾声。

我因故又去了趟望城。

这个我连坐火车都要避开的回忆地，如同无法抵挡的过去，总能找准时机扑面而来。

顾圆圆："你可以选择不去呀。"

"不行，伤心地怎么能和工作相提并论？当然是工作重要。"

我之前经她手卖出的那部小说版权，要开拍了。影视公司询问我有没有做编剧的意思："我们一般都倾向寻找原著作者做改编，他们对自己的作品基调更加了解。"

"可是，"我犹犹豫豫，"我没有做编剧的经验。"

影视方："这没问题，先试试嘛，我们会找一个专业编剧辅助你。"

"编剧需要跟组吗？"

"需要的，所以程小姐可能有一段时间不太自由。"

"拍摄地定了吗？哪儿？"

"望城。"

我脑子里下意识地拒绝："算……"

影视公司："当然，所有食路宿费我们都会报销，也会和您另外签订编剧合同，按照市价付稿酬。"

"成交。"

得知始末，盛杉说风凉话："原来过去并非无法抵挡啊。只要钱到位，还是可以商量……"

我也希望挺直脊梁。

但所有来告诉我挺直脊梁的人，大概都有所依附吧。泰山崩了，背后还有黄山、华山再不济也是青城山那种。

不像我，一无所有。

一无所有的人没资格伤春悲秋。有时候，连选择的资格都没有。除非我真厚脸皮到认为自己可以蹭吃蹭住一辈子，不焦愁。

望城影视基地规模不大，但提供服化道出租的店和林立的公馆都很适合拍现代剧，五脏俱全。

刚到望城第一天，剧组向我介绍此次辅助我的编剧兼副导演，甘琳。

这姑娘比我大不了两岁，也是个自来熟，和我没说几句就熟稔起来，毫无代沟。

所幸还是夏天，衣物轻薄，我带去的行李不沉。

甘琳一路陪我去宾馆房间，顺便向我介绍林林总总需要注意的事项："主要还是演员的隐私问题。现场剧照在没有正式宣传前也不能外泄，这得签保密合约，其他没什么了。"

买我版权的影视公司在同行里算翘楚。

不过本剧的投资量不大，演员也是自家旗下的新人，阵仗倒还好，没给我过多压力。

我觉得新鲜，翌日就发了朋友圈，还放上大家一起吃开机饭的照片，得到魏光阴第一个点赞。

在场的都不知晓我身体状况，个个儿热情邀杯。我不好推拒，只能象征性地抿口红酒。红酒上头快，于是当我摸出手机，看见那个属于他的小红心时，不禁万千感慨。

我们终究沦落成到只能在网络上关注对方的"朋友"。

可是光阴，我没有不甘心。

你能抽出闲时间，安安稳稳地坐在沙发里刷朋友圈……天知道，我多么希望你的余生都这么平静无恙，再无动荡。

听说人这一生，本就是各自下雪。但我老期望，落在你头上的雪都是温柔的。别像我们离别的每一场大雨，叫一颗心遍地狼藉。

电视剧拍摄末期，也是我在剧组里待的第三个月。

望海的颜色随着季节变化，从浅蓝变为墨蓝，仿佛将夏季的温度都收纳进了肚囊。

整个拍摄过程尚算顺利，新人演员粉丝不多，基本没有需要维护现场秩序的时候，大家相处也挺融洽。

在这三个月里，我和甘琳混熟。她什么都和我说，包括她原先手里的一个改编项目。项目到了结尾处她有些卡情节，遂将大纲和盘托出，让我帮忙头脑风暴。

我不解："那作者不是大牌儿吗？改动应该不需要很大。"

甘琳："大牌儿也做不到每个情节都经典啊，还是有俗套的。"

电梯里，她一边摁下行键，一边说："譬如有关恶毒女配的关键情节，我觉得支撑力不够，这年头谁还兴怀孕上位啊？如今医学发达，真与假，孩子不用生就门儿清。"

我觉得有道理，附和她："嗯，嗯，而且听你的描述，感觉他老婆不是傻白甜人设。"

甘琳："你有什么建议？"她顺着问。

电梯下了两层，刚好有人进。我没反应过来，夸夸其谈："要是我的话，也许会刻意制造亲昵假象，再找些记者朋友假装偷拍，放出去风，先让他老婆心生不安，自己找上门来。她骂，我听着。她打，我受着。还主动向她澄清，你老公和我什么都没发生，是我对他一厢情愿……这样她老公就会觉得我受了委屈，我情深意切，对我放下防备。重点是上位吗？是结婚分家产吗？重点是得到男人的心啊！"

甘琳给我个"有点道行"的表情，拍手叫绝。

反观刚进来的电梯乘客，压根儿不知道我们在讨论剧本，透过镜面都能看见那俩姑娘一脸惊悚，搞得我还挺尴尬……

还好我们没讨论悬疑片，没说怎么杀人分尸，不然我可能回不了滨城了。

所幸磕磕绊绊的小意外都走完了，月底迎来杀青庆功宴。

大家太嗨，我好不容易得空去隔间喘口气，玩手机的时候，却发现叶慎寻也到了望城，见什么合作伙伴。

我能得知还是沛阳的功劳。他习惯性给他老婆报备，还发了定位，就落脚在望城某某酒店，离我不算远。结果这家伙错发到我的微信里来，还叫了声“老婆”。

不怪他。

我的头像和他老婆相似，都是粉色系卡通，只不过动物不同。

直男嘛，分不清那么多，还不喜欢备注。等反应过来，沛阳立马撤回，我正好捧着手机将他逮个正着：“已截图，随时准备发给嫂子。快收买我。”

沛阳：“能不乱认亲戚吗？”

我悲不自禁：“想从前，你可是哭着喊着要和我做亲戚的。”怎么，如今看我做叶太太没戏了，就把我这穷亲戚一脚踢开？

穷亲戚气呼呼地锁了屏幕，站起来去外面透气。

马路上的汽车已经不多，偶尔一辆呼啸着飞驰而过。两旁茂盛的树木将路灯灯光遮去大半，一条道像通往无人之境。我只是漫无目的地走走，无心插柳，不知怎么到了望海附近。

夜晚的大海演绎尽无情，除了号啕，连色彩都没有。尤其那场台风过后，我对海的喜爱几乎被磨尽。

然而这片汪洋还是让我无端想起几年前，与一个人的别离。

“不知道去哪里，就能留在你身边吗……”

当日的望海边，我曾泪流不停地讲。

后来也觉得不可思议，这番低三下四的话居然是从我嘴里说出来的……

还好，叶慎寻没听清。

否则，今时今日，他该用何种鄙夷、嘲笑的语气，击碎我残存的骄傲，以弥补他的自尊？

我也觉得很不可思议，然而事实就是如此冰凉。

在感情里，我们失去的那些自尊，往往都只能扯对方身上的来补。哪怕将对方划得零落稀碎，也在所不惜。

海边的风并不温和，没吹几分钟我就觉得两眼生疼，转头往回走。其间路过望月广场，广场舞大妈们还没尽兴，喇叭放得震天响，周边还有玩轮滑的小朋友。

我兴致起，租了一双轮滑鞋也玩，打算消消食，结果因为操作太溜上了电视。

笑话，学生时代我可不是省油的灯，男女生常玩的项目我都有涉猎，并且精通，要不怎么敢顶“天才少女”的名号？唯独叶慎寻老觉得我是傻子。

现场的记者来自望城电视台，采访关于“全民运动”的主题，广场舞大妈和滑轮滑的小朋友看来也是提早安排的，没想到遇见我这个不受控制的闯入者。

为方便剪辑，记者随便问了几个问题，想打发我走，我却努力想争取多一点镜头，心想书红不了，人可以红啊！结果被不知是扛摄像机的还是采访的人员撞了一下。

我还穿着轮滑鞋呢，差点摔倒，一双手及时抱住我整个人。

失去重心时，我胳膊肘下意识往后拐，磕到实实在在的骨头，听那人闷哼一声，接着我浑身一僵。

广场，花台。

我脑袋蒙蒙地瞧着凭空出现的魏光阴，快十分钟了还没回过神。

何伯立在不远处的轿车旁等候，他则默不作声地扶我坐在花坛边，耐心地替我解轮滑鞋的绳子。

不一会儿，那双清凌凌的眸子抬起来，冲我无可奈何地笑了一笑："千万别问我为什么会出现在这里，一时间我也编不出很好的理由。"

他让我别问，我就真的闭嘴，规规矩矩地跟着他上了车。

回剧组宾馆的路上，何伯坐副驾驶，见我俩尴尬地不说话，故意有一句没一句地热场，问我拍摄现场的新鲜事。

我心不在焉地答了几句，老人忽而似真似假地调笑："还好先生来了，否则您又摔跟头了。"

"又"这个字眼，何伯仿佛故意让我捕捉。刹那，我明白他们为何会出现在这里。

原来离开滨城之前，我和盛杉在公园里拍视频玩耍，遇见关公大刀。我被追得摔了一跤，发微博抱怨，光阴看见了，进而怀疑我在外面的自理能力，不放心，才前来看看。

一下，我心如刀绞。

何以命运待你我从不手软呢，光阴。

我竭尽所能给你糖的时候，你还我刀。我只能给你刀的时候，你偏偏想念从前那点糖。

但如今的我，之于你，只是一种打扰。我不应打扰，所以狠心一下，坐得离青年远了些，换来更深、更纠结的沉默。

轿车终于滑到宾馆门口，我忙不迭地告别，差点又绊脚。

匆忙挥手致意时，一辆当地牌照的路虎迅速驶过，掀起一阵风。我追看两眼，它已经没影了。

魏光阴：“别的我就不多说了。注意安全，长点心。”

我点点头，他想想又道：“是盛杉把你那条微博转给我的。”

意思是他不是故意要打听我的状况，只不过盛杉太想我做魏太太了……

说来说去，她还是怕我将来的女儿不能和她家周期远门当户对！

可能我瞬间愤愤的表情太明显，魏光阴看得失笑：“好了，关心你怎么了，十几年的朋友连表达关心都不允许了吗？”

我头皮一松，努力转圜：“关心可以，来点实际的。”

比如花重金把我的书给捧成一级畅销书啊。比如买十几套房让我每个月坐在家里收租啊。再不济，我现在瘦了，长得也不太丑，包装包装送我C位出道什么的……

魏光阴：“打扰了。”

随即他上车，比路虎的背影甩得还快。

呵，真爱？

不过，翌日，我还真上了微博热门，因为那条全民运动主题的报道。盛杉看见了，还发消息吐槽，说我没以前上镜。

我正要和她清算魏光阴的事，她话题转得飞快：“过几天我儿子百日宴，你是时候滚回来了。”

“剧组里还有点尾没收，也许赶不及……”

盛杉忒会找重点：“礼到就行。”

“明天早上的飞机。”

滨城。

周、盛两家的小公子百日宴，比盛杉和周印结婚时还夸张，一整个酒店里全是乌泱泱的宾客，甚至对外拉了警戒线。

刘大壮貌似刚完出差，下飞机，胡子拉碴、不修边幅，衣角也皱皱的，差点有邀请函也进不来。幸亏好淑女体贴地为他准备了套换洗的西装和刮胡刀。

周期远的迎宾照片是我选的，摄影师难得捕捉到的开怀笑颜，个个都说聪黠可爱。

我喜不自禁地向盛杉邀功，她没搭理，倒是瞄了眼我百年难得一穿的小礼服："没看出，有点料。"我下意识地捂胸口："呸，流氓！"

正午。

"叶太太，您好，这是鄙人的名片。"

快开席了，有人在走廊上拦住我，殷勤地冲我自报家门。

因我和谷朵七八分相似的眉眼，外人将我俩认错不稀奇。百日宴前几天，盛杉特意给我打预防针："迟早要见外人的。"

这才是我想打退堂鼓的缘故。

不料她反问："能瞒一辈子？因为叶太太的名号响亮，所以你就不配有自己的姓名？"

不愧是十字开头的交情，她很知道怎么激我，立马我就翻出了当年买的小礼服，打算惊艳全场。

和叶慎寻还没分手的时候，我真心想过和他有许多以后。甚至怕丢他的脸，自己花了大价钱购置这件礼服，以备不时之需。但我为他做的，好像都很微末，所以他从来都看不见似的。

此刻，面对金灿灿的小卡片，我尴尬地不知该接还是该解释，最终还是正主帮忙接的。

叶慎寻："幸会。"他疏离又不失礼貌地向对方招呼。

这位长公子出了名的阴晴不定，来者很识时务，客套没几句就点头哈腰地告辞。

男子下意识回头瞧我，被我翻了个白眼。为了不让他有机会打击报复，我转身就走。

“呃。”

刚踏出一步，我感觉扎起来的头发被什么一扯，乱发当即披散一背，遮住漂亮的背脊线。

什么？不许我说漂亮？我就要！

叶慎寻：“虽然在下能准确分清程小姐和我老婆的区别，可不是每个人都有这个眼力的。再怎么着也顶着假叶夫人的名号，烦请您衣着举止端庄点行吗？我要脸。”

我刚要接茬，他那面对外人时的礼貌疏离嘴脸又出来了：“我说了‘请’字。”

搞得我还不好发飙，只好模仿他微微一笑，沉默着去抢他手里的橡皮筋。

叶慎寻不给，伸长了手，惹我跳脚。

越跳，我散下来的发越凌乱，无意间瞥了眼走廊的镜面墙，活生生一个小疯子，瞬间心态崩了。

“你给不给？”

我气鼓鼓地看着对面衣冠楚楚的无赖。

叶慎寻与我僵持，逼得我使出洪荒之力去拼杀。

就这么你追我赶闪躲间，橡皮筋真的不见了。酒店的走廊地面铺了一层黑色手工绒地毯，黑色皮筋掉进去肉眼根本看不见，立马气氛迷之诡异。

中途有一人经过，先喊叶总，随后貌似想叫叶太太，却见我披头散发、其貌不明，只好尴尬地点了下头。

须臾，我的眼睛逐渐起雾，抓着叶慎寻胳膊的手一摔，自己蹲身去找橡皮筋，也不管衣服方不方便。

叶慎寻拉我一把，还没停止嘴贱：“干吗，硬的不行来软的？我现在可是软硬都不……”我被他扯得身子一歪，头也歪了下，眼眶里的水珠子当着他的面就坠了两颗下来，分分钟给他整沉默。

“……”

不是我矫情，也不是我小气，是我和自己较着劲。

天知道，打昨天开始，为了在这场百岁宴上亮相，让全世界知道我是我，不是什么叶夫人的替身……我费了多少的时间和心思。我只是想拥有属于自己的姓名，可他连这也不成全。

“一定要我丢脸丢到家吗？”我控制不住地吸鼻子，“非要用别人的狼狈去对比你老婆的高贵，这样才能让叶总产生优越感吗？”

我不想承认，我才不要承认，我更多、更多是不想输。

已经输了名分，不想连普通身份也输了，叶慎寻，这不过分吧……

我在心里偷偷问，谁知却把自己的情绪越问越难堪，导致眼泪突兀地源源不绝。

好半晌：“起来。”那人面无表情地继续拽我。

我铆足了劲纹丝不动，无声地哭到天昏地暗。

“再不起我用力了。”他下最后通牒。

这家伙的“用力”我见识过。运气好，我能栽他怀里去，闹个绯闻满天飞，借他的东风让我尝尝红的滋味……但运气不好，我将迎来四仰八叉更丢脸的命运。

而通常，我属于运气不好的那一种。

“呜呜呜。”

左右权衡了下，我觉得更委屈了，连哭也不再遮掩，甚至泄漏几丝丢脸的气音，却还是半推半就地顺着他的力道起了身。

随便威胁一下就成功，叶慎寻不知被气笑还是真觉得我搞笑。他微微偏头，整理了好半天的表情，学了一句我常挂在嘴边的四川话：“我的妈，脑壳痛。”

差点我就想问：“是我少了一颗肾，提不动刀了，你才这么飘的吗？”

老娘都哭成傻 × 了，他还给我整方言。

他难道不知道，这样我会忍不住笑场？！变成又哭又笑。

“滚！”

这下是真正大力地推他一把。

叶慎寻毫无防备，冷不丁地跌在地毯上。

我回想起躁郁症发作那会儿，用花瓶砸伤他，到如今还胆战心惊。于是我的身体先于我的大脑做出反应，下意识要去扶，他却顺势在地毯上摸索起来。

“你、你干吗？”

我吓到结巴，水渍尴尬地挂在脸庞：“您这销魂的姿势，这心急如焚的表情，该不是……”

给我找橡皮筋吧。

有的话我不敢问，怕问了他能杀我灭口。

没一会儿，酒店经理得到服务员通知，说叶长公子好像掉了什么贵重东西，正趴在地毯上找，给经理吓一跳，赶紧带了十几个人手过来帮忙一起寻。

叶慎寻：“……算了，也不是很贵重。”

眼见情况无法收场，他及时停止苦肉计这套，拍拍手站起来遣散众人。

待现场又只剩下我俩，他努嘴问：“这下扯平了？”

他让我在一个人面前丢脸，我几倍十倍地还回去了。

“嘁，黄鼠狼给鸡拜年。”我欲盖弥彰地怼了句，推开最近的那扇房门，说要整理仪容。

叶慎寻被我关一鼻子灰，面目扭曲地想捶人，奈何我反锁很快。

门一关，我的背就和门做了亲密接触，久久不分，咚咚咚的心跳声震耳欲聋。

外面，有人也久久未离去，倚着墙自怨自艾。

人为什么老犯同样的错误？

越不可能，越傻傻去等。

酒店员工A：“拍了吗？”

酒店员工B：“拍到了，这条消息卖给娱乐杂志肯定值不少钱，连标题我都替它想好了——我掀掉全世界的地毯，只为了替老婆找一根橡皮筋。”

酒店员工A：“厉害。”

洗手间外，两个酒店员工正大肆讨论刚才的所见所闻，没发现谷朵拧水龙头的力度紧了又紧。

她当然不会傻到以为对方嘴里的主角是自己。并且，她也不打算让这件事不了了之。她不想成为什么都原谅、都体谅的角色，除非她想一辈子做空气。

“哪位叶太太？”

水声停，她身姿窈窕地走出去，对着俩员工笑，惹那二人面面相觑——

不对啊，方才那位叶太太不是穿这身儿啊……

这头，百日宴上。

盛杉抱着周期远，与周印挨桌敬酒。作为干妈的我自然也随着，不能落下。

流程老套，可两家老人都要求，说求个体面吉利：“老一辈都这么过来的，你们哪个不顺顺利利、健健康康？”

我是典型的“看热闹不嫌事儿大”，小声一句：“还真不是。”

求佛祖、求菩萨，都不及两个人坚定地选择彼此。当初周印和盛杉走得多艰难，我最清楚不过。如今大家能云淡风轻，是因为他们没有感同身受。

我失去过，我懂。

到了百岁宴的最后环节，周期远需要开荤。

所谓开荤，就是找父母之外的亲人或者朋友，将第一口肉味儿和酒味儿沾他嘴上，俗语说的“尝红尘”。

据传，谁给孩子开的荤，将来孩子的个性就会像谁。我当初就是叶家老爷子给喂的酒肉，活泼跳脱的性子好像真随了他。至少我没觉得我妈开朗，否则，也不至于花了半辈子都走不出仇恨的旋涡。

“老叶呢？”

周印目光下意识地寻找，看样子这荤是要找他开。

“好像忙着和老婆吵架。”好淑女八卦兮兮地捂嘴说，“我刚上洗手间，听见谷朵怼服务生，那叫一个狠。嗨，别说，那刚柔并济的态度，程程姐你拿捏不出。”

敢情我没做夫人的命呗。

不过，人果然不能做丁点亏心事。找根橡皮筋而已，两口子就撕起来了。这要是我真不小心栽他怀里，那不得民政局见啊。

叶慎寻不在，盛杉忍了半天的话终于有机会说：“要不，叫我发小？”

“魏光阴？”周印扬眉，想想，“也可以。”

我难得积极，噌一下跳出去：“我去叫！”

盛杉和魏光阴之间的关系，从始至终都怪怪的。

要说是发小吧，他的确做过伤害她的事情，并且是带着恶意，让她一个姑娘家当众出糗。

但如果没有他做的那些事，盛杉就不会遇见周印，更不会对其情根深种，咬牙走到今日……

因缘际会，论对错并不合适。

只是关于当初的一切，两个人长大后从没好好坐下来交谈过。你要说关系远，偏偏发生的事都围绕在彼此身边。要说关系近，从未有一个正式的开场。

现下盛杉有意主动和解，我当然乐见其成，跑得飞快。

魏光阴：“她吃错药了吗……”

聪明如他，也没想到，盛杉会让他给孩子开荤：“我的个性……似乎没有很好啊。”

“谁说的！”我看不得他妄自菲薄，“虽然你吧，偶尔有点孤高，还有点小心机，但更多时候是细心、温柔、帅气……”

刘大壮和魏光阴同桌，听了我的话，表情一言难尽：“你该不是看日子喜庆，趁机来告白的吧？？？”

呵，门口的安保怎么回事，这样的人就应该坚持原则别放进来啊！

我正费力劝说，盛杉一个电话打来，给魏光阴的。

“磨蹭什么呢，”她在电话那头有些扭捏地呛，“真要我亲自来请啊。”

是时，我清清楚楚看见，青年常年冷寂的眉目，顷刻间柔情万千。

“嗯，这就来。”他清清淡淡回。

毫不夸张。那个狠狠喂我吃药时都没手抖过的人，在面对仅百日的婴儿时，自己竟无措得像个孩子，哪还有半分传闻里魏氏少东的模样？当着众人，他差点露怯。

待他在指导下小心翼翼地完成开荤仪式，宴席正式开始了。

见状，盛杉失笑，哄还不会说话的周期远：“宝贝儿，叫干爹。”

我不乐意：“问过干妈的意见吗！”

盛杉：“那干妈的意见是？”

“我觉得可以。”

青年睫毛一颤，如释重负地扬了唇角。

很久以后，魏光阴对我讲，那是他第二次觉得，活着真好。

第一次是他重病在医院，每天只能到花园的秋千上坐坐。我煲了汤，让何伯带去给他喝，还为了不让他发现，偷偷在角落打量。

其实汤的味道很不怎么样，可他就是突然产生了想活下来、继续喝的念头。

所以，后来，我生病去美国，在大量激素和药物的摧残下几乎放弃，是他对我讲："改改，人间热闹，比天堂有趣多了。如果不努力留下，会后悔的。"

我曾经告诉过叶慎寻，不管未来我和谁在一起，这个男孩，都将永远拥有我心里的一席之地。

或许，这块地方不再命名为爱情。但，它远比爱情更特别。

周期远的百日宴后，我挑了个良辰吉日，搬出盛杉家。

他们家当然够我住，可我仅存的自尊心老叫嚣：别太得寸进尺了。

将好我的版权费和编剧费用到了大半，足够我在稍微偏远的地方买下一套老房子。

房子是二手的，在一楼，两室一厅一书房，还附带个小花园。它曾经的主人是对教授夫妻，想待在儿女身边享天伦之乐，于是移民去了新西兰。

"我不好意思再打扰你和周印的二人世界了。"告别前夕，我对盛杉解释。

她若有所思："我们高中是一个数学老师吧？"现在他们家明明已经是三个人。

想到三个人，她恍然大悟："你是不想做免费保姆吧！"

我心虚地别开眼睛："这么明显吗……"

求救，朋友们都变聪明了，我该怎么继续插科打诨。

搬家那阵恰逢七夕，全城都是恋爱的酸臭味。

收拾完新家，我抽空去了趟花鸟市场溜达，搬回两盆生机勃勃的绿萝。

回程路上经过一家新开张的网红餐厅，里面人满为患，大多女孩抱着能把脸遮完的玫瑰和甜蜜巧克力。

我心血来潮，想请自己吃顿好的，遂抱着两盆不合时宜的绿萝，一人占据了一张桌，惹人频频侧目。

餐厅的口味确实不错，菜品新鲜多样，埋单的时候还遇见刘大壮，当即把账单甩给他。刘大壮难得没推辞，连账单金额都不看就给付了，总算做了回人。

好淑女约莫去了洗手间，我看他下意识往那方向瞧了眼。

心知等会将受到狗粮暴击，我赶紧拱手告辞："下回请吃饭的时候再联系。"溜得飞快。

但我躲得过好淑女，躲不过朋友圈。偏偏我是手机依赖症重度患者，一刻不摸手痒得紧，于是踩着无数心形地雷刷过去，还得挨个点赞，表示朕已阅，同时祝愿那些转账 1314 的男朋友，都是同一人。

咦，这里有位不转账不送花的清流选手，给他老婆做了顿爱心餐——

谷朵：某人休假第一天。

哇，这位"某人"还过七夕的呢，我怎么从来不知情。

我的手停留在屏幕上，不知该不该送出小红心。心里还记挂着周期远的百日宴上，谷朵和叶慎寻吵架的事情。

点吧，怕身份不合适。万一唤醒了谷朵的记忆，两个人又要吵吵。不点吧，这一溜共同朋友你都点了，唯独漏了她："人家会不会觉得我旧情难忘，很小气？"

盛杉："弄得那天你真跟我师兄发生了什么似的，瞻前顾后。"

"真要发生什么我还能不火？从此不用靠嫁入豪门也能自己做豪门呢。"

不知道是不是我整天将这些混账话挂嘴边的缘故，老天听不下去了，终于伸出手来，"啪啪"将我的脸打肿：来，让你火。

事情起源于一组爆料帖。

爆料人直接圈了我的微博 ID，说我恶意整容成谷朵，就为了恬不知耻地勾引叶氏集团的少东，还拿出了种种"实锤"证据。有分析、有时间线，甚至有照片。

证据 1: 前几个月，去望城之前，我更新了一条在公园“社会摇”的视频内容，被吃瓜网友截到糊图，用来与谷朵的样貌做对比，嘿，长得真挺像那么回事。

证据 2: 我和刘大壮年少轻狂时成立的那个叫作“爱信不信”的组合ID，迄今为止，还躺在叶慎寻仅有的几个关注列表里。吃瓜网友里的技术宅们抽丝剥茧，发现这 ID 和我有千丝万缕的关系。

（姓刘的，答应老娘找时间注销呢？！）

证据 3: 少颗肾的缘故，我每两个月就得去医院报到检查一次。尤其与叶慎寻决裂后，我刻意避开了叶氏私立医院，去的公立医院。偏偏那家公立医院的医美整形科也很出名，蒙口罩频繁上医院的照片便“坐实”了我整容的传闻。

证据 4: 通过我拍的公园视频扒出我和盛杉是高中同学，由此推断和叶慎寻必定相识，完全有原因和机会“作案”。

证据 5: 我在望城跟组写剧本，叶慎寻也恰好出差到望城。

……

桩桩件件、有理有据，差点连我都要相信自己和他还有一腿了。

不过，说我俩有一腿就算了，说我通过叶慎寻的关系带资进组是怎么回事？

爆料群众：“‘替身’是写小说的呢，写了很多年一直不红，估计想上位想疯了吧？正好身边有可利用的资源嘛。看她之前发微博卖了版权，听说就是这位金主爸爸牵线搭桥的，还让她做了主编剧，捞了一笔钱。你们想想，一个没什么影响力的三线作者想转型做编剧，一下子还成了主编剧……话不多说，自己琢磨。”

我……你说得还不够多？

看到这儿，我眼球都快翻不动了。

但凡叶慎寻肯为我做一次豪掷千金的二世祖，我和他能走到这一步？很多事，我可以忍啊！我连喊他“爸爸”这么屈辱的事情都做了，他依旧不肯施舍我半点好处。

呵，居然怀疑我带资进组，我不服！

抱着这种不服的愤怒心态，我甚至新买了张手机卡，注册小号，去爆料帖下自嘲——

“各位大佬，看她穿得这么寒酸，不像被包养的吧……”

群众A：楼上知道什么叫“高定”吗？

群众B：只能说明灰姑娘套路对方很拿手。

群众C：也可能是还没勾搭成功？标题不写明白了吗，企图勾引。

……

很早以前我就懂得，一旦有人想往你身上泼脏水，无论你怎么避，也避不了。就像高中那会儿，萧何老与魏光阴过不去，想方设法都要搞点猫腻出来找对方麻烦。

所以遭遇有嘴说不清的情况时，我没太慌，甚至关闭了几天评论。

谁知道背后像有只手在作乱，热度并没消减，甚至有人爆出了我的新家地址、手机号码、邮箱等等一系列私人信息，终于我意识到不对劲，想出来解释几句。

这也引起了正在剧组赶拍其他戏的甘琳的注意。

买我版权的事宜都是她在和顾圆圆接洽，她同时也是副导演，身在娱乐圈，对处理这种事情有经验，让我先别发声，她发个声明为我解释——

我司秉着惜才爱才原则购买程小姐新书版权，并诚意邀请她担纲主编剧，并未有任何暗箱操作和不明资金到账，望各位理智吃瓜。

她一现身，情况稍稍好转，起码留言评论下终于出现了少部分的质疑。

魏光阴：“这才搬过去多久地址就暴露了，网络暴民多，你一个人住太不安全，要不先回盛杉家？”

他毫不掩饰担心地打来电话。

“算了，”我说，“那些人跟疯狗似的，捕风捉影逮哪儿咬哪儿，别到时候牵连盛杉，把更不好的事情扯出。我无所谓的，有心理准备，人红是非多嘛！”

听我开玩笑，魏光阴还是不放心：“你不想回去，那到我这儿来，总比一个人好。”

更不行！

我在心里硬硬反驳，嘴上却缓和：“哎呀，真没事儿。”这头，我夹着电话，边拆快递边回，“好歹我也是死过一次的人了，鬼都不怕，还怕活？他们越不想我好过，我越要……”

话没完，我情不自禁发出土拨鼠尖叫：“啊！”

接着听筒里只剩下箱子倒扣和椅子倒地的声音，惹得青年眼眶一紧。

魏光阴到的时候，我蜷在角落，连开门的勇气都没有。手机也被摔到很远的地方，还不敢爬过去捡。

见我没反应，他只能徒手翻进花园，同时搬来花园里我刚买回不久的绿萝，将玻璃窗砸出一个口子，自己探手进来开锁，压根儿没考虑会不会伤到手。

“多少年没做过这么不体面的事了。”看我人还好好的，只是受了惊吓，他语气不明地说。

我坐的地方，与大门和花园都有些距离。偏偏厅中央躺着一条不知是什么品种的蛇，空气里的血腥味儿经久不散。所以我才一动不敢动，因为我怕蛇。

很久很久以前，萧何刚与魏光阴和解，我们去他的家乡烤腊肠，回家的途中就遇见过一条蛇。

刘大壮被吓得晕倒，我却全程镇定，其实是假装的天不怕地不怕。

因为那时候，身边有心心念念的男孩，我总觉得，自己无论什么都能忍。

可就在刚刚，我拆开快递，突然被一摊刺目的血红攻击眼球时，我的理智和防备悉数崩溃了。

“都这样了，还不肯跟我走？”

男孩已经变男子，声音沉沉。

魏光阴的存在令我有了点安全感。我转开脸，强迫自己冷静：“应、应该不会有比这更过分的了？放马过来，我不怕……”

叶慎寻说我有个很不好的毛病：死不认输。但我不觉得这是毛病。

有时候，坚持不是为了自己的面子好看，而是为了不让全世界为难。

自己惹的烂摊子，不想牵连别人，难道这样也不对吗？

可魏光阴说：“原来，对你而言，我是别人。”

青年的眉峰陡然皱起，表情透着明显的不畅快，忽而问：“换作今天赶来的是盛杉，你会不会拒绝她的手？”答案很明显，我能贴着她不放手。

魏光阴显然也知道答案，此刻眉头微微皱起，同时揪住我的心：“所以，到底是因为我依旧特别，你才不肯示弱、不肯为难。还是因为，在你眼里，我们的关系不如你和盛杉？”

他言辞凿凿，问倒了我。不管哪个回答，都是错。

总之十分钟后，我人已经上了车。

本来临上车前我还在垂死挣扎：“要不，算……”话刚到嘴边，那拽我的手一紧。紧接着花园窗户传来又一声响，炸裂的玻璃片划过我脸庞，留下一抹红痕。

我把整件事看得太简单。

我以为，自己一没危害国家公共安全，二没损害大众利益，不管整件事真相如何，那也都是别人的家务事，大家吃吃瓜、打发打发无聊就够了。

谁知，还真有亡命之徒，打着行侠仗义的名号，堂而皇之地进行罪恶。

这个世界怎么了。

第十一章

肌肤已坏，它犹在

世上无法圆满的姻缘数不胜数，

不差我们这一对。

但或许，能保留对彼此的爱恋，到白发苍苍呢？

魏光阴素来喜爱清净，魏公馆的位置也远离闹市。

盛杉和刘大壮等人没敢来当面慰问我，怕身后有眼睛。好在公馆周围零散的人家都有头有脸，没谁有空关注小喽啰的八卦，消息自然透不出去，我总算过了几天安生日子。

一周后，眼看风波有平息迹象，我蠢蠢欲动想出门透气，被魏光阴逮个正着。

他一根根掰开我握着门柱的手指，沉默地皱着眉头。

过了那么多年，我还是看不得他严肃的表情，当下心虚地解释："我就在院子里逛逛，太闷了。"

他一言不发，直到最后掰开我的小指，将我拎回客厅："看会儿电视吧，《还珠格格》和《恶作剧之吻》不是堪称能刷百千遍吗？"

"已经百千遍了啊。"我窝里横的口气，"台词倒背如流，不信你考我。"

没想到他还真来："紫薇，看到你这个样子我好难过。"

我戏精上身："尔康，不要难过。看见你这样难过，我的心里会更加难过……"说完反应过来，"你看，你看，连你都会背了！知道我多无聊了吧！"

魏光阴难得被噎，还妄图垂死挣扎："那你开机。两小时内如果没有骚扰电话和短信进来，允许你出门散散心。"

我一听，精神头儿立马回来了，欢天喜地地去找何伯要手机。

那可真是让我印象深刻的两小时。

从期待我的朋友们每时每刻找我侃天侃地，到此时此刻，竟希望手机坏了，谁也别在这时候打扰我。

当墙上的老古董钟的指针精确地走向最后一秒，不开玩笑，我像是罪孽深重的囚犯，终于等到赎清孽债，刑满释放。

为表感谢，我出门第一站是菜市场，想弄点好吃的给魏光阴与何伯。

出于安全考虑，还是魏家司机开车送我的，全程戴了墨镜。

“辣子……鸡？”看了眼我捎回来的食材和配料，魏光阴模模糊糊闪过不好的念头，“确定是你做吧，不需要别人打下手帮忙什么的，是吧。”

傻孩子，说什么呢，我是那么自觉的人吗？

我都负责埋单了，他可不就得负责烹饪吗！

一时间，我看青年瞳孔里滑过几丝后悔，仿佛暗恨自己为什么要多管闲事，将我接到家中来。

做保镖就算了，还要做厨子！

“谁让你偷师梁蔻蔻的？”我占了大便宜还一副不以为耻的表情，“要不是你慧根深、手艺好，我能恬不知耻地打你的主意吗？”我就去拿何伯开刀了。

何伯：放过爷爷吧。

初初进魏公馆那日，我就尝到了梁蔻蔻的味道，心生疑惑。

何伯趁魏光阴在厨房忙活，有意无意地说道：“我家先生在下厨方面还是很有天分的。”

顺便提示我，其实萧何母亲来美国那次，那顿辣子鸡，是魏光阴亲自做的，与梁蔻蔻无关。

他越冲我解释这些，我越觉得沉重。暗恨那些错过的小细节，让我们兜兜转转经年之久。终究，找不到时光机回去了。

总而言之，暂时缓过劲来的我，脾性有反弹趋势。

但魏光阴好像挺高兴，大概觉得这样才是“程改改”。

正午。我看连日来的阴霾散去，餐桌上气氛好，准备的一肚子话刚要说，刘大壮“啪”一条微信发来：“哟，姐妹，看不出，脑子里还有点东西哈。”

“当然啦，我又不是你，全装豆腐渣。”

他估计被刺激到了，“啪”地又甩来一链接，是刚刚升上去的微博热点，上面赫赫点了我和叶慎寻的名。

立刻，我笑不出。

——×× 整容叶氏少东“老婆”企图上位实锤。

爆料帖里有九张截图，内容为某娱乐小报记者的采访对话，被采访对象是两位女生。

我不清楚这俩女孩儿的来历，但我隐约记得她们的长相。因为在望城剧组拍戏那段时间，我和甘琳在电梯里讨论女配如何上位的情节，她俩很恰巧地出现在电梯里。

理所当然，也将我们的对话误认为日常，听得内心啧啧称奇——还有这么厚颜无耻的女人呢。

女 A：“是的，我们亲耳听见她说，要和那个男人刻意制造亲昵假象，再找记者朋友偷拍，放出风去，让对方老婆心生不安，进而和家里闹什么的……”

女 B：“首先声明，我们不是为了蹭热度。本来一开始当作八卦的，听听就完，谁也不认识谁，哪儿知道还有这么多所谓的官方出来替她洗白？我和朋友实在看不下去啦，想着不能让她接受法律的制裁，至少让道德去审判吧。”

接着网友疯了。

网友 1：原来，还不止企图勾引？连赶正牌下位的对策都想好了？

网友 2：指不定前阵子微博闹得沸沸扬扬，就是人家自导自演自爆的一出戏呢。否则豪门秘事哪儿能轻轻松松走漏？那圈子里谁还没点封嘴的手段？

网友 3：楼上语文课代表。

网友 4：……

那天，我真正明白了何谓“有嘴说不清”。

根据魏光阴的建议，他依旧让我冷处理，大不了再多待个十天半月，谁还有精力管别人的事情，但我不愿再沉默。

因这次事件的发酵程度始料未及，受到波及的不仅仅是我，还有当初站出来发声明为我说话的甘琳。

根据那两位“知情者”的话，我是主谋，甘琳也脱不了干系。她是明知我有意“破坏”别人家庭还怂恿我的帮凶，谁叫当时在电梯里交谈的是我俩呢！

如今她的声明，在全世界看来都是谎言和欲盖弥彰。

为此，他们公司刚上映的一部电影也受到影响，明明是典型的大制作、大明星，却落得票房惨淡的下场，甘琳还面临被公司开除的危险。于心不安的我这才没忍住手，发声解释，可没人听，谩骂铺天盖地。

那时我才清醒地意识到，曾经我自以为的三寸不烂之舌，根本没办法战群儒。

我说过的那些，不再惧怕任何的话，也是空口无凭。

那夜，左思右想，别无他法之下，我偷偷给谷朵打了电话。

贵州一别后，我俩还未曾有过什么对话的契机。

一来她诚实地向我表达过，不希望我和叶慎寻有过多接触。

二来，我也认为这种尴尬的处境，不适合假装是毫无芥蒂的朋友。

可这一次，不管对错，我下定决心必须要说。哪怕赔上我的尊严，也不想连累甘琳受无妄之灾。

“喂，”那头的嗓音轻轻柔柔，疑惑地唤我一声，“程程姐？”

我下意识舔了舔唇，例行几句问候，接着开口道歉——

“最近发生的事，不管你怎么想……我都应该先说声对不起。但我相信，我和叶慎寻的为人，你比谁都清楚。是，我们可能暂时没办法将对方当作陌生人，但也仅仅就是普通的点头之交了。我听说，期远的百日宴上你俩也吵了架，那件事儿我本来也想找你解释，却又怕说多错多。总之，情况不是酒店服务员看见的那样，叶总是由于我俩样貌相似的缘故，不希望我做出一些不成体统的行为，进而影响你在外人眼里的形象，才……唉，看，果然说多错多。”

见我毫无章法，谷朵“扑哧”一笑：“程程姐，你太紧张了。”她依旧不急不缓，“那天的事他早向我解释了，我也有不对的地方。因为太在意，有时难免失去理智，我也想什么时候找你说来着，就是拉不下脸。”

听她这么讲，我松口气：“既然这样，我就不和你客套了——”

我一顿，深呼吸：“子虚乌有的事情能演化到这地步，我也完全没想到。我自己倒没什么，就是不想连累朋友。所以，如果可以的话，我希望你作为当事人出个面，澄清一下。”

兴许只有她开口，大家才会平息怒气，找回理智。

一口气说完，我紧张地捏着电话等待谷朵回应，却不料那头一怔：“什么事？”

狐疑间，电流声杂了几秒，接着传来一个男声：“锅里的水开了，你不是煮面吗？”

谷朵“啊”一声，迅速扔我一句：“程程姐，等等！”接着人不见了。

我正要挂了等会儿再打，有人顺势捡了手机对我说话，言简意赅的四个字：“别骚扰她。”

听得我气不打一处来。

“不骚扰她，你倒是出面解决啊！”我吼。

他意兴阑珊：“祸不是我闯的，为什么要我解决。”

“呵，”我冷笑，“不是爱钱吗？看看你们家风雨飘摇的股价，你能袖手旁观多久。”

他的反驳更快了：“比起钱，不是老婆更重要吗？为了不给她添堵，我花了多少心思才把消息压下。你现在一通电话打来，有没有问过我这个当事人的意思。”

是时，我正仰面躺床上，听完叶慎寻振振有词的一番话，忽而怎么躺都不对劲，连嘴都哑了。

“所以，现在谷朵对这些乱七八糟的流言还一无所知对吗？”

兴许感觉到我气焰低了，很不对劲，他一愣，反问：“她知道的话作用大吗？”

“对不起，打扰了。”

这会儿是真的无心再应付，我彻底扣下电话。

进房间的时候忘了关窗，突然轰隆隆两声雷，吓得我一激灵，不久便听见雨水疯狂敲打玻璃的声音。

不清楚为什么，我老觉得，这应该是今年夏日最后一场雨。它下得如此酣畅淋漓，用尽所有生命力。仿佛行刑前的囚犯，终于等到了最后那一枪。

我，也一直在等叶慎寻这一枪。

从前的他，给我造成太多太强烈的错觉。

错觉到我以为自己，真就是他今生唯一要等的人。

尽管他出于无奈，把他的姓冠在了别人头上，尽管他对我的承诺都成了空头支票。但上帝做证，我从没有一分一秒恨过他。哪怕他与谷朵的婚礼声势浩大，我也老觉得，我能永远是他胸口朱砂。

我想啊，世上无法圆满的姻缘数不胜数，不差我们这一对。但或许，能保留对彼此的爱恋，到白发苍苍呢？

届时来一次世纪见面，一堆记者采访，也算人间佳话。

毕竟我奢望的不多。生活里存不存在无所谓，心中有一席之地便够……

然而，四川之行，叶慎寻对谷朵的关心爱护、体贴周到，我历历在目。无一不是从前他为我做过的。

原来并不特别哦。

无数次，心中不知滋味地涌起这莫名一句，怎么都压不下去。

所以那场旅行，才让我打从心眼儿里劝告自己死心。无关红本，无关婚礼。

偏偏旅行途中，他又有意无意地说些话、做些事，让你感觉，你还是有那么点分量……从此我与自己拔着河，纠缠不清。

为了警告自己别迷失在这场拔河里，我还在脑子里偷偷悬了把手枪。

一旦他过于靠近，我就跳老远，摸出枪，比着我自己：别说任何逾越的话。他说的话也“不听不听，王八念经”。可这把虚拟的枪始终悬而未决、掩耳盗铃。

而此刻，刚刚，当我低声下气、手足无措地去求谷朵，求她帮忙澄清绯闻的时候，他告诉我，别骚扰。

那个曾经拼了命也要免我颠沛流离的人，如今将我留在风口浪尖上，说没义务帮忙抵挡。另个她，却好好待在他砌出来的坚固城墙里，享受着一片平和。

刹那，我恍惚回到孤单的滨海边。

狂风怒浪前，我光膀子坐到天亮，等一艘不知还能不能回来的船。他却早已腹饱身暖，佳人在怀。

突然我委屈得紧。

委屈到甚至能听清脑袋里子弹上膛的声音，以及它终于洞穿我心脏时的暴戾。

“你永远不知道嫁给我师兄究竟多幸福。”

盛杉的话不期然冒出，我也终于向她举手投降。

亲爱的，不是我不清楚，是我没这个福气。

但，叶慎寻，有仇必报的你又明不明白……开完这一枪，死的不只我啊。

子弹破开皮肉，摧毁心室，也会击毙住在里面的人。

那个人，是你。

没有谷朵的澄清，网络上受到影响和谩骂的朋友越来越多。

最终如“正义者们”所愿，我成功抑郁。每天饭吃不了几口，不用劝也大门不出、二门不迈，窝在卧室里，拉紧窗帘。

魏光阴请来心理医生，我拒之门外。何伯稍微劝，我就连他一起撵。只有魏光阴靠近时，我能克制些。

“程改改，你认输了吗？”青年面容有些恨铁不成钢，“你素来最不在意外人说什么，还以自嘲为乐。怎么，现在说的人多了些，就受不了了？”

我蜷在床头，沉默地凝视他：“光阴，你对我很失望吧，我自己也是。”

“那就振作起来！”他微微扬高声音，略有些当年失控时的不留情面，“那些完全不了解事情真相、站着说话不腰疼的渣滓，凭什么要他们如意？”

“但是，”我一度哽咽，“他们说得没错啊。”

骗得过全世界，骗不过自己。

尤其和叶慎寻打完那通电话后，我很诚实地分析了我自己，从而得出真正的答案——

是的，我企图破坏。

当我生出想占据他世界的一席之地，哪怕只是心间……诸如此类的念头。当我认为他抛下我独自面对风雨是过分的，甚至为风雨来了他选择保护别人而伤心……

如此种种，我已无意间做了“破坏者”，理当接受审判。

魏光阴连连闭眼忍耐，快被我气疯过去。

“谁是圣人？能控制心？”他不可思议的语气，“真有这样的人，花多大代价我也想认识认识。让他教教我，怎么才能做到对……一切坐视不理。”

我怅然，没心力去追究他言语间的犹豫，可我感受到了他的痛心。

他本不是多话的人，情绪也不怎么爱表露，却在此刻竭尽所能，想将我从死胡同拉出来。

幸亏我还有一丝丝理智，不想把他的心也一枪崩坏，这才尝试着打起精神和他沟通，也见心理医生，开始在医生的建议下服用该删失眠焦虑的药物。

可没用。

那两个女生的采访像炸弹，引爆了吃瓜群众的全部想象和正义感。我的手机根本不敢开，分分秒秒都是骚扰电话和短信。

有人对视频里我的长相进行攻击，我还不敢删微博，一删就被喷心虚。

某天傍晚，饭桌上，魏光阴的私人手机铃声响了。他和我一样，惯用系统铃声，我第一反应以为是自己的，捏筷子的手禁不住发抖。他注意到，条件反射地挂断，开了静音。

“身正不怕影子斜。”

从前有人误会他，我老将这句挂嘴边。

只是没人告诉我，如果身子不正了呢？

因为判定自己有罪，别人的每一字每一句才会像针，实实在在地扎在肉上。

那段时间，我连盛杉和刘大壮都不想联系，觉得自己是那样不好的人，更一把火烧了与叶慎寻恩爱时的合照。

见我情绪不稳，我的房间门口也二十四小时有专人看护。烧合照时，保镖闻到气味不对，通知魏光阴后破门而入，与手拿照片蹲在火盆边的我大眼瞪小眼。

魏光阴拨开他，极快又极怒地朝我走来。

他面目沉沉，捡起地上的打火机，一扬手扔到窗户外。那神色，只差没给我一巴掌。

当时我深思飘忽地想，他那巴掌落下来就好了。等我惊天动地地哭一场，说不定就能恢复正常，然而他终究没舍得。

终究，那只想给我巴掌的手，生生化作了一个拥抱。

它的主人气势汹汹地将我揽进怀。因为个子偏高，还逼得我不得不垫了脚。

“你现在已经不怕我了，是不是？”

头顶的人恶狠狠地问：“程改改，你是不是忘了，惹火我的人通常没什么好下场。”

“能多……坏？”

我被挤得有些喘不过气。

心想原来他不是想打死我，而是想憋死我，的确够坏！

庆幸我在这时候还有心情自嘲，意味着没到走火入魔的地步。但魏光阴显然把这当成了顶嘴，表情更为光火。

他抓住我肩膀一把扯开，本就黑亮的眼睛此刻亮得吓人。我看他速度极快地去摸手机，翻到通讯录里 Y 字母一栏，找到那三个能刺瞎我眼睛的字，拨出去，整套动作流畅至极。

我不想在跟叶慎寻面前丢脸，扑过去抢，不料他利落一闪，我直接整个人栽到床上去，鼻梁一痛。

青年表情慌了半秒，欲伸手拉，电话已经接通，传来不咸不淡的一声：“喂？”

魏光阴猛地想起正事儿，心一狠，开启扩音——

“你打算怎么办。”他开门见山。

叶慎寻也是聪明人，弯弯绕绕的过场直接省了：“我以为和魏总早就达成了共识？各扫门前雪，管好各自的一亩三分地。怎么，你觉得这样的安排有什么不妥？”

魏光阴：“长公子本事通天，动静闹这么大也能把家里那位瞒得死死的，何不干脆管到底。”

预感到接下来还有更难听的话，我挣扎着爬起来，抢夺手机的欲望更加强烈。

魏光阴一边避我，一边护着手机，一双眼眨也不眨，满是无情。他好似就是要我认清现实，别再玩抑郁自虐这套。因为无论如今的我做什么，对他叶慎寻来讲，毫无干系。

“魏总果然没结过婚。”那头的人一副似真似假的口吻，“这件事能瞒一时，瞒得了一世？风头过了，风语还会有，到时家里那位知道我出面维护前女友，合适吗？”

嗯，前女友听了，都表示很不合适。

于是我当机立断抹了下人中，凑到青年面前去，委屈兮兮地用嘴型告诉他：“流鼻血了。”

这招奏效。

我看原先还清明的眸子忽地一紧，懒得再同叶慎寻废话，扯了我坐沙发上，强行让我仰脑袋。

很快，鼻翼里被塞进两团卫生纸，我呼吸困难，鼻腔里的温热却不减。

做完一系列应急措施，魏光阴颓然地往床头一坐，用一种复杂的目光望着我，那样沉痛。痛到好像变了个人，好像这世界对他的残忍又卷土重来了。

良久。

“不想让我挂念的话，就过得好一点啊，程改改。”

他连声音都是飘的，进来的风吹一阵就跑了，以至于我都怀疑自己的耳朵，是否真的听清过。

魏光阴：“别让我觉得无论怎么选择，你都不会快乐。这样我会忍不住把你留在地狱的，改改。反正都不快乐，绑在一起的话，黑暗也许就没那么可怕了。”

他想动手打我，没能让我哭。他想用胳膊挤死我，也没能让我哭。

他一句“不想让我挂念的话，就过得好一点啊”，却让我的眼泪跟着鼻血，齐刷刷地流。

“会好的……光阴，真的会好的。”

那刻，我的手已经不知该捂眼睛还是捂鼻子了：“和你年少分离的日子，天也这样塌下来过，我不是也好好挺过来了吗？这次也一样，没什么大不了，需要时间罢了。我的命，好不容易捡回来。我答应你，绝不做任何伤害自己的事情。但是，请你也别那么草木皆兵，别让自己的心情跟着变压抑，那样我会彻底崩溃的。”

他不知是被我打动，还是被我那句“年少分离”戳到，终于肯靠近，重新抱住痛哭的我。

这一次，拥抱是温和的，但他的双手隐约颤抖。

“如果实在坚持不下去，我们就回美国，离开这伤心地。”青年嗓音无端暗哑。

我摇摇头，蹭得他肩膀沙沙响：“逃一次，逃两次，逃三次……不能真正放下，去哪儿都不会开心的。”

更何况，我即使会利用全世界，也不会将歪念头打到他身上。

利用新欢忘记旧爱……不，利用旧爱忘记新欢……不，算了，爱谁谁吧。

反正，这个叫作魏光阴的男孩，他注定是年少的欢喜，也会是余生的神殿。

曾经，我不敢以爱之名去玷污。

如今，我更不愿造次。

那晚，我在一个清淡的怀抱中哭到睡着，连鼻血什么时候止住的都不知道。醒来时我头晕脑涨，跟宿醉似的，眼睛火辣辣地疼。

厨房在做午餐，我闻到烟火味儿，梳洗完毕下去，给何伯吓得不轻。

网暴几乎长达一个月。这一个月我对吃饭这件事兴趣缺失，更别提主动出现在餐桌前。突然看我扎个干净利落的马尾，甚至有心地搭配了一下衬衣和裙子，他不由得如释重负。

“女孩子家，打扮打扮好看多了。”

在美国那段日子，他也和我混熟。平常肃穆庄严的老人，偶尔也会和我开几句玩笑。

我一闲云野鹤，没大没小惯了，当即接茬儿：“头可断，发型不能乱。”边说边找手机，无果，直到何伯递来一个新盒子。

“先生说往事不可追。趁此机会，该扔就扔。”

看来里面放着新手机和新卡。

我终究不忍拂了魏光阴的好意，假装欢喜地接过来好生打量，附和道：“哇，总算体会到和土豪做朋友的乐趣了。之前那部手机像素不高，还经常闪退卡顿，早想换了，就是穷。”

何伯抱臂，规矩地站在餐桌前夸我：“要不说程小姐是聪明人呢。”

点到即止的话，魏光阴徐徐步下楼。

他今天也很精神，应该醒得早，出门理了个发，鬓角和下巴都泛着浅青色，身体瘦高。

“出去逛逛吗？”入座后，他捧起碗，忽然说。

看样子是把我昨晚的话听进去了——别那么草木皆兵。

我点头如捣蒜，漫不经心地转移话题：“我刚刚登了下微博。”看他手一顿，赶紧补充，“骂来骂去都那几句，没点新鲜的，我都想上场教教那群气愤宝贝了。”

何伯忍俊不禁，合了好几下嘴，魏光阴依旧没放松警惕。

“身份证和护照暂时放我这儿，”他讲，“免得你一声不吭就跑的毛病又犯了，现在不是开玩笑的时候。”

毫无商量的口吻。

他这武断专横的一面我许久未见，竟差点忘记，这也属于他性格的一部分。怪不得他昨晚会问，我是不是已经不怕他了。

可我程改改，怕过谁？

嗯，怕过他，所以我的反抗统统化为没出息的妥协："那我……还能不能出去逛？"可怜巴巴的语气。

他略一思忖："人多的地方还是别去了，喜欢看京剧吗？"

呵，就我如今的处境，别说看京剧了，他就是给我拉长城上看人头，我也觉得很有意思呢。

早前有所耳闻，魏光阴的母亲是京剧名角儿。他很小的时候就耳濡目染，跟着父亲一起看母亲唱戏。

听说滨城唯一一家京剧院就是魏家的产业。但因为养着一批爱好京剧表演的中青年演员，图个精神寄托，不怎么赚钱，所以许多圈内人也不知情。

说来也巧，当晚魏光阴带我看的这出，演的杨贵妃和唐玄宗。

这对历史有名的恩爱夫妻，野史也多姿多彩。说杨贵妃和唐玄宗之间的相处，和寻常人家没什么两样。说帝王后宫佳丽无数，再如何专宠，总有怠慢之处，杨贵妃一不高兴就回娘家。

原本宫内的女人不经允许是不准私自出宫的，唐玄宗却默许了杨贵妃的骄纵，甚至三番五次亲自去请。

无奈时局动荡，大臣谏言杨贵妃恃宠而骄，更和奸臣杨国忠有着千丝万缕的联系，不除难以稳军心。为保朝代兴盛，唐玄宗不得不牺牲挚爱，一道赐死密令，叫杨贵妃魂断马嵬坡。

杨贵妃死后，唐玄宗怕她曝尸荒野，曾秘密命人将其改葬。

未料士兵只带回来其终日佩带的香囊，回禀："肌肤已坏，而香囊犹在。"

唐玄宗当殿痛哭。

观赏完这出，我内心无比沉重，哀叹世事艰难。连不可一世的帝王，都没办法选择所爱。我们这些平凡得不能再平凡的世人，究竟要有多幸运，才能求得一颗心完整。

魏光阴看透我的伤怀，一时间他也不知作何安慰。

片刻，他卷起衣袖，揭下什么，随即拉过我的手，将一截红绳牢牢地套我手腕上。

这红绳我不陌生，下方还有小小一截木头。我曾在愤怒之中将属于我的那截毁掉，可他从头留到终。

“肌肤已坏，它犹在。”鬼使神差，座旁的人开了口。

我一抬头，触到不该有的深情，唰地抽手。

然而这次逃避，我没能成功，手缩到半路，又被重新拽了回去。

“我不想忍耐了，改改。”

隔了挡板的驾驶座，封闭的后排空间，我局促地被魏光阴捉在手里，任他认真的眼神从头扫到脚——

“那样高高在上的人，都拿感情没办法，为什么我竟高估自己有这样的能耐……”青年好似也对这出戏意犹未尽，自嘲地笑。明明后座车灯暗，我却将他每个细微表情看得清楚，包括喉咙一动的幅度。

须臾，我心底警钟大响，嗡嗡的，一而再，再而三地敲得人头昏脑涨。

该是晕了头，产生幻觉。否则有生之年，怎会等来如此正式的肺腑之言？

等到那个叫魏光阴的男孩，终于对我讲，他跟着梁蔻蔻学做辣子鸡，是因为我喜欢吃。因为每次见到我生龙活虎地吃东西，都能感受到旺盛的生命力，好像世间真没有一顿大餐不能解决的问题。

他还说，当初在国内散播我假死的消息，嘴上说得大仁大义，是为了替我报仇。实际，更多试藏了私心。

“虽然卑鄙，但真的这样打算过，希望叶慎寻得知你的‘死讯’，想看看他的选择。如果他遵从内心，无论如何都只要你，我一定心甘情愿地放手成全。如果他能够接受你的离去，安安心心地和谷朵结婚，那我……”

某些话到嘴边，还是绕了很大一圈，没到舌尖。

见我呆呆的没反应，魏光阴稍稍松了手，不自在地转头看向窗外，仿佛那样才有勇气继续："总之，这才是我回国的原因。"

后来的时间就比较早了，追溯至高中时期，推及萧何。

魏光阴坦承，自己根本不是温和大气的人设，一贯谁惹了他，二话不说就将对方踩进地里，翻身的机会都不曾给。却因为我对萧何的怜悯，让他也跟着心软。

他说，他真的很介意我答应一起去美国，却临时变卦。

"听你拿签证的问题说事，我第一反应是托词。后来想明白，对普通家庭而言，它就是能成为让人分别的利器。我对你要求甚高，甚至因此铁了心不联系，才平白蹉跎掉最好的光阴——

"你总向别人形容，我是世上最好的光阴。其实在我心里，改改……那段，才是。"

可是，等他抽丝剥茧地说服自己，走过懵懂的少年期，我与他之间，早已局势大变。

"有件事，我没骗你。对于你的家人，我无法原谅……但对于你，我难以放弃。我始终忘不掉十八岁的日落黄昏，一个少女突然闯进我的世界，说要做我的太阳。那时我在心里嘲笑她，知道太阳离地球多遥远吗……可这么远，你都跑到了。你看，你多厉害。"

再后来，就是台风日，我头脑一热跑去滨海坐了一晚，翌日发高烧进医院。

顾圆圆不放心，还是托梁蔻蔻转告了魏光阴，他曾在我昏迷时到过医院看望。

那天，我参与过救援行动，一身的血，看得他触目惊心。他以为我受伤，当下就要斥责为什么没有医生在、不送我去急救室？幸好何伯在身边，尚有理智，打听清楚情况，他悬着的心才落地。

魏光阴："还有……"

"别说了。"我自认生硬地打断，殊不知声带震动厉害。

好半晌，我才有勇气转头，对上那双墨一般浓烈的眼："跟我去个地方吧，光阴。"我听见自己强自镇定的声音，而后打开导航。

车子开到目的地，天地寂静。

瞥了眼周遭环境，魏光阴很快认出，瞳孔一颤："来这里……做什么。"

他突然的结巴让我同时生出快意和痛意。

这里看着偏僻，地价却不输滨城最高端的楼盘，因为依山傍水，是块宝地，适合长眠。

当初魏延的遗体落在了大洋里，打捞队一无所获。魏光阴为了让他魂归故里，特意用他生前的贴身衣物做了衣冠冢。

我不知哪儿来的力气，一意孤行将青年拉到顶端去。那里能看见滨城CBD最亮的灯光，还有魏延意气风发的遗照。魏光阴像是和他一个模子印出来的，一双眼睛即使是在照片上，亦亮得人心慌。

"说吧。"我没头没脑地对他讲。

魏光阴一脸震惊没来得及消，我却轻描淡写地冲他笑，甚至僭越地拉他的手，握得紧紧——

"告诉这位男士、你的父亲，我究竟姓甚名谁，从哪里来。告诉他，我就是你选定要携手一生的女子。虽然我的母亲，不顾多年情谊，亲手设局害死了他，可你依然无法抵挡我的魅力。我将来啊，会成为你魏光阴明媒正娶的妻子。我会入你们魏家祖坟，分他亲手打下来的基业，让他在地下，还要被我那刻薄无情的母亲好好嘲笑……

"光阴，你说啊。"

句句诛心，我吐得不费吹灰之力："只要你当着他的面，亲口说出这些，我现在就跟你回美国。我发誓，生命中再不会有'叶'这个字。发誓从今往后，与这根红绳同生共死。”

说啊，光阴。

我抬起胳膊给他看迷谷，言辞凿凿，与这根线一样惨烈，终于将他逼到心理极限，一把将我推开。

“改改，你为什么……”

我依旧不假辞色：“为什么要破坏好不容易平衡的局面？为什么要破坏我们之间小心翼翼维系的情感？因为我不傻啊。如果你有心娶我，网暴事件开始之时，你就站出来了。你会堂而皇之地告诉世人，我程改改，不是谁婚姻的第三者，而是你魏光阴放在心上多年的女孩。我认识盛杉，是因为你。我认识这个圈子里的所有人，也因为你。我带资进组怎么了，你魏光阴有本事为我铺就康庄大道。光阴，你那么聪明，我能想到的所有，你总能先一步思量。可你最终眼睁睁看着我被伤害、被误会，还是什么都没做——

“有时我也恨自己，装傻不行吗？抱着点好感，假装天真，每天和你散心，让你为我治愈伤口，这样的日子不好吗？可叶慎寻说得对，我一根筋啊！我怎么也学不会睁只眼闭只眼。光阴，我信的。我信你对我感情真挚，信你这一生除了我不会再有别人。可我心里也清楚，你不会给我名分。你与何伯，不过是饮鸩止渴，想留我在身边，静你的心，镇你的痛……

“但是，你们都解脱了。那么，我呢……光阴？对叶慎寻来说，我是见不得光的前任。对你而言，我又何尝不是如此！”

我推心置腹，对面人表情大震。

在他眼里，我看见一个气势汹汹的姑娘。但我不明白，为何凶的是她，掉眼泪的也是她。

很多话我不想说。一旦出口，就什么都搞砸了。

但如果我不说，有个清风明月般的男孩，就真被困在那片暗无天日的森林，再走不出了。那男孩曾无数次对我讲，他见过地狱什么模样，习惯了地狱，所以不怕留在那里，可我不一样。

我见过天堂。

叶慎寻带我见过天堂，它好得不像样，虽然很短暂。但我希望有朝一日，他也能去看看。

他那样好，凭什么不能拥有只属于自己的一隅之地？

哪怕这夜过后，我们将形同陌路，从此我真的只能一个人闯荡这凶险江湖……

我也不悔，今日所为。

第十二章

明月与风

原来告别并不难。

尤其当你清楚，告别是为了更好地重逢。

我又被打脸了。

我以为昨夜下的是这个夏天最后一场雨。可回去路上，浓稠的夜又出现了破碎的痕迹，割裂车窗上左右不同的两张轮廓。

出门时，我和魏光阴算有说有笑，谁都不去触碰当前的沉重。

兴许因为气氛难得这么好，才让心头的小蛇得空钻了出去，导致最终两相难堪的局面。

车厢里，那种喘不过气的感觉再度来袭。

我倚上窗沿，尽量让脑子放空，倾尽注意力去听雨。久而久之，我竟有些魔怔，恍惚听见老天爷在借雨的声音说话——“你们能不能别再闹了。”

他说，连他都累了。

我闭眼，装作听不见，心底暗恨：分明是你玩笑开过头。

如果清风注定要走，让他飘远好了……为什么还回来，煽动一棵快枯死的树。

如果两千年太长，劝告一个人早些离开不行吗？何必等铁树开了花，再对她挥挥手。

又或者，真的是我搞错了。

毕竟在佛祖的故事里，我从头到尾都是不能说话的树、是沉默的石桥、是偶然遇见的少女……却从来不是森林的出口，不是穿婚纱的女主，不是任何人的归途。

那场雨声势不大，不太像夏天的，来得慢，去得也慢。

回到魏公馆，它还在持续。我与魏光阴当着何伯的面，分别从不同的入口，沉默着上了楼。

他的卧室在二楼，我的在三楼。然而从落地窗眺望出去，风景并无任何不同，都是一团糨糊般的黑暗、散着微弱的光的路灯以及一些即使被雨淋湿了也不愿离开光的蚊虫。

我嫉妒它们的孤勇。

这份勇气，曾经我也有，可它悉数叫一个人拿走了。

那人拿走它的时候，信誓旦旦地告诉我："你这一生都不再需要'勇气'这东西。"因为万事有他扛。

我信了他的话，从此羸弱不堪，刀枪不能挡。

"哈哈。"

落地窗前，我莫名其妙笑出声。

我想起和叶慎寻在一起后没多久，刚开车那会儿，和一辆不知道什么牌子的车撞上了。

那车主跳下驾驶座，见我是一个姑娘家，立刻气势汹汹地敲窗户，把我骂得狗血淋头。

"呵，果然是女司机，你会不会开车？！"

其实主要责任在他。过人行道时他油门踩飞快，临到头了才发现有行人，赶紧一脚急刹。我看不见前方情况，没料到他突然停车，躲闪不及追了尾。

按我从前的脾气，被如此反咬一口，我能卸他车门、爆他轮胎，说不定还能当街厮打进局子。

"谁也别再想欺负我。"

遭遇程穗晚的欺骗和背叛后，我曾在我妈的坟前发过誓，不让她死了也不安心。

可是那日，面对中年男人怒气冲冲的指责，我第一反应是给叶慎寻打电话。

第一次发生事故，我本来只想问问他应该怎么处理。然而听筒里一传来他的声音，我立马委屈得连话都说不清楚："我、我撞车了……噢，不，是他、他先停的车。我好好开着呢，没走神，也保持安全距离了……"

叶慎寻具体在电话里说什么我已经忘了，只记得那天围观的群众好多。

因为没多久，他便开着那辆刚刚到手的宝蓝色布加迪，横在人行道中央，三百六十度查看我有没有哪里受伤。

四肢检查完毕，他转而捧我的脸来审，审了没几下，自己发笑：“哎呀，好丑。

“我就是为了这么一姿色的姑娘，紧张得会都不开了？”他说。

我听着却不觉得难过，反而就着他揉我脸的手，疑似撒娇地嘟了嘟嘴：“那是因为我没化妆……我想着去见刘大壮，没必要打扮得那么好看，万一他爱上我，你又多了一位情敌。”

叶慎寻笑更欢，嘴上却硬气得很：“拿走，拿走，别客气。”

被撞的车主见我有人撑腰，并且全程话都不想与他搭的意思，郁闷不已，又想作妖。

不一会儿，沛阳领着交警到场，打开我驾驶座的车门就拿过行车记录仪。那人见状，脑袋一疼，讪讪地扔下句“可能是我自己没注意”，溜没影了。

后来，叶慎寻和谷朵婚礼当天，微博上还有人转发“相信爱情”的主题，其中就有路人拍下的老照片。

当季新款的宝蓝色布加迪旁，我穿着素素的连衣裙，长发没怎么打理，一张脸被一个人揉得像猪头，只堪堪窥得见大致面容。于是世人理所当然将我认作新娘子，大呼上流社会也是有童话的。

有吗？

雨声滴滴答答，仿佛在回答：“有……吧。只不过是短篇的。”

而今晚以后，不论是我还是他，抑或光阴，最终的联系，都沦落到只能在同一个城市里看下雨了吧。

这场雨下太久，及至后半夜还没完没了。

玻璃窗已经被水珠整个蒙住，只见深深浅浅的琉璃色闪来闪去，却不知那到底是什么东西。

凌晨两点，公馆迎来一位深夜到访的客人。大门开启，他几乎不成体统地栽进了何伯怀里。一米八几的个子，差点将硬朗的老人都撞倒在地。

“刘维？”

我听见对讲机里魏光阴疑惑的声音，终于起身，搭件外套一同下去。

楼梯口碰面，我俩还很尴尬地对视一秒，接着默契地别开眼睛。

乍见刘大壮，跟只落汤鸡……不，没有这么大只的鸡。跟头落汤熊似的，还是被猎人袭击过的那种，浑身脏兮兮，隐约还有血的痕迹。但血渍应该不新鲜了，因为雨水没能将它完全冲洗。

“你终于还是去抢了银行。”我抄着手，幽幽望着这位不速之客。

岂料他连丁点和我斗嘴的意志都没有，表情呆滞木讷，湿淋淋地耷拉在沙发上。

“不是吧，难道银行今天……没开门？”

看他依旧半天憋不出一个字，我才意识到情况不妙，靠近了些，摸摸他的脑袋。滚烫，发着烧。

魏光阴让何伯备车，送他去医院，结果他一听“医院”两字儿背脊都颤抖了，整个人赖在沙发上一动不动，呼出的冰冷气体清晰可见。

“刘维？”这下我也连名带姓地叫他。

青年的西服皱得不像样，听我呼唤，才稍稍回了神。

他仰头看我一眼，忽而双掌蒙面、哽咽自语：“对不起，对不起……”就这么重复十来遍，讲到后面像被人拿东西堵了嗓子眼儿，完全没声儿，只有细细的几个气音。

这副表情我不陌生。

当年他被迫出卖我保他爸的时候，也是这么痛不欲生地求我原谅，立刻我警觉起来。

“姓刘的，你又弄出什么幺蛾子了！我可告诉你啊——姑奶奶如今身心俱残，没有可供你蹂躏的地儿。你要再玩当年那些把戏，我俩这辈子真不用再见面！”

谁知我越嚷，他崩溃得越厉害，干脆大半个上身全伏在了茶几上。

魏光阴到底比我仔细，立刻吩咐何伯查查我们周边人的情况。进而得知，傍晚时分，好淑女出了车祸，如今重伤昏迷，生死未卜。

“？”我不太能消化，“可下午她还给我发消息了啊？”

我遭遇网络暴力这段时间，她隔三岔五会给我发条信息，向我报告外界的风吹草动。

有时她会截图一些理智言论安慰我，有时是她和脑残们斗嘴的对话内容，还有的是无良媒体和营销号的ID，她让我保存下来：“等什么时候东山再起，挨个报仇。”

女孩比我还牙痒痒地讲。

难以置信，上秒还伶伶俐俐的一个丫头，下秒却躺在病床上，眼都不眨。

更不可释怀的是，紧接着，我听见一个终生都不愿再提起的名字。

我知道刘大壮对程穗晚念念不忘。即便他明面上和好淑女交往，还一副要携手走进婚姻殿堂的架势。但我清楚，他心里预留的终老坟墓，住着别人。

这个别人，回来了。

程穗晚回国是办移民手续的，据说谁都没通知。

想想也是，放眼滨城，除了刘大壮任她千般折磨依旧无怨无悔，还能有谁。但两个人并非刻意约见。

当年她故意将维生素片换成臆药，借光阴的手喂给我。事发时，正巧光阴瘾症犯了，狂性大发，毁了她一双手。

程穗晚很小就弹得一手好钢琴，奈何我对音符不感冒，鹦鹉学舌地跟了一段时间也没甚成效。这在她心中，恐怕是唯一胜过我的骄傲。

她曾痛斥，我性格爽朗、好友遍布、成绩优秀，还比她更早地遇见那个男孩，遮住了她的光芒。

没想到，她仅剩的光芒，最终竟以这样的方式，葬在那个男孩手上。

我不清楚光阴对这段的真正感想，我们不曾探讨，时时刻刻避着，就怕勾起不好的回忆。但我猜，他心中多少存着愧疚。否则，他不会让何伯送程穗晚去最好的医院，进行接骨手术。

当时现场多血腥我不愿深想。怕一想，就这么不争气地选择了原谅。

我无法原谅。

不是因她如何伤害了我，而是她阴差阳错地对盛杉、对萧何……做的一切。

都说有因必有果。明明我是因，果却让别人受了，我没资格去越俎代庖地谈原谅。

所幸，程穗晚一双手勉强救了回来，系统复健完毕后基本功能没损失，只是再也无法弹钢琴。

再之后，关于她的消息我很少听说，只在美国时听萧何提过一嘴。说程家父母得到一笔巨额赔偿金，带着程穗晚去加拿大定居。加拿大国籍不好拿，拖到现在才回国办理移民手续。

恰逢刘大壮基于游戏研发的加速器刚面世，获得加拿大一家游戏公司赏识，准备去温哥华出趟差，办签证时和程穗晚在出入境管理大楼不期而遇。

那呆子，什么情绪都写在脸上。不用谁描述，我都能猜到他当时多么沸腾，还“醉翁之意不在酒”地邀了一顿饭。

饭间，得知程穗晚会在滨城待一段时间：“代替父母将老房子卖了，顺便过户。”

女孩斯斯文文地拿起筷子吃饭，有点别扭，不知是习惯了西餐，还是因手指始终恢复不到原样。

刘大壮越看越不忍，一些莫须有的念头，未经思考便脱口而出——

“有任何需要帮忙的，随时给我打电话。”

程穗晚笑得腼腆，不再故作俏皮或刻意模仿谁，而是她最初遇见刘大壮时，干干净净的脾性和眉眼。

程穗晚的再度出现属实低调。若非刘大壮偶遇，可能今生我都不会再得知她丁点儿消息。

奈何就是这样一阵穿堂风，引了山洪。

回去后，刘大壮就不太正常，和好淑女待一起也时常走神。某个周末看电影，手机屏幕突然亮，青年整个跳了起来，连招呼都没打，就匆匆出影院去接。

女孩子敏感，开始留意细节，检索到一个没有备注的微信号，头像也是空白的，男女不明。

对话内容很简短，也很客气——

空白：滨海区的房管局换地方了？能给我发一下新地址的定位吗，谢谢。

刘维：挺偏的，打车也不方便。我送你吧，正好有空。

女人这种生物不能用常理和逻辑去分析。譬如，好淑女就是能看出，这毫无暧昧的对话里，究竟藏着怎样的多情。

可她没弄明白，多情的是刘大壮。

又或者，她其实明白的。只是因为爱他，所以不愿去打破现有平衡。

她坚信他看过的风景很多，未来更多，自己则会凭着毅力成为他的故乡。即便看久了没味道，始终有挂念。

可她所有的坚信，都在七夕那日被击碎了。

那日，我抱着两盆绿萝吃了单人份的晚餐，偶遇刘大壮，还敲诈他埋了单。

他的单埋得太痛快，还左顾右盼害怕着什么，我竟没察觉出……和他一起吃饭的并非好淑女，而是程穗晚。

说来也巧，程穗晚办手续的日子也是那天。刘大壮忘了情人节这茬，就当办完事一起吃个便饭，没成想好淑女准备的餐厅也是这家，三人面面相觑。

好淑女和刘大壮冷战，纠结一晚，终于以刘维低头认错，并发誓再也不和程穗晚联系结束。

这件事好淑女本打算和我讲，紧跟着我就被爆插足叶慎寻和谷朵的婚姻，自顾不暇。

那段日子，我承受着攻击，她也承受着煎熬，却压抑着心底的难过给我发些有的没的，试图安慰身处低谷的我……

而今日，就在我高高兴兴准备和光阴出门逛逛的时间里，刘大壮接到程穗晚从机场打来的告别电话，对他表示感谢，也希望他忘记从前。刘大壮一时感性压过理性，不管不顾奔地去机场要见最后一面。

可他没料到，在他一心奔赴青春的同时，有个傻姑娘也跟着追出，慌忙间闯了红灯，被飞驰的车辆撞得面目全非。

“刘维，你浑蛋。”

断断续续听完经过，我咬牙切齿，揪了他的衣领想揍他一顿，却发现已经不是小时候了。

我这丢了一颗肾的大力水手，没能力再拿谁怎么样。

威胁没用，痛斥没用，唯独痛心依旧。

见状，魏光阴轻轻拉我：“让他静静吧。”

静静？我差点笑出声。

“好淑女够安静了，明知这个男人心里有别人，明明在餐厅都撞见现场了，他不过一句‘对不起’，她就闭嘴原谅了。可她得到了什么？得到了再次欺骗……得到了玉石俱焚！”

我的用词严重，看刘维的肩膀又颤起来。

到底是多年挚友，我本不愿说重话让他难受。但有的伤口，只有用力捅，才足以让他印象深刻。

是的，那时，那时，我还天真地想着以后的。

我想着，电视剧不都是这样演的吗？尝过失去滋味的人，才会真正懂得珍惜。

等好淑女醒来，这个姓刘的渣男应该会痛改前非，真正将那傻姑娘纳入余生的计划表，亲口对她说一声“喜欢”。

到时候，我就是第一功臣。刘维的事业已经上了正规，可得敲诈他个大红包……

我就是这样想的。

但原来，不是每场遗憾都有机会弥补的。生活，毕竟不是故事。

好淑女被宣布脑死亡的时候，滨城又一次入冬。

郝家父母可能已经有心理准备，怎么也哭不出。

一连几个月的煎熬，老两口流干了眼泪，一直求神拜佛，祈求他们的神明放过唯一的女儿。

她那样优秀，从小没怎么让二老操心。

知道家境不比别人，东西都挑便宜的要，念书也是拿全额奖学金。甚至怕耽误学业，进了大学她也不敢谈恋爱，青涩得如同刚结出的莲子。微微涩口，亦微微清香。

只是莲子出于淤泥里，一双眼睛不够清明。有只蜻蜓不过偶然停留在荷叶上，她却从此被猪油蒙了心，最终什么都没留下。

真是什么也没留下。

仿佛有预感似的，有用的器官她都在生前签了捐赠书——中枢神经、视网膜、心。

郝家父母将这当作一次普通车祸，没谁去告诉他们真相，我也不打算。

因我知，刘维虽不曾讲出口，却会打心眼儿里将郝家父母当作自家父母养。从此好淑女的责任，他来扛。二老就算知道真相，除了加倍的难过和怨憎，好淑女也不会回来了。

只是，曾经鲜活不已的男孩，应该也不会再回来了。

他大概会就此变为一潭死水，成为别人眼里不苟言笑的男子。会有人夸他高，夸他帅，夸他事业有成，却不会再有人突然叫他——

“你看啊，冬天的落叶！”

接着踮起脚，用最拙劣的姿态，献上自己能给的所有。

“你看啊，冬天的落叶。”葬礼上，我鬼使神差地指向远方飘下来的孤叶，冲刘大壮道。

青年怔然一瞬，旋即眼睛毫不遮掩地挤出水来。

他用衣袖不断拭，看得我扯了扯唇：“刘维，你没资格哭，知道吗？”我语气轻飘飘，却深知它落在对方耳朵里的重量，“你得记牢，这傻姑娘不是死于车祸。

“她死于你的漠视、你的谎言和你的摇摆。所以，千万别演追悔莫及那套。”

因为不是每件事，都该获得原谅。

话落，他秒悟。大概觉得我说得有道理，他很努力地绷住下颌，克制表情。

我以为他能绷到最后的。

毕竟没有真心喜欢过一秒，顶多出于内疚，掉下两颗鳄鱼的眼泪，怎会有什么真情实感呢？

没料去了趟辖区派出所，这个以跳脱和乐观出名的编程浪子，完全崩溃在现场。

根据规定，人一旦确定死亡，其家属必须去派出所注销户口。刘维开了车，理所应当帮着处理后事，我也陪着状态不好的二老走了那一遭。

一系列表格填写完毕，眼睁睁瞧着那女孩的面庞变黑白，我一口浊气上也不是下也不是，更别提郝家父母的情况。

刘维全程很刚，颇有些此时他必须主持大局的气场，直到工作人员进行最后一道手续，向他要好淑女的身份证。

“要身份证干吗？”

他眉一横，好像别人是要从他这里夺走什么。

工作人员尽量语气委婉解释：“世上已查无此人，为避免被有心人利用，相关身份证件都得作废。”

然后我才知，什么手机里的三十二个G都为她保留？明明连她一张自拍都没有，更别提一张正经的合照。他本想私自留下好淑女的身份证，那上面的她有浅浅的笑。

十八岁，以为人生刚开始，充满向往的那种开心。

“我能先拍个照吗？”顶着众人的打量，刘维手足无措地去摸手机，想留下这张年轻得让人不敢直视的容颜。

奈何他摸了许久，手机绳被卡裤带里了，怎么也抽不出。

他着急，越着急越抽不出，就那样丢脸地急哭了，语无伦次地叫我：“改改，你帮我一下。”声音哽咽不已，“你帮……”说着就蹲下身，再也坚持不住。

我终于不忍，伸手去帮忙，才发现卡住的手机绳是条粉色的，很女孩子，一看就是好淑女的杰作。

因上面的吊坠是哆啦A梦，她很喜欢的动漫角色，还羡慕它拥有时光机：“想回到哪段过去，就回到哪段过去。”

瞧着地面号啕大哭的男子，突然我明白了什么。

人非草木，谁又能真的无情？

曾经我也以为，自己会像条尾巴一样，永远追着一段光阴……结果呢。

我不清楚等待我的结果是什么。

但属于好淑女和刘大壮的结果，是他们即便坐着时光机，也回不去曾经了。

曾经的小卖店。曾经的公交站。曾经飘着落叶的冬日。和曾经的一个女孩……爱着那个男孩。

接待刘维的是个年轻姑娘。

估计才上岗不久，还没见惯死别，满眼不忍地瞧着高大男子崩溃在大厅中央，但还是得坚持原则——

“先生，请将亡者身份证给我，后面还有排号办理业务的。”她透过窗口说。

不给不是办法啊。

见状，那二老也悲痛不已，只能我狠下心肠，用了点力气从刘维手中抽出身份证递过去：“不好意思。”

她理解地点点头，趁我动手去扶刘维的片刻又叫住我：“等等。”

我应声回头，看她用类似订书机的东西对着好淑女的身份证咔嚓一下，而后将身份证还回来：“我给剪了右下角，证件作废了就行，留着做个念想吧。”

女孩不无体贴地讲。

我还没来得及反应，刘维突然回魂了似的，长手一捞，将身份证重新攥在手心，再没开口说一句。

回程的路上怕他开不稳车，我代劳，将好淑女的父母送回家。

略有些破旧的小区。没保安，没物管，污水横流的环境，倒是野生的花草长得茂盛。

好淑女节省，工作这些年攒的钱全给父母买新房、装修用了，眼看着再过半年就能入住……

“我没事，你回去吧，后面保镖跟一路了。”当车上只剩我俩，刘大壮方才出声。

网暴事件随着时间流逝过去大半，网络上的恶语大幅度减少，大家的目光被别的吸引去，但我还是暂住魏公馆。

出了好淑女这件意外，魏光阴对我的安全更不放心，护照、身份证等等根本没有要还的意思。偏偏打小我就没有和他争的习惯，那晚在墓地的一番话已经是我毕生勇气的极限。

彼时我心情也极为复杂，忍来忍去终究只叹了口气：“那有事电话联系。”

青年没甚反应，望着窗外出神。

我幅度颇小地抬腿下车，忽听副驾驶位传来没头没脑的一句问询：“还是跑着去吗？”

“嗯？”

刘维：“去见他的话。”

立马我意识过来，他指的是谁。

曾经我不无底气地对全世界嚷嚷：“如果是去见光阴的话，不管他在哪儿，我都会跑着去！”

刘维：“改改，你有没有发现，你和叶长公子闹矛盾的每一次，我都没劝过？”素来不正经的男子突然推心置腹，“那是因为，在我心里，一直期望你的归宿是光阴。因为，我是唯一看过你们所有美好和蹉跎岁月的人啊。”

顷刻，我呼吸一顿。

“你知不知道，当年我是什么时候得知你喜欢光阴的？”

我摇摇脑袋，看他的表情似好笑也似苦笑：“那你还记得滨中后校门有条捷径，能直接穿到公交站吧？只不过走这条捷径需要爬上一段长长的台阶。那会儿光阴为了躲避他们家司机，老和我们一起爬台阶去坐公交车厮混。有天我俩值日，他提前去台阶等，一百多级阶梯啊，我的姐……看他站在尽头喊你的名字，你只用了三十来步，老子气喘吁吁也没追上。”

良久。

“是我刚刚在墓地说的话太狠了吗？刘维？”我语气讨好，“如果是这样，我向你道歉啊。”

就不必非要弄哭我才甘心。

一旦痛苦有人分担，自己就会好受些。这不，那浑蛋的眉头总算微微展开，却对我下更狠的手：“可正因如此，太希望你俩破镜重圆，所以我才没告诉你……

“叶慎寻投资我那款游戏的缘故，其实只为了一个小程序。”

在商言商。

刘大壮开发的游戏与市面手游的区别不大，潜力一般般，严格来讲入不了叶慎寻的眼。

即便有盛杉做中间人，融资会上，那位长公子也只给了半小时，做足铁面无私的模样，导致刘大壮带领的工作室团队被他冻得紧张，哆嗦着几乎忘了自家游戏究竟有哪些优势——

“除了战斗规则和界面新颖，还能追踪玩家轨迹……”

叶慎寻眉一蹙：“什么？”

“战斗界面新颖……”

“后一句。”

“能追踪玩家轨迹。”

……

车里。

刘大壮：“本身我也没反应过来，真以为他是被游戏吸引，直到后来你冲我抱怨，为什么系统战斗老能匹配到他……”

无法在现实里正大光明地说话，那在虚拟的世界里相逢，哪怕是拼杀，也够满足了。

看来我真得罪了刘维。他想要我死。

“现在说这些有什么用？”我难得面对他，声音低低的，“曾经我跑得飞快都要去见的人，如今我只能跑着离开他了。而那个为了见我不遗余力的人，终究也成了别人的。”

刘大壮微一默：“改改，我也不清楚今天说的话有什么意义，或者对你的选择将造成什么影响，我只是负责把知道的一切都告诉你。因为我不希望有朝一日你……不希望你和我一样，无法挽回地错过。”

那种明知错了，却已经过了的遗憾，他不想再有人体会了。

片刻，“呼。”我长长吐口气，没好气地捶他一下，“我懂的。”

这下我才真正推开了车门。

明明已经入冬，天气却好得不像话，头顶白白蓝蓝的，日光温和。

我上了魏家的车，打量着晴好的景，心中斟酌着一会儿将要说的，竟一点儿也不紧张，灵台澄澈。

原来告别并不难。

尤其当你清楚，告别是为了更好地重逢。

“冬天已经来了，叶子是一定会离开树的。抵抗既定的命运太辛苦，也无法做到，何必让自己那么辛苦呢……光阴。”那次僵持后，我首次开口谈我们之间的问题，并向他要身份证件。

打好淑女宣布脑死亡的那天起，我就如此盘算着。

因为摇摆不定和纠缠的结果，刘大壮已经做了最坏示范。我不敢再抱着侥幸心理，躲在他的羽翼下生活。

房间里，魏光阴正弯腰，帮我抖开用人刚收回来的外套。

“这件厚。”

青年的口气清清淡淡，却不敢正身面对我：“不管接下来去哪儿，别凉着了，你如今的身体禁不起冷。”好像他老早就预料到这场离别，并为我准备着。

不过一秒，我眼泪唰地下来。以为这段时间已经流干的水，不知不觉间越涌越多。

听见我的啜泣，那人总算整理一番表情回头，起身揉揉我的脑袋。

他的眼神与口气一样清凉，甚至刻意带上笑意：“不过，有个问题我一直想问问清楚——你总喜欢用清风明月比喻我。那我究竟是明月，还是清风？”

我在他温柔的安抚下不断颤抖：“还重要吗？”

“傻姑娘，当然重要。”他说，“如果是明月的话，不管你去哪儿，都能远远照着你夜归的路啊。”

我彻底泣不成声，虚脱在他手下，哭得两耳都发痛。

以至于，以至于没听清那呢喃的一句——

“但我……我还是想做，能随时随地拥抱你的风。”

可他这阵风，一旦拥抱她，势必让她弯了腰、折了腿……

那就做明月吧。

能成为月亮远远地看着，老天已经待他不差。

即便，月亮永远没机会对太阳讲出它最真心的话。

第十三章

可是，我没做到

他必须找到她，问问清楚，

灵魂碎了是什么意思？

是心疼他吗？是舍不得吗？是，爱吗。

离开滨城后，我爱上半夜赶路，更爱有事没事抬头看月亮。

沐浴月光下，不管身在哪儿，我都莫名地不害怕。仿佛那股曾被谁拿走的劲儿，被一阵风送了回来。

路上遇见形形色色的人群，面目普通，好好坏坏。也经过瑰丽的风景，但没有一处让我想停下来。

其间和顾圆圆还有联系，因为之前答应的新长篇稿子还没完成。我基本每隔三日往她邮箱里发送一份文档，并留言自己当时的目的地，向她报平安。

与其说我在向她报平安，不如说是在借她的口转告梁蔻蔻，再经她传进谁的耳朵。

我想让那个人知道，如今的程改改已不再任性。无声无息消失的幼稚事情，她不会再做了。因为怕远方的月亮被云层遮住，会伤心。

就这样一路辗转，我孤身往北，途经一座叫常白的城市。

这里不比大都市繁华，附近的县民、村民，大多以向外售卖草药和家禽为生。但听说此地是富豪们的后花园。因为地理位置靠边境，高山林立，藏着许多飞禽走兽，有钱人的嘴爱猎奇。

我对野味没兴趣……

这次你们猜错了。我不是因为穷，我就算有钱也不吃！

我会暂留，完全是因为对附近那座赫赫有名的常白山神往不已。

“听说常白山的积雪终年不化。山顶还有座庙，庙里只收女弟子，想了结尘缘的那种。”旅途中的过路人 A 对我提起。

了结尘缘？那敢情好，最适合我这种情伤未愈的大龄文艺女青年……

但我还没来得及上山呢，常白市先上了报纸头条，说在市内发现几例类似禽流感的高烧病人。其杀伤力较之以往过重、传播方式也过于容易，引医学界地震。

更可怕的是，这些家禽销往各地，范围极广，如今有多少潜在患者并不知情。

亦因如此。连鬼门关前走过一遭的叶慎寻都重视起来，将青豆从学校接回了家，整日吃素。

与此同时，滨城。

沛阳：“老板，这是出版公司寄来的图书打样，你看看。没问题的话，准备下厂了。”

果然，纸包不住火。

我和他勾搭成奸的谣言，还是不可避免地传进了谷朵的耳朵。

为了不让他老婆受到伤害，叶慎寻居然找人代笔，写了本他和谷朵的婚恋段子集，好向世人宣布他俩如胶似漆，让流言不攻自破。

最变态的是，他还专门找顾圆圆家的出版公司运作此书，流感之下还不忘打我脸！

所幸，和我一起揍过他的“老战友”沛阳始终立场坚定。对于叶慎寻高调秀恩爱的举动，沛阳都无语了，成日阴阳怪气的，每个表情都写着俩字儿：渣男。

内心 OS：虽然那姓程的姑娘也不是什么省油的灯，但她好歹会搞笑啊！

眼瞅着结婚快一年，叶慎寻和谷朵估计进入了正轨，此时见助理哼哼唧唧，竟好脾气地没追究。

“就这样吧。”他瞄一眼说。

沛阳得令告退，出门就给顾圆圆打电话，通知她打样没问题，可以下厂。

谁知顾圆圆有一句没一句地“嗯嗯”应着，另头却远离了话筒问梁蔻蔻：“程改改回邮件了吗？她是不是还在常白市？让她赶紧回滨城！”

呵，我还在了结尘缘呢，别拦着我……

顾圆圆莫名打个喷嚏，总感觉是我在和她顶嘴，明明我没在她眼前，都火暴脾气地劈头盖脸就骂：“阿西吧！”她顾不得优雅，对着梁蔻蔻也忍不住“口吐芬芳”——

“这丫头怎么哪儿危险就往哪儿跑？常白市发瘟疫她在，上次滨海台风日她也憨憨地往那儿跑，别是写文写傻了吧！”

跟了叶慎寻多年，沛阳何等机警，立马捕捉到重要信息：“喂？顾编辑？”

他连连喊几声，总算将顾圆圆喊得凑近话筒。

“您说上次刮台风，程小姐去了滨海？她去滨海做什么？”

顾圆圆好像就等他问，一边愤愤地翻看文档里的恋爱集内容，一边漫不经心地回：“哎呀，不清楚啊，好像是什么大人物在滨海考察什么东西哇，她说要去救对方狗命。”

沛阳粗粗推算，在医院门口买烤红薯遇见穿病号服的我的日子，对得上。

但他能长时间待在叶慎寻身边，怎么可能傻，当然心知肚明顾圆圆说这番话的用意，就是要他帮忙转达。

他才不会呢！他讨厌我这惹祸精！

况且，虽然明里暗里抱怨叶慎寻要他加班，可这位老板对他没得说，真不薄。

别人家的助理年薪几十万，他老早就过百。和老婆结婚时还被送了一套婚房。孩子满月，叶慎寻礼数周到，甚至主动帮忙开荤，这是连周印都没享受到的待遇……

一琢磨，沛阳就控制住了自己的嘴。

如今他老板心态平和。工作上兢兢业业、婚姻生活美满平静，只差生个孩子增添喜庆。

看最近两个人互动的频率，应该好事儿不远了。他现在要做的是巴结叶太太，万一到时她生个女儿，还是有机会做亲家的，就这么决定了！

沛阳主意已定，挂掉电话就折身往办公室去。

途中经过大办公区，发现一实习生正忙里偷闲在玩QQ“斗地主”。

他屈指敲敲工位挡板，吓得对方耳机线都扯掉，满房间响起“王炸！”二字。

我的天，阴魂不散吗？

沛阳抑郁地挺到下班时期，和叶慎寻一起去坐专用电梯。

谷朵打来电话，称老宅那边来消息，要他们最近少外出走动：“常白市是家禽养殖大地，供应链覆盖全国，没多久病毒将全面爆发，且目前没疫苗……”

一听地名，沛阳的喉咙禁不住动了动。

旁边的叶慎寻没注意，若有似无地应着手机，随口问她：“吃饭了吗？”

谷朵应该点了点头，颇有些遗憾地说：“我还闲着没事烤了饼干，想着可以给青豆带去学校，他们明天不是有亲子活动吗？现在看来活动也黄了。”

叶慎寻宽慰她：“安全要紧，家里一样能吃，正好我也尝几块。”

那头的女人倏地释怀：“好，你早点回家，我等你。”

挂了电话，电梯将好抵达停车场。他冲一直默不作声的助理下巴一扬：“你车在哪儿？”

沛阳像被戳中穴道，一双脚牢牢钉在原地，看得叶慎寻莫名其妙：“难不成还要我送你回去？”

“叶总，你喜欢她吗？”

空空荡荡的停车场，连回声都很大，想避都避不了。

看他一脸发蒙，沛阳下意识地补充：“我指的是太太，你喜欢她吗？”

“你说呢？”

这回那人没犹豫，倚着车，理所当然的模样：“带她去旅行。怕她被看不起，融入不了圈子，还给她建立基金。外界出现流言蜚语，怕她不开心，宁愿抛头露面也要出本恋爱集。”

沛阳：“我问的是，您喜欢她吗？”

“你知道的，我不喜欢吃饼干，不好消化，但她做的我都会埋单。出门呢，记得向她报备。回到家，习惯她的拥抱，有时当着你的面也会接受她的亲吻……其他更私密的细节我不需要向你报告了吧？”

“那你还爱她吗？”

“别问了。”

男子神色陡然严肃，连身子都绷得溜直，仿佛随时随地要揍人的样子。

忽而，沛阳了然地笑开：“叶总，我还没说这个‘她’是谁。”

他释然地呼出口气：“好了，看来，这下我是真的要辞职了。”沛阳认认真真地瞧着那共事多年的伙伴兼主子，“叶总，感谢您多年的看重和栽培。但我怕继续待下去，会忍不住对您的生活指指点点，迟早有天小命不保。

“以前吧，”他一顿，说，“我对您指指点点还有人当护盾，现在没有了。这位新太太也不好玩，连‘斗地主’都不会，实在太无趣……总之，您辞退我吧，我不想干了。”

叶慎寻打量他，一双眼贼亮：“别是看公司出台新政策，被辞退的员工要补贴一年工资吧。”

沛阳内心猛地一咯噔。我天，连这点他都想到了吗？好可怕。

但他还是尽量挺直脊背：“随您怎么想，明天起我就不来了，要算作休假还是旷工您看着办。”

话说完，他佯装想起什么，第一次那么轻松地扔炸弹：“还有那本恋爱集，真是为谷朵出的吗？”

不干了就是爽，叫谁都可以连名带姓地。

这头，叶慎寻感觉心窝子干净利落地挨了一枪。想报复，人已经没影了。

顾圆圆看不明白，沛阳可是门儿清。那本恋爱集一出，最大的受益者，其实是我。

叶慎寻的思路没错。他作为绯闻当事人，无论站出来解释什么，都不会有人信的。唯有旁敲侧击证明他和谷朵的关系并没受到影响，才能彻底打消路人吃瓜的热情，让我从泥潭中抽身。

沛阳之所以干不下去，倒不是为我打抱不平，而是没办法再装睁眼瞎。

他一个旁观者都看得明明白白，放不下就是放不下。可有人就是要对自己撒谎，营造太平天下的假象。

因为沛阳不止把叶慎寻当老板，还把他当朋友，才宁愿用离开的方式敲警钟。

或许依然没用，但自己做了身为朋友能做的。他和刘大壮一样，只求心无愧疚。

叶宅。

“啊哈哈哈……”

投影屏一开，传来阵熟悉的爆笑声，接着是我扭曲的脸：“沛阳，不好意思，我这个事儿精又来给你添堵了。

“本来嘛，我都离开了，想留点好印象的。但我实在不忍心你在叶慎寻那个火坑里熬到死。听我句劝，趁年轻，快离开他另谋高就吧！因为，他不会给你涨工资的！你以为，每次我犯错，他不知道有你的一份‘功劳’吗？没有你在背后推波助澜，我能完成那些花招？他现在就是揣着明白装糊涂，打算压榨你最后的价值，看看我的下场就知道！”

不知哪根筋抽了，或许是沛阳在停车场的话给了他一闷棍，叶慎寻竟又将我准备的“遗书”翻出来回味。

那会儿我以为自己死定了，不想他伤心，准备了好多这样的视频。我企图效仿韩剧，年复一年地给他添堵，让他以为我这个祸害还好好地留在人间。

在那个叫光阴的男孩身边。

就算，他将怀着对我的恨意到死……也不愿他过早地油尽灯枯。

至于沛阳，因为我俩“斗地主”的时候，他看我不开心，有时会故意输给我。

我承了他的恩，自然要还，于是才顺嘴叨叨。

只是叶慎寻没想到，事过两年，时移势易，这条视频却依旧能让他额角突突。

聊完沛阳，画面一转，里面的我已经换了身衣裳。

一身淑女得不要不要的连衣裙，披肩黑发、红唇，眉毛被描得很有棱角。尽管瘦，看起来却毫无病态，精神十足。

这次面对镜头，我有些局促，裙子扯了又扯，开场白是：“叶公子，少安毋躁，我必须确保自己以最好的姿态出现在你面前。因为，这时候你会发现，你娶错人了，浑蛋！”

你娶错人了，浑蛋。

某人两眼一闭，心口一抽，极力控制自己拿遥控关闭视频的手。

镜头里的我还在狂喊，口无遮拦道：“没错，是我选择了光阴，甩了你，但你也不用报复心这么强吧？前脚还和我如胶似漆，后脚就让别的女人怀你的孩子。再怎么着，我也给了你一个肾啊，能不能给我点面子？！早知人间如此艰难，当初，我就不应该下凡！不过，没下凡的话，就遇不到我家谪仙般的光阴了。”

……

幸亏我没在现场。

不然我听了，估计也想砸屏幕，亏得叶慎寻耐心这么好。

“你现在是不是憋着劲儿，要和我一比高低？”镜头里的姑娘持续作死——

“别了，叶公子，你有多喜欢我，我心里还是有底的。歌里都唱，得不到的永远在骚动。我吧，别的本事可能不大，但让你骚动的办法还是很多。譬如，像现在这样，有事没事给你寄个VCR，告诉你，我和他在一起有多快活。你要是不想受刺激，除非杜绝有关我的全部消息。凭你的本事，应该不难。再不然，就赶紧把孩子生下来，一家三口时不时上个报纸，来个全家福，秀恩爱给我看。

到那时，我再横也没办法了，只好不情不愿地叫你声大哥，算你赢。”

接着画面又黑了，显示这条视频播放完毕。

下一条开始，里面的环境明亮，甚至打亮了叶慎寻昏昏暗暗的书房，露出我生无可恋的脸。

“行，姓叶的，算你赢。”

我十分不情愿地冲镜头作揖。仔细观察，脸上好似有斑驳的水痕——

“想来如今你是有妻如玉、儿女成群了。既然你已经成功翻过我这个坎儿，从今我们就真的两不相欠。以后呢，我也不搞幺蛾子，给你寄什么VCR了。比来比去，没意思。那就在这里，这今生最后一面，本仙女以最大的诚挚，祝福您女貌郎才、并头连枝、心甜意洽、财运亨通、生子成龙、生女成凤、有妻如玉、开枝散叶……”

后面还有噼里啪啦一通，没完没了。

当年，叶慎寻的耐心耗尽，没看完就关了，以至于不清楚后面还有五分多钟的重点。

说是重点，不过是些我情难自抑的碎碎念。

全世界都不知情，包括光阴。其实这条视频，有两个版本。

一个版本被剪切了，停留在祝福那里。另个版本，就是如今叶慎寻手里这个。

我原本的打算是寄给他“版本一”，省了最后那些有的没的，不料U盘阴差阳错地被盛杉她妹捡到。

那女孩儿好像叫盛可苡，名字挺容易记，长得俏丽、心地善良，嫁给了一个叫江回的国家栋梁。

估计她的余生圆满了，看不得别人错过，于是多管闲事地将U盘送到叶慎寻手里。

但即便送到他手里，初初我也是不怕的。因为相处多年，我对叶慎寻的了解少说有三分。

他不是不能低头，他是不愿被迫低头。我在前几条视频里将话说得极尽难堪……他再爱我，也不会允许我践踏他的自尊。

所以我笃定，他根本等不到我的“五分钟”。

他不会知道，在这五分钟里，他眼里的混世魔王程改改，竟为他分享了一首歌。

那首歌，代表着她粉碎的骄傲。

“可想来，你是看不到这里的，叶公子。”

镜头中的我还在极尽灿烂地笑，而眼底水光已拦不住：“如果你看见了，那说明，老天爷对你还不够好。他给了你所有，却始终没大方到免你离别之苦。因为，叶慎寻，我可能回不来了。”

屏幕上的我声音小小的，生怕谁听清楚似的，殊不知有人将音量开到最大。

“我生病了。”我说，“我吃的那些臆药，引起激素失调、功能紊乱，加上只有一个肾，解毒功能不好……反正挺严重的样子。老有医生吓唬我，再不治就等着另一个肾衰竭而亡，表情比你家医院的还狠。但你了解我的，我是轻易会被吓唬住的人吗？我是……所以我乖乖地跟着光阴去了美国，打算治好后再生龙活虎地出现在你面前。

“此刻你一定在心里偷偷骂我没出息，但，没办法啊。我本来真不怕，心想你家医院花大价钱广纳人才，不至于养了一群饭桶吧？他们一定有办法将我治好。可就在那天，公寓里，我无法自控地将你砸伤，瞧着你心痛难耐的脸和额角滚烫的血……我感觉自己要窒息了。没错，我承认，想弄你很久了，却绝不是这样的伤害。

“我的如意算盘是——趁你最爱我的时候，欲拒还迎地骗婚，再怀孕。那么，等到我人老珠黄，或者你不爱我了，我就用孩子胁迫你分巨额家产。

你嘴上不说，可我知道，你一肚子歪招儿，即便有婚姻事实，也有办法让我一分钱也拿不到。但如果有孩子，你会看在他的分上，不同我计较，圆了我一夜暴富的梦想。我就是这样打算的，我真的是这样打算的……”

屏幕上的我一阵懊恼，不断捶自己的脑袋，好像忘记了什么——

“我还要讲什么……”临到头，“算了。最近拿药当饭吃，副作用就是记性越来越不好，给你说点什么还要写文档。要不是我文采斐然、妙笔生花……可能你连这个视频都收不到。哦，对，吃药。妈妈呀，简直想死。

“我血管细，本就不容易打吊针，只能找脚背、小臂，弄得体无完肤。我每天睁开眼睛看见太阳，便有护士拿着瓶瓶罐罐走来，以至于后来我听见叮叮当当的响声就条件反射地恐慌。以前我老‘站着说话不腰疼’，安慰光阴要坚强。终于，轮到我体会什么叫生不如死，从此再不敢说大话。可在这最难熬的时候，你居然告诉我，你要结婚了？还让别的女人怀了你的孩子？？姓叶的，你知不知道，当时我气得连针头都拔了！脑子里就一个念头，治个毛？！钱都分不到了，活着还有什么意思！是光阴阻止了我。

“他和我一间病房，半夜醒来发现我的反常，疾言厉色地骂了我一通。他说，死了的人，一了百了，活着的呢？不是你告诉我的吗，改改？活着的人，即便长命百岁，也活不好了。我一下子冷静下来，想起离城前的那场烟火。想起你用那样卑微的语气恳求我，留下来多看一分钟……叶慎寻，你知道吗？那天的夜空之下，我的灵魂也随着烟花一起裂了。它散得七零八落，从此我魂不守舍，一心只想回到你身旁。”

画面一顿。

“要不是……”

我声音哽咽，还藏着半句没说完，DV 突然一歪，貌似没架稳。

镜头里的我情急中跳下凳子去捞，没捞到，反而自己摔了跟头。只见我双膝一跪，磕在坚硬的瓷砖上，“咚”一声巨响，背景音乐恰好响至最后——

“要不是还想着再回到你身旁，我早对命运投降。”

见状，叶慎寻下意识去抱，扑了空，才回过神那只是两年前的“幻影”。

他的胳膊僵在半空，久久没法儿往回收。只能眼睁睁地看着屏幕上的姑娘跌倒了，自己挣扎着爬起，好像那就是她在背后为他战斗的模样。

“你瞧，我总有本事将什么都搞砸。”

她不好意思地拍拍腿，给镜头一个惨兮兮的笑：“所以，失去我并不可惜，叶公子。”

有句话叫“曾经沧海难为水”。

可还有一句叫“终有弱水替沧海”。

“不管谷朵是沧海，还是弱水，能嫁给你，她一定很幸福。她可以撞了别人还恶人先告状，被你揉着脸在大街上哭诉。她可以在异国丢了行李也不慌张，你总有办法为她找回那只行李箱。她可以在你的飞机上‘斗地主’。可以让你和周印反目成仇。可以在盛杉遭遇意外时，让你无比庆幸地抱着她说，不是你，太好了……”

“她不可以。”

终于有人插了话，却不是属于我的声音，而是另一把剧烈抖动的嗓。

那把嗓子像被谁用铁锤砸过，破了声，糊了血，无论怎么洗都洗不干净了似的。哪怕，哪怕清洗它的，是眼里源源不断倾泻而下的水。

“因为你离开后……连我自己，都没了威风。”

沛阳雄赳赳气昂昂地回到家才反应过来——

欸？我是不是漏了什么？不是要告诉他程改改在常白市吗？

那祸害精还真开过光的，走哪儿哪儿不太平。常白市现在闹瘟疫情势严重，再不给她弄回来，就她那副破败不堪的身子，指不定真交待在那儿了。

虽然气她不辞而别，但也不至于要她的小命。

想着他就没好气地摸出手机，给前任老板拨过去。

碍于一小时前，沛阳还梗着脖子谈辞职，很牛的样子，此刻主动打电话不免有些尴尬。通话一提示连线成功，都没等对方开口，他先一阵噼里啪啦："那谁，现在就待在常白市呢。告诉您不是为了影响您和谷小姐的感情，只是左思右想，她好像没什么亲人。若曝尸山林，您对老爷子不好交代，毕竟是他关门弟子的遗孤……"

引来沉默一阵。

沛阳不甘心，又"喂？"了一声，那头直接挂断。

谷朵不是故意要接叶慎寻的电话。

只是从他回家开始便神色不对，径直进了书房，久久未出，手机顺手搁鞋柜上了。此刻沛阳来电，响得急，她想着应该是工作上的事，没想听见不该听的消息。

一月初的天气，滨城完全进入寒潮期，客厅里却暖融融。

全天循环的地暖系统将温度维持在适宜的 22 摄氏度，穿一件单衣也不觉冷。

偌大的液晶电视播放着最新时讯，来来去去都是关于常白市的流感情况，看样子的确很严重。

一小时前，谷朵还觉得那地方离自己遥远。现在，她忽然有种病魔缠身的紧迫感。

她甚至下意识扔掉手机，仿佛上面沾了病毒。

手机镜面材质，尤其光滑，从桌面惯性地滑到地面。她低头去捡，脑袋顿时触到一双腿，距离近在眼前。

谷朵原本在做饼干，手上有糖浆，接电话的时候，开的免提选项。

意味着，该知道不该知道的，他心里已经有数。

餐桌前，叶慎寻弯腰，比谷朵更快地将手机捞起来，拿了外套要往外去，被一拦。

他没说话，她也没有，两个人在门口进行一场沉默拉力赛。

在固执这点上，谷朵和程改改还是有相似之处。或许每个女人都有那么点执拗，但此时他的脑子里只能想起那个姑娘。

想起她说，陪他看烟火，灵魂都碎了。

他必须找到她，问问清楚，灵魂碎了是什么意思？是心疼他吗？是舍不得吗？

是，爱吗？

“回来我会给你个交代。”

瞅着那张脸上与某人重叠的表情，叶慎寻也说不出狠话，依旧耐着性子。

察觉到有转圜的余地，谷朵更是寸步不让：“你清楚的啊？我要的不是交代，我要的是未来。”

叶慎寻表情定定：“那就给你未来，不会比从前更差。”

“但这个未来可能没有你了，对吗？”

谷朵强迫自己冷静，佯装不疾不徐地试探：“不打探她的消息，不管她和谁在一起，不论她去哪里……这段时间你都做得很好，不是吗？因为看见了你的努力，所以你偶尔泄漏思念，我也能坐视不理。听说婚姻就是这样啊，要睁只眼闭只眼。为了你，我已经把眼睛闭上了，难道你就不能为我捂住一次耳朵吗？

“不要去，慎寻。”

她放下胳膊，靠近他：“程程姐要一心一意装着你，我也就老老实实退出了，可她的摇摆伤过你多少次？多少次面临选择的关口，她跑的方向都是奔向别人？你能保证这一次，她不会再和魏光阴有丁点牵扯？”

谷朵极为聪明，打中蛇的七寸，还真让他愣了又愣。

她乘胜追击，以拥抱钳制，力度不再强硬，处处透着和风细雨般的温柔，嘴上却下着狠药。

“程程姐不会有事的。”她说，“你忘了吗？魏家少爷一直关注着她的动态……”

话没完，她身子一歪，被一阵很小却很坚定的力气推离叶慎寻的怀抱。

低头，她看见不知什么时候冒出来的青豆。

小姑娘恶狠狠地盯着她，仿佛在看一头童话里的怪物：“为什么你老要说姐姐的坏话？！”

她叉着腰，喘着细气，一副忍了很久的样子，条理却清晰。

“你打电话找人跟踪姐姐，拍她的照片，还把照片发给别人……这些我都听见啦！要不是姐姐在旅行的时候告诫我，你是叶哥哥选定的终身伴侣，要我好好和你相处，我才不想和你说话！我讨厌你！讨厌你！你根本一点一点一点也不像她！”

小丫头吼完就跑，仿佛受了极大委屈，留背后一地狼藉。

这会叶慎寻有动静了，却不吃惊。只是稍稍退了点身，冷静地看着惊讶、恐惧等微表情依稀从女人脸上闪过。

“还是那句话，谷朵，回来我会给你个交代。”

她终于激动起来：“我说了，不要交代！”咄咄逼人道，“总算找到理由顺理成章离开了吗？小孩子说的话也能当真吗！若她今天指责的是程改改，你也调都不调查就全部相信吗！”

“别玩文字游戏了，谷朵。”

男子渐渐不耐烦：“你有没有在背后搞小动作我一清二楚。我不拆穿，是因为我答应过，要给彼此机会。你知道给机会的意思吗？就是发自内心地认同这个人进入我的生活。我愿意试着让你进入生活，说明你是我许可的。既然我许可了，无论你做什么，烂摊子都由我负责收拾。尤其你做这些事的终极目的，只是为了留下我。

“人人都说我叶慎寻脾气不好、心高气傲，但我分得清好赖。爱我的人，最起码，我不会让她受到伤害。道德、伦理的审判，这些我都不在乎。不爱我的人，再新鲜，我也一定要收回这份爱。不管我用工作麻痹自己也好，烂醉如泥也罢……但现在，我不确定了。她留下一条含糊不清的视频，让我动摇了。我想，是不是误会了什么？我要亲口听她解释，这次说什么也不会打断。她解释得让我满意，我回来，向你怎么赔罪都可以。她解释得不能让我满意，从今往后，我俩就是真的一刀两断。”

谷朵：“那我呢？！”

女孩眼里有了泪意：“在望城的海边，你说过什么？你说过不会再让我走丢。我会全心全意爱上你，是因为从来没人那样慎重地对我承诺过！程改改有什么魅力？不过是一个嘴强王者！口口声声说把我送到你身边，是希望我过得好，殊不知她的行为，跟可怜一只流浪狗有何区别？！我这条流浪狗，本来自己也能活得好好的，谁要她多管闲事了？到如今，你把我捡回去，养一段时间，说不要了，到底哪样更残忍？狗也会伤心的啊，叶慎寻！她每天讨好你，就是为了不被抛弃。

“我只是想不被抛弃……”

女孩仿佛想起什么痛苦的过往，有点儿魔怔了，喃喃地重复着。

人心肉做。叶慎寻终不忍，一脸抱歉地要安慰什么，电视机播报新闻的声音盖过一切——

“鉴于目前严峻的流感传播速度，为避免扩大感染范围，作为源头的常白市决定于今天午夜十二点正式封城。”

闻言，那双靠近谷朵的腿便生生转了方向，去往大门。

他这次的力气不同以往，谷朵心知拦不住了，一慌，摸过餐桌上的水果刀就往纤细的手腕处比：“今天你出这道门，身上就背一条命，你俩下半辈子就算在一起，也别想安稳！”

叶慎寻不怕被威胁，眸子不过一闪间，他便巧劲一扭，拽着谷朵手里的刀便往自己胳膊上戳。

猛一下，刀尖儿挑进肉，迅速滚出血珠，留下眼球般大小的窟窿，饶是他也痛得长嘘几声，堆起纠结的眉头。

“这样够不够？”

如此不可一世的人，竟哑了声音，语带乞求。

谷朵再狠，却没真见过皮开肉绽的场面，当即被他的行为吓到，握着利刃的手一抖再抖。

“你就那么喜欢她……”女孩往地上一坐，形象全无。

男子闭了闭眼：“我也较着劲，努力想忘的。”他无可奈何。

“但是，我失败了。”

用“失败”这个词，已经是顾及自尊的说辞了。

等他一双腿在风中飞奔起来，他才恍然大悟自己有多失败。这么久，这么久了，他一直等的，不过是一个向那女孩飞奔的理由。

但凡找到那个理由，他就头也不回，哪怕跌落神坛、粉身碎骨。

可……

他向她跑去，要说什么呢？他的思绪与寒夜的风一样混乱，理不清。

究竟要继续维持骄傲？还是讲出那句真心却跌份儿的——

“我们重蹈覆辙吧，程改改。”

即便互相折磨到死，我也不想眼睁睁看着，你成为别人的。

大结局

两千年一眼

那个人，已经白白等了我两千年，

我不能再让他等了。

封城的消息传出，常白彻底乱了。

彼时我正在前往常白山的路上，班车突然宣布停运，我只好打道回府。

宾馆里全是消毒水的味道，警察挨个查看身份证，见我是外地的，多嘴地告诫了一句：“特殊时期，务必配合，别因为害怕就想方设法往家跑。”

我对他笑笑：“别担心，我没家。”

看他不太相信，我扬了扬手机：“你见过哪个有牵挂的，连手机没电也不害怕？”

青年警察的眼神倏然怜悯，偷摸朝我递来一个口罩：“刚出的新闻，此次流感已经明确可以通过空气传播了，这儿又是主疫区，戴个口罩安全些。”

我感动不已，默默背下他的警号，打算投稿到“感动中国”。

他看穿我的意图，不在意地摆手，交代前台几句，转身走了。

为了做个不添麻烦的好公民，接下来几天，我就没出过门，一日三餐都由服务员送些简餐上来。偏偏入城的第二天淋了雨，笔记本主板烧坏送修了，也没个能码字打发无聊的工具，只好看电视。

这次流感变异了，全国都如临大敌，连官方也不再避讳。

每日醒来，确诊人数都在上升。

幸亏，还有一点儿好消息。在医研团队夜以继日的努力下，找出了市面上勉强能预防流感病毒的药，可供尚未患病的普通人群有针对性地加强抵抗力……

我的体质薄，更不敢疏忽，全程紧闭窗户。

在日复日的坏消息与好消息传来之际，寂寞如雪的我终于忍不住了，拉开窗帘看外面。

宾馆临近入城口，我开窗透气，放眼望去空无一人。偶有几辆物资车往里进，排查十分严格。结了冰的路面，车辆行走艰难。偏偏冬日还是细菌最喜欢的季节，增加了它猖狂的程度。

啧。

我几不可闻地叹口气，关上窗户，电视机的声音少了寒风干扰，变得清晰。

“日前，滨城新锐企业慎周宣布公开捐赠口罩十万余只、防护服一万套，消毒液、蔬菜和粮食若干……慎周副总经理亲自监运，已于今早八点入城。”

镜头一扫，我隐约看见一个被口罩把脸捂得严严实实的男子。那人身姿挺拔，虽看不出具体模样，却气质卓越。

我忍不住心中感叹，盛杉眼光确实好。

回头反应过来，嗯？周印到了常白？那我不是可以去蹭口罩！

原谅宝宝如今的愿望如此卑微。毕竟生死面前，钱财就不那么重要……

于是为了确定周印具体的落脚地点，我才想起手机这回事儿，摸出充电器插上，慢悠悠开机。

周印接到我的电话很吃惊。

没等我死皮赖脸地问一句：“能不能送我百十来个……”话没说完，他先表示震惊：“你知道了？”

我不明所以：“啊？知道什么？”

他好像很匆忙，能听见匆匆赶路的脚步声，嘴似机锋：“老叶为了找你，赶在封城当晚坐直升机进了常白。你一直关机，邮件也不回，没点消息。他在城里转悠了好几天，刚才疾控中心来电，说他和流感确诊病例有接触。”

消息来得太突然，我还没抓住重点，已经先慌了几秒。

“我们在常白大酒店，你赶紧来。”周印说。

然后发现不合适，立马改口：“别，你还是别过来了。”男子语气严肃。

立时，我不慌了。

我想起好几年前，周印和盛杉还没结婚，两家人不同意他俩的事儿。周印套路我，让我去说服他妈。我也傻，压根没反应过来，我和他妈又不熟，干吗要我去？结果就出了头。

事后叶慎寻分析中间门道，我才明白，哪是我的面子大？是众所周知，我在他的庇荫下，还有叶老爷子撑腰。

不看僧面看佛面。

彼日我和叶慎寻好着呢，完全变成自己鄙视的“嘤嘤怪”，嘤嘤嘤地向他抱怨周印心机好深。

当时他只对我说了一句话：“防范周印没什么难的。就记着，他让你做什么，百分之九十是坑，别踩就行了。”

此刻，周印在电话那头讳莫如深，一会儿要我去，一会儿要我别去，分明想搞得我方寸大乱，动摇我的心，这我能信他吗？

还叶慎寻抛妻弃子……不对，抛妻来找我，为了什么？

难道记起来，我当初还欠两个月房租……没打给他？

我越想越不对劲，百分之九十九是坑！

但，连我自己都没办法解释，现下我蒙着面、顶着号啕北风，站在几乎没有交通工具的大街上，是为了什么。

“哇，同样的错误我才不会犯第二次，我只是在房间里待久了出来透透气。”

我像个神经病，自言自语，腿的方向却不自觉地向着常白大酒店。

只是，我行走的速度不太快，好像要以此给自己一个交代，证明我真的不信，我也真的不急。

“散步”路上，我用力分神，想些有的没的，沛阳的脸突然蹦出来。

这傻孩子，把我微信和他老婆的微信弄错不是一次两次了。如果叶慎寻真的来了常白，他肯定也在……

想着，我就鬼使神差地打开消息对话框，肉麻兮兮地喊：“老公，你在哪儿呀。”

按惯例，他会想也不想发定位。谁料，没几分钟，他直接一个电话打来，对着我怒号：“姐，我上辈子怕是刨你家祖坟了？突然叫老公是怎么回事？？？我头像和叶总完全不像啊！”

吼完我便听见他老婆哭诉的声音：“你以为假惺惺地打通电话就能自证清白？呜呜呜。说什么爱我一生一世，你这一生会不会太短？混账东西！立马离婚！”

吓得我都条件反射地远离听筒，讪讪地眨眼睛。

由此，我的心亦尘埃落定。

沛阳是叶慎寻的贴身助理，哪儿哪儿都跟着。既然他留在滨城陪老婆，那么叶慎寻来常白？太没道理。

呼。我长出一口气，道不明是轻松还是失落，正要挂电话，沛阳却不许。

哄不好老婆的他气急了，在那头叨叨叨个不停。我忙不迭地让他开免提，连声喊嫂子，态度忒好地一个劲儿解释，这场闹剧才总算有要消停的意思。

“该不是叶总让你来报复我的吧！”

临挂电话，他没好气道：“我都说了，可以算我辞职，不用补我一年工资，这小家子气！”

我一愣：“你辞职了？”

他也一愣：“他不是去常白找你了？你俩还没见面呢？”

顿时我的脑袋跟灌了糨糊似的：“他来……他找我做什么……为了两个月公寓房租，他至于吗……”

“鬼知道，搞不好想再续前缘？”辞职后的沛阳完全放飞了自我，“走的时候貌似和谷小姐吵了一架。还特意将青豆送到我家，让我老婆帮忙照顾一段时间。”

说曹操，曹操到。

屋里的青豆好像听出打电话的是我，抢过手机嚷嚷：“姐姐！你快去找叶哥哥啊！他走的时候流了好多血……”

接着，透过路旁的商铺橱窗，我清楚地看见自己惨白的脸。

刘大壮说，他见过我朝光阴跑去的样子，所以猜到我喜欢那个男孩，很久了。

这日，我一双腿跟永动机似的，越跑越快，穿梭在常白近乎荒无人烟的城巷中……不知他看见的话，又会有何感想。

他必然会骂：“死丫头，我就知道你不是个专一的主，你终究喜欢了别人。”

我也必定回击：“你以为我想跑吗？二十几公里路，不仅没出租，连辆公交车都没有，老娘真的要死了！”

可我停不下来啊。

我也不知道自己怎么了，就是停不下来啊。

这双腿像有意识，非得狂奔到某个人面前，它才肯驻足似的。

不仅我的腿失灵。我的大脑、眼睛、嘴巴……统统坏了。坏在沛阳那句“他去常白找你”。坏在青豆将哭未哭的着急呼喊里：“他走的时候流了好多血……”

叶慎寻，你到底来做什么。

蒙了口罩，风刀还是狠狠地刮过眼帘，又冷又疼 ，好像在惩罚我明知故问——

程改改，你分明比谁都清楚，他不远万里跑到这个鸟不拉屎的地方是为了什么。

离开滨城前，你还很没出息地去了趟叶慎寻的公寓。

就是那套，有着你俩所有心酸和甜蜜的房子，企图进行一场有仪式感的缅怀。

“那又怎么样？”

我在心里大声反驳那个声音：“我只是想看看如今它属于哪位土豪。说不定来场奇遇，我又能做上流社会的吴夫人、林夫人、王夫人呢？我只是不想在一棵歪脖子树上吊死。”

是吗？那为何要用老密码，去试人家的新门？

为何在门“叮咚”一声提示解锁的时候，你竟痛哭失声。

“我……我……”

——我想，是因为我心里突然有底，这辈子都做不了吴夫人、林夫人、王夫人了。

我终于对自己诚实。

临行前去老公寓，只是想看看它面目全非的样子，做最后的断舍离。

但叶慎寻根本没将它卖掉。它还老老实实地保持原样立在那里，连密码都依旧是我俩的恋爱纪念日。

“恋爱纪念日个鬼啊！”我当年谈笑风生地吐槽，“明明我俩都没个正式的开始。”

他表情认认真真：“谁说没有了？那天还有人为我穿婚纱呢。”

总是这样，将最甜的话用最不经意的方式说出来，搞得我毫无防备。

但凡给我一点心理准备，说不定我们的故事根本没下文，我也早能理智地屏蔽这个人。

可是没有“但凡”，没有“如果”，更没有“早知”。

早知如此绊人心，何如当初莫相识。

“渣男、渣男！”

气喘吁吁奔跑的我不忘咬牙切齿地骂人。

庆幸如今是特殊时期，四下无人，即使再像神经病也不会被举报关起来。

可明明嘴上骂着他，心中却不断祈祷他没事。甚至害怕掌管生死的神是别国的，听不懂中文，于是英文、韩文、日文统统来了一遍——

“不行，老天，怎么能让他这样轻松地解脱？他把我变成了自己最鄙视的坏姑娘，坏得明知他已经属于别人，却还是厚颜无耻地投怀送抱……

“他怎么可以这样去死？他应该被我打死、虐死，亲眼看着我嫁给别人心痛而死！

“噢，不，我嫁不出去了。谁会愿意娶一个有道德缺陷的姑娘，呜呜呜。”

……

我一路“精分”般自言自语，二十几公里路，都不清楚是怎么跑完的。

到了常白大酒店门口，那里已经被围得水泄不通。有疾控中心的车，有穿白大褂的人，还有一排穿着制服的警察，严阵以待地将酒店重重包围。

我心想，不过是例疑似流感病例而已，派辆车来就好，哪里需要这么大的阵仗？

可如今我的理智，已经在沛阳和周印连消带打的配合下云散烟消，满脑子都是往前冲，冲到那个人面前。

终于，我看见了他，被一行戴口罩的人围在中央。

他将黑色呢子大衣穿得和周印一般好看。只是比起去旅行那会儿，他好像又消瘦了些，精神面貌更不好，还为了风度不爱系扣子，大衣在人群里困难地翻飞。

“叶慎寻！”

隔着百余步的距离，我就开始大叫。

可他没听见，被捂得严严实实地跟着白大褂们往救护车的方向去。

我一着急，无视了所有武装待命的警察，闷头便要冲过去，气势汹汹，搞得跟恐怖分子搞袭击似的，不出意外被拦。

“麻烦让我过去！我朋友在那里！”

警察眼中的我披头散发、语无伦次，理所当然不敢放行。

“求求你了！”我拱手，“他身上还有伤，不能被这么带走！医院那么多细菌，伤口要是不处理感染了，没病也闹出病了啊！还有，他出过车祸的、做过大手术，只有一个肾！你们也是男人，应该理解吧？只有一个肾的男人，经不起折腾啊……”

带头拦我的俩警察也蒙着口罩，听了我的话，依稀能从眼神中辨出尴尬，可我已经没心思去脑洞大开。

我只意识到自己快疯了，不能眼睁睁看他被这么带走。

新闻里每天那么多人死去，死在隔离间里，谁也说不准这模模糊糊的一幕会不会是我们最后一面。

毕竟命运从不对谁宽厚。连活蹦乱跳的好淑女都被无情地带走，我还能相信什么？

我不敢去赌。

警察A：“抱歉，小姐，请别妨碍我们执行公务，否则我们将采取强制措施。”

眼见沟通无望，我的无赖劲一下上来，应了叶慎寻常骂我的那句“泼皮”，抓着他们的胳膊就地坐了下去。

“你们算什么人民的公务员？太狠心了吧！”

说着说着我就开始哽咽，眼泪鼻涕双流，一起被冻在人中上，幸亏看不见：“他都要死了！我不过想在他临死前见一面。一面都不行吗？那个人，已经白白等了我两千年，我不能再让他等了，呜呜呜……”

“怎么回事？”

另外一位执勤警察发现状况，挪过来问。

我抬头，认出对方，正是送我口罩的那位年轻警员。

立时我像抓到救星，一骨碌从地上爬起来，转去揪着他：“拜托！我想过去见见我朋友！”

他眉头一蹙，写了拒绝。

可拒绝的话没出口，我率先反应推他一把，强行越过警戒区。

警察到底训练有素，愣了不过一秒，第二秒就身手敏捷地将我胳膊一扭，抓犯人似的困在身后。

这力道不若以前和刘大壮打闹，是真正的束缚。我吃痛，眼泪涌得更凶，只得毫无章法地冲着前方影子，吼他的名字。

“姓叶的！”

没听见。

“叶公子！”

没听见。

“叶慎寻！”

这一声响彻云霄，总算引那人回头。

他被人群遮住，视线搜寻了好几处地方，就是不看我。

我慌得不成章法，想也未想就用另外一只还自由的手，扯下了口罩——

“叶慎寻！！！”

终于，那道熟悉的目光，精准地打在了我的脸上。

现场太混乱，我看不清他口罩下的脸，更不知他表情如何，只依稀感觉他好像朝我也喊了什么。

不知是不是他的回应打消了众人顾虑，钳住我手的力度微微松了些。我一挣，羽绒服拉链都扯崩了，笨重得跟只鸭子似的，朝他一路小跑过去。

“叶慎寻！”

看见他，我的委屈更了不得，呜呜呜地喊。

然后，那双本来还定在原地的长腿，也下意识地向我移动。

近了，近了，更近。我以为在这历史性的一刻，他会给我个紧紧的拥抱，孰知却对上他怒意翻涌的眸——

“让你戴上口罩！”

晚了。

我不管不顾地一头栽进他怀抱的时候，心想：晚了，也完了。

如果还能存有理智，就不能被称之为爱情。如今我理智全无的狼狈模样，注定了往后余生，都会被他当作把柄嘲笑。

“呜呜呜……”

感受到被他焐热的温度，我彻底没完没了了：“你不要死，你不准死！”

我哭得上气不接下气：“你死了我怎么活啊！都已经被我害得和解冉分手、悬崖翻车，丢了一个肾，还心甘情愿陪我跑去穷乡僻壤，害得你弟出意外，当众被你爸赏耳光……我欠了你那么多，不想下辈子再还！两千年又不是两分钟，随便再等等就完……你还要一个人看多少次烟火，受多少的苦啊，呜呜。”

话落，被我拥抱的人浑身一僵。

半晌。

“你知道你在做什么吗？”

他不无冷静地问，两只手始终保持不碰我。

我越抱越牢，哪管光天化日还是拥挤人潮：“知道的话就必须放手了吧？”我说，“那我不要知道了，叶慎寻。你不是经常骂我，最擅长装傻吗？其实我已经为你傻了一次、两次、三次……你统统不知道而已。

“这次，就让你知道。”

我哗一下抬头，趁他不注意扯下了他的口罩，准确无误地亲上去。

须臾，周遭一阵倒抽凉气声。

“现在我也是疑似病例了。麻烦把我带走，跟这个人关在一个房间。”

做完这一切，我厚颜无耻地伸出手，对着身后那堆看呆了的医务人员和警察说。

大家面面相觑，不知该拿我俩怎么办。直到叶慎寻神色不定地舔舔唇，冷飕飕地朝不远处的周印放眼箭。

没料我反应如此之大、行为如此之勇，周印都震惊了。

半天他才回过味儿，耸肩道：“不是我的主意……家教太严，没办法。”

与此同时，滨城。

盛杉正在给周期远加外套，手脚麻利。

“儿子，虽然妈妈自己就是凤，但能够和龙结亲家总归是锦上添花的好事儿，对吧？你干妈这脑子，错过了叶慎寻这店，指不定会找个什么样儿的，我可不想你将来吃亏。”

……还不是看她手里的富二代没一个瞧得上我，慌了。

这头，常白大酒店前。

周印一说话，我终于觉得气氛不太对，挂在眼角的泪水默默干掉，顶着一道道热辣的视线掰回自己的手，傻兮兮地问叶慎寻：“怎么……我俩交叉感染一下，就已经没救了？”

他额角青筋一跳，风驰电掣地将我拽进酒店。

上当受骗一次，可以当作不小心。

上当两次，就是缺心眼了。

我被叶慎寻拖进电梯，拖上走廊，快拖到他的房间门口时，才意识到自己又跳进了周印的圈套，并试图挽回——

“有关两千年那句，没听见吧？”我小心翼翼地试探。

叶慎寻：“……”

“不准你死的那句也是开玩笑……你清楚的啦。”

叶慎寻：“……”

“刚刚亲你是怎么回事呢？”我自问自答，“可以理解为，我跑累了太饥渴，想找点水喝……”

这下他有反应了，长腿一跨，把我逼到角落，唇一勾：“喝水？那得我配合才行。”

什么场景都能叫他弄得情色，我也是服气的。

不过我也忒没出息。

一被叶慎寻带进房，我自己便跟条小蛇似的软在他怀里了。

别胡思乱想，是我不知不觉跑了二十几公里，忽然卸力，一双腿再难以支撑身体。

他瞄了眼方才挣扎时我弄脏的手，拽着我径直去了洗手间，连连挤了几滴消毒液抹上我的手。

此举过于亲密，我下意识往回缩，却不敌他的力气。

“道德的边境程小姐刚刚已经越了，还是光天化日下越的。现在才装冰清玉洁是不是太晚了？”

不说还没事，一说我就来气，气着气着，眼里的水雾又起。

叶慎寻似乎很看不得我示弱，当即不自在地别开视线，转而捉住我的双手，继续反复搓揉。仔仔细细、从里到外，感觉我就是一个生活不能自理的小孩。

见状，我的眼睛越来越热，自己都没理清头绪呢，莫名其妙就问：“你也给她清理过吗？”

恍惚有赌气成分。

叶慎寻如何听不出？搓洗的动作一顿，好一阵才如常。

“你在意吗？”他问。

一下子封了我的嘴。

“呵。”

镜子里那双宽阔的肩膀微微抖了下，表示他在笑，却明显是自嘲。

“明明清楚你不会正面回答，依旧控制不住自取其辱。”

顷刻，僵化的变成我。

我依旧低着头，鸵鸟的姿势，看五根修长的指头将水龙头一点点拧紧，再拿了条手帕直接扔给我。

“程改改，我算弄明白了，不是你的问题。”

叶慎寻惯性抄手，打量我的眼神十分克制：“是我期待太多。”他说，“人一旦对另一个人抱有期待，就会希望对方回馈同样的情感。如果不能，怨恨便开始产生，这就是所谓的爱恨两难……”

“出轨吗？”

我忽然抬头，极为认真地打断他。

叶慎寻错愕不已，可能还以为自己听错了，久久没回过神：“什、什么？”

难得看到他控制不了情绪的模样，我竟隐约暗爽，可他很快拿回主动权。

“我和你说正经的。”

我学他嘲讽地笑：“这话题还不够正经吗？”我反问，“就当我回答你了，在意，然后呢？你弥补了遗憾，回去过你的婚姻生活，我连自尊都不留下，继续浪迹天涯？如果不是这样打算的，那就只能纠缠不休了啊，和出轨有什么分别？叶公子，每次你自以为是地抛出问题，想过后续吗？我想过，无数次。每一个后续，都会再度将彼此的世界搅得翻天覆地。对啊，我也明白的，打开天窗说亮话或许能得到短暂的快慰……但，我不是你们暂时的镇痛药，我是有血有肉的人啊，叶慎寻。”

在墓地，我对光阴讲过同样的话。

我要的爱情，炽热当然好，永恒同样重要。

我经历那么多风浪，在不断得到和失去中蹒跚而行，就是为了找到那座可以永远停泊的港……

让我不必再扬帆起航。

良久。

“早干吗去了？”

略微逼仄的洗手间里，那人忍不住开呛：“好，算你生病，不想我担心，病好以后呢？程改改，别装傻，你心知肚明。只要你往我面前一站，都不用挑拨，我就能干出换新娘的混账事。但你怎么选择的？你选择回到美国，继续待在你的明月身边，看我和别的女人朝夕相处，良辰与共。是你把我推给谷朵的……程改改。”

男子语气陡然忧伤：“你亲手将我推给了别人，如今还想倒打一耙。”

叶慎寻振振有词，我差点讲不出话：“所以问你呢，是不是像刚才那样给她洗过手？”

我下意识推他一把，力气和语气都隐约发狠：“问你呢！”

他不明所以，微微不耐烦地控住我：“讲话就讲话，发什么神经？看给你惯的！”

没想到戳中我泪点，一下我眼里的水倾巢而出。

“光记得惯我，仿佛很伟大似的，惯别人的时候呢！”

我察觉鼻腔酸酸麻麻，快要彻底控制不住面部表情。

“为我做过的事，不是也为别人做过吗？”我控诉，“怕她受伤害，想方设法也要压下花边新闻。怕她着凉，宁愿自己去挡风口……叶慎寻，别问我在不在意。你只需要设想，分别很久后的某一天，你满怀期待地回到我身边，却看见我带着你身体的一部分，对别的男人嘘寒问暖……当你发现，原来我给你的，根本就不是你以为的独一份。到那天，你尝过那样不经意却足够撕心裂肺的滋味，还能跑来信誓旦旦地问我，为什么不及时出现和你结婚……

“不，”我摇摇头，“你根本忍不下这口气，我俩赌命。”

我一口气讲太多，惹男子怔怔，迅速消化着信息。

好半晌，他估计明白了点什么，轮廓不自觉柔和，伸手想擦拭我的脸，被我偏头打掉。

“别碰！”

我吼，眼泪已如潮：“就记得对我的那么丁点儿好了，利用身世骗我的时候呢？为了叶慎星赏我耳光的时候呢？故意在便利店给她买晕车药，在游戏语音里喊‘老婆，我帮你报仇’，在我遭遇网暴生不如死的时候对我讲，程改改，我有什么义务为你负责？叶慎寻，你做这些的时候，有没有想过，我会不会心痛？哪怕一秒钟。”

讲到最后，我的力气彻底流失，不堪痛苦地蹲了下去。

叶慎寻俯身来抱，我下意识挣扎，不小心吸了一大口气进喉管，开始疯狂咳嗽。

他知道我犟起来六亲不认，勉强认错敷衍：“行，行，我考虑不周。”

边说边把我团成一颗球，强势地抱起往客厅走。

结果我被摁到床上了还不消停，又踢又哭又踹：“拿开你的脏手，臭渣男！吃着碗里、看着锅里！什么两千年一眼？就是见色起意！搞不好我晕头从了你，你还能叫出别人的名字，我才不会让你得意！”

那架势，真恨不得和他同归于尽。

叶慎寻约莫被我踹到痛处，疼得一个鲤鱼打挺跳下床。

我的头发和衣裳凌乱无比，满面潮红地防备着，看他站在床边怒视我，忽然平地一声吼——

“我离婚了！”

立刻，我攻击的动作滑稽地断在半空。

在叶慎寻的计划里，并不打算这么快让我卸下心理负担。我虐他千百遍，他发誓要一次性讨回来。

可我完全陷入了死胡同，油盐不进的态度让他没招儿，只好祭出撒手锏。

拉了窗帘的房间里，分不清黑夜白日，也看不太清他细微的表情。

我只觉自己的三寸不烂之舌被人生生砍断，呆呆地看着他：“这么突然……”

叶慎寻被我气得话都讲不出，频频喘粗气，顺了好久才平静。

不知这样两两相望的沉默过了多久，那人才重新踱步到床前，用脑袋压着我肩膀，疲惫不已地闭了闭眼：“外面还有很多事等着我去处理……别闹了，行不行。”

原来酒店门口的救护车是慎周捐赠的，医务人员也是周印从滨城带来的，就为支援常白。

叶慎寻被众星拱月地围在中间，不是被确诊了什么，而是要例行公事地去当地医院办手续。捐口罩、捐消毒液、捐食物还捐人……阵仗才稍微大了些。

虽说他此趟来常白完全出于私心。可国难当前，他做不到袖手旁观。

闹到最后，我不知是被他那句“离婚”安抚了，还是单单因为他倦极的眉眼。

“能先好好睡一觉，等我回来再谈吗？”

男子隔着半拳距离，与我脸对脸，近得睫毛颤动都看得见。

然后我听见自己瓮声瓮气的回答：“能。”说完还怕他不相信，自发性地缩进被子，乖巧得不像话。

叶慎寻总算讨到点清净，偏头整理了一下外套和表情，再起身，已经又是衣冠楚楚的周正模样。

“估计得忙好一段时间，饿了叫前台送餐。”临到门口，他想起什么来吩咐道。

我抱着被子，脸上还有傻气的痕迹：“嗯……”

“吃饱了不许跑。”

“嗯……”

“除非把账单结了。”

“嗯……嗯？”

等反应过来要追究，门已经先一步关上。

叶慎寻一走，我根本睡不着，满脑子都响着他那句似真似假的：“我离婚了！”

听说爱情在崩溃的时候，比较真。而我刚刚打他的力气应该足以让他崩溃……

那是不是证明，那句话，我可以信？

抱歉，又给自己找出纠缠对方的借口。

但我空有一副灰姑娘的心肠和皮囊，却老是预判错剧情的走向。

我以为，叶慎寻回来后第一件事，就是抱着我诉衷肠，像从前感情最浓烈时那样。

他可能会告诉我，和谷朵离婚的真正缘故，是因为思来想去，始终没办法将我忘记，只好诚实面对内心。

再不然，至少也是因为我俩长太像，他着实下不去嘴……

诸如此类。

可翌日，当我迷迷糊糊等他等到睡着，醒来发现旁边躺着的人，居然和我背靠背……

那刻，我怀疑了人生，不，我怀疑了小说。

哪个傻白甜作者写的故事？站出来，我保证不打死你。

毫不夸张地形容，叶慎寻的睡姿规矩得不行。他侧着身，与我隔了差不多一条被子的距离。男人一只手枕着脑袋，另一只手牢牢地垂在床沿，生怕碰到谁似的。

上帝啊，万万没想到，有朝一日，我会因他对我手脚规矩而生气……

要知道，在西藏，无论我怎么嚷嚷自己是黄花大闺女，他都能找各种理由爬上我的床，手脚并用地将我夹在怀里。

现在不仅离我八丈远，还在醒来后当我不存在，梗着脖子刷牙洗脸，全程看都没看我一眼。

须臾，我以为沉下去的那颗心，重新悬到嗓子眼。

“给我个单间，谢谢。”

前台，我没好气地说，还趿拉着拖鞋，拿着手机和身份证，打算和姓叶的划清界限。

恰巧周印风尘仆仆地从外面回来。

见我，他抖了抖大衣上的风雪，保持万无一失的笑容："这么早？看来昨天真给他累够呛，连对付你的心思都没有。"

还对付我？

"他懒得外套都没脱！"我下意识地接。

周印听出我的不满，浅笑："特殊时期，理解一下。目测我们团队会在常白待一周，有的是机会。"

我无语："谁要给他机会！"眼神却心虚地四处飘。

前台服务员："小姐，您要的单间。"一张房卡朝我递来。

周印和叶慎寻真是"中国好朋友"，连皱眉的表情都相差无几："你要换房间？"

"对，怕他'太累'。"

都是听弦外之音的高手，周印顿悟，一时间却也不知说什么好。

我看他都圆不下去了，不禁苦笑："什么东西都有保质期，人也是，我不怪他。"接过房卡就走。

"这你可冤枉老叶了。"

周印一边为好友打抱不平，一边跟着我进电梯："谁会为了一个已经过保质期的前女友，连结婚证都不扯？"

论漫不经心丢炸弹的本领……

是在下输了。

"周印，我要生气了。"

光滑明亮的电梯镜面里，我窥见自己逐渐扭曲的脸："当年骗我去说服你妈，好歹促成了你和盛杉这段良缘。被利用，我认了。昨天又一通电话骗我，让我众目睽睽下出丑，看在我干儿子的分上，我忍了。

"但，事不过三。"我既严肃又笃定，"我和叶慎寻之间的问题，不是和稀泥就能解决的。”

男子非但没较劲，脸上的笑意反而更开：“你欺骗自己的样子真可爱。”

“……你说的是真的吗？”信息太爆炸，我终于绷不住了。

“你猜？”

“我问的是结婚证，不是我可不可爱。”

周印一脸的神秘莫测：“我说了，你猜。”

猜猜猜毛线！

最烦他们这群不阴不阳的主。

要不是打了周印的话，盛杉不会放过我……

好在，今时不同往日。面对那些不确定的答案，我学会了去求证。

况且，我的朋友刘大壮，一个计算机专业资深大佬，要查一下叶慎寻的配偶情况，不是什么难事。

“我、我、我……天？”刘维舌头都捋不直了，“还真是单身……”

忽然我想起电梯里，周印临去前轻飘飘的几句话。

“程改改，你……”他斟酌词句，“有时候，看起来，你真的很喜欢他的样子。可你有没有发现，自己却一直在做着不喜欢他的事，而他恰恰相反。”

那个叫叶慎寻的人，一直在做着很爱很爱我的事，我却从头到尾忽略。

周印：“尊严当然值钱，可他明知值钱也不要。为什么到你这里，就死活非要那张脸？”

但，当一个把颜面看得比生命还重要的人，突然开始变得厚颜无耻的话……

遭殃的不止我。

“你和谷朵到底为什么离婚？”

是夜，我和叶慎寻隔着餐桌吃饭，我鬼使神差地发问，打破僵局。

对面男子貌似抬头看过我一眼，很快又埋下头装镇定，敷衍不已：“结婚不就是一地鸡毛？”

“那就随便挑一根鸡毛说。”

他心知肚明，迟早我俩会谈到这话题，早晚而已，此刻也不避讳了——

“她一言不合就拿刀砍我，这我能忍？连夜让律师告她家暴。”

我放下筷子，努力忘记电话里青豆描述的场景。

忘记她哭得惨兮兮地对我讲：“哥哥要来找你，她不许，还拿刀威胁，哥哥就割了自己……”

……

明亮灯光下，我一动不动地打量着依旧逞强的男人，觉得眼珠子都快酸没了。

叶慎寻却以为我是好奇，没怎么注意我的情绪。

“这种情况离婚，她还能分家产吗？”我问。

顿时，他刚入嘴的西蓝花堵在喉。

男人顺两下喉结，像终于找到契机对我发飙，表情好不恼火：“你觉得现在是讨论这个的时候吗！”

“OK。”我点点头，漫不经心地转移话题，“反正意思是，就算我现在抱你，也不会被告重婚吧。”

叶慎寻脸色终于一凛。

“为什么要抱我？”他眼里漾漾的，像积了千年的冰在融化。

“因为想抱你。”我谨记周印的“不要脸”理论，厚颜无耻地说，“陪你看烟火的时候，陪你四川看星火的时候，当你居然不看流星只看我的时候……”

我都想一头扎进他怀里，说着傻傻的永不分离。

我要邀请他打我的脸，承认自己后悔了。我要告诉他离开很容易，有双腿就够，但忘记太难。

“连我这么没心没肺的人，都不能干脆利落地说忘就忘，何况是荒废两千年的你？叶慎寻……”

说着，我便真伸出胳膊想去抱他，自认深情的模样。

男子目光浑浊了小半刻，察觉到我的意图，忽而又清明，抄过桌面的筷子迅速格挡。

接下来是一长串的答非所问。

叶慎寻：“两千年对你而言，不是不重要吗？”他挑眉。

“呵呵……有吗？”我干笑，脸好疼。

叶慎寻：“说不希望我死，也是假的。”

“谁这么混账！”

叶慎寻：“亲我只是因为口渴。”

一瞬间，我脑瓜子嗡嗡响，可一想到他在背后为我做的所有，性子便耐住了。

“这么无厘头的话，傻子才会信吧？”我努力摆出天真烂漫的表情，食指一点，仿佛自己真拥有仙女棒一般地喊，“取消。”

可我的讨好不仅没让他高兴，还无端翘了嘴角，清清楚楚的嘲讽。

“在你眼里，我还真是二十四小时大卖场啊，程改改。你缺什么了，就好心情地来逛逛。不缺，活像一辈子都不准备打照面那样。你有没有想过，有天我也会倒闭……”

“不可能，”我细声反驳，“你那么有钱……”

我的没正形，让那人脸色更加难看。他起身要走，弄得椅子丁零哐啷。

“够了啊，姓叶的！”我终于忍不住跳起来，死活往他怀里钻，“我很怀疑这一年你不是去结婚了，而是去修炼什么邪功，专门用来抵抗我那种！”

他拎着我往外扯，学习我嫌弃的语气：“别碰我。”

我不听，重新跳过去，无尾熊一般挂在他身上，又被他一揪，这次是真正嫌弃的表情。

“别动！”他还大为光火地吼。

立时我就被吼得分不清东南西北，愣在了原地，眼睛、鼻子、嘴巴，也约好似的，统统酸起来。

餐灯很矮，将我的狼狈照得一清二楚，一张脸说不出地惨白。

叶慎寻步子一顿，大概也没想到自己如此失态，张了好几下嘴才说："我很痛。"

语气明显缓和了。

然后我眼睁睁看着他脱掉外套，卷起衬衣袖子，给我看一道狰狞的伤口。伤口在那夜和我纠缠的时候，估计就再度受了创，现在隐约有崩开的趋势。

我眼睛又不争气地飙出水，气势比任何时候都激烈。

原来，不是不想拥抱……是不能。

"有时我真羡慕你，程改改。"

男子正色直言："你开心了就笑，委屈了就哭，喜悲都有发泄的方式。所以，你大概永远不明白，那些想哭却哭不出的眼泪……究竟多咸。你所有的感动，都是我用心痛促成的，你知道吗？"

我彻底泣不成声，两眼的水滑成闪闪的珠帘，一串又一串。

那种不可自控、只想向他狂奔的感觉又来了，直接迅猛。

"可你就是不会破产啊，叶公子……"

我听见自己既委屈又破碎的声音："我在你这家大卖场里充值了多少'钱'，你又知道吗？所有的'钱'，都是我耗费心头血存下的。是在你悬崖翻车垂死之际，用一个肾兑的。是在你被你爸扇耳光的时候，用肝肠寸断的离别换的。是你在滨海遭遇台风、行踪不明，我也就在港口坐了一夜，高烧不退得来的……你怎么知道，我在向你赶来的路上，死过多少回了？"

每一次，我和他谈着钱，想表达的，却都是自己的心。

谁叫我傻呢。

我要是和谷朵一样，有几分的喜欢就说几分，兴许局面就不会如此糟糕了。

“你去了……滨海？”

“是你说的啊！”

我哭到两眼一闭，忍不住仰起头：“你要我在危险时刻保你小命，要我就算撒谎也要和你联系……你总强调我的自尊，可叶慎寻，我到底还有什么自尊？”

我的出气已经赶不上的频率，好像随时会哭晕过去。

“明知你结了婚，还不知廉耻地朝你靠近，甚至想过被世人唾弃也没关系。以至于，后来，大家对我的攻击，不管有没有做过，我全部认了，但我还是很伤心。我伤心不是因为谁误会我、骂了我……而是，即便我背了这坏名声，你好像也不会再回来了。你只会隔着冰凉的电流，对我说别打扰、说不负责，叫别人老婆……

“明明是你等了两千年，累了，不愿意再多等两年……为什么到头来，错的是我。”

这样一比，前日的交流根本不是交流，顶多算发泄。

直憋到今天，该讲的话一句也藏不住了——

“还有，还有……”

我扭头，疯狂地找手机，急切地想证明什么。

可我茫然扫视餐桌的时候，目光恰好在餐刀上停留了几秒钟，给他吓得，不管有没有原则了，立马捞我进怀里箍着，不断安抚：“你先别激动。”

我身子一热，更是委屈到背过气去，呜呜呜地哭。

“你还、你还，”我不断地喘，“还妄自说什么都懂……结果连网球比赛都不看！”

在国际网球比赛里，“0”的写法是……“love”。

我的心意，早融化在行动里，是他一直不明白。

须臾，那抱住我的人用了更多力气，渐渐箍得我发痛。

“是谁……”

头顶的人哑了声音，没头没脑地问。

“呜呜呜……”

叶慎寻：“那个每天开一堆药，板着脸吓唬你，说你再不治疗就只能等死的医生……是谁？”

一瞬间，我哭得更猛：“你要去找他麻烦吗？名字和工号我都记备忘录里了……”

不知道为什么，在我受难受苦快坚持不下去的时候，看着备忘录，我总觉得，这些痛苦都会还回去的。

我就是吃定了一个人，舍不得看我被欺负。

就算要欺负，也只能是他亲自动手。

“找麻烦之前，先把正事办了。”一个吻总算如愿地落在额边。

我的脸都被泪水腌疼了，脑子根本不够用，无论他说我什么都是“嗯嗯”地回。

“二婚了解一下吗……程改改？”

“嗯？”

“可以分家产的那种。”

“嗯！”

到头来，还是钱才管用。

某人忍着胳膊的疼，在女孩看不见的地方苦笑着。

然而，怪异的是，他总觉得，心里残缺的一角被填满了，哪怕填的是“钱”呢？

或许轮回中，自己真的有过一场两千年的等候和苦求，才将神也打动。

才让这个“他一走近，她就往死里躲”的循环噩梦，终于结束。

番外

今朝此为别

所以，魏光阴，不用担心。

她是你想珍藏的往昔，也是我想抵达的未来。

程改改哭睡着了叶慎寻才敢走，轻手轻脚。

下楼时他在前台要了包烟，很久不碰的尼古丁，只允许自己今夜放纵。

因为未来，应该还需要活很长很长，去为一个人负责。

推开酒店大门，灌进来一阵凶猛的风。叶慎寻衣着单薄，但好似心里是暖的，毫无所觉，推开酒店大门，径直走到一辆低调的黑色轿车面前，敲了敲窗户。

过好几秒，车窗才缓缓降下，露出寂然的一张脸。

叶慎寻：“谢了。”

讲话间，浅白色的气息飘在空中。

车里的年轻男子仿佛不堪严寒，被冻得颤了好几下眼，却从头到尾没搭白。

“你伤害过我的家人，还抢了我的狗，从没想过有一天，我竟会对你说感谢。”他不无可笑地讲，又正色，“但真的，谢了。”

在她被病魔折磨到拔针的时候……

在她遭遇网暴的时候……

在这时，这日，她一意孤行地离开滨城的时候……

感谢这个男孩或明目张胆或悄无声息的陪伴，才让她活着，重新站到他面前来。

“从此，魏光阴，我们恩怨两清。”

叶慎寻挑出重点，青年依旧不动声色。

一根烟完，他将烟头踩灭在轮胎边，忍不住眯眼问：“那你想知道，为什么最后，得到她的是我吗？”

终于，车里的人肩膀动了动，好像坐那儿当雕塑很久了。

“看过《倚天屠龙记》吧？程改改老坑人跟她一起追剧。”叶慎寻畅所欲言，“她最喜欢里面的一句话，还是因为你。”

魏光阴刚学成归国的时候，他和程穗晚造访家门过春节，电视里就放着

《倚天屠龙记》。

周芷若那句“若我问心有愧呢？”让我记了很多年。

因为在当时那座热热闹闹的房子里，抱着对他残念的我，问心有愧。

而此时，死城一般的常白市，风声呼啸。

叶慎寻的话像钉子，被悉数钉进一个人的耳——

“她记住的，一直是周芷若那句‘问心有愧’。而我记住的，却是赵敏对张无忌讲的五个字：我偏要勉强。

“我偏要勉强——即便程改改眼里只有你的时候，我也一直是这么做的。性格关系吧，从小到大，我学得最好的一件事就是掠夺。我喜欢她，就要和她在一起，否则我无法度过今生想念她的每个夜晚。所谓善良、道德，在感情的世界里，都是枷锁。活着够累了，如果连爱一个人都不能随心所欲地胡来，我不知道自己存在的意义是什么。可你没有，魏光阴，你考虑太多了。”

男子指名道姓：“你有过很多机会，比我拥有的胜面大太多太多。前阵子网暴事件，也是你俩之间的一个转机。反正我明面上已经结婚了，你想打动她只是时间问题。她很傻的，嘴上要很多，其实光是有态度就够了。一个要她的态度，可以愿意她不计后果的态度。但你，没有。”

叶慎寻长舒一口气：“幸好，你没有。”

他后怕地扯扯唇：“所以，不要遗憾，不要觉得命运不公。命运从来没有不公。分明是我先在她的手心，留下属于我的证明，她却先喜欢了你。而你，没在该珍惜的时间里学会珍惜，所以失去，很公平。”

言尽于此，叶慎寻竟也替青年生出一丝惘然。

“放弃”二字说来简单，可锥心之痛，没经历过的人不大会懂。

他懂。懂那种既害怕她因此快乐，又怕她更加难过的挣扎和迷惑。更怕，她比从前还不幸福。

叶慎寻：“我不知道还能安慰你点儿什么。只能向你保证，不再让她受欺负。”想起之前的网暴事件，自己接电话时的恶劣态度，他的语气忽然变得做小伏低——

“其实来常白的路上，我无数次暗下决心：叶慎寻，不能一看她哭就心软，势必要她哭得很厉害很厉害才算完。可就在刚刚，我发现，我根本没办法看她哭得那么伤心……连我自己都下不了手欺负的人，别人更不可以。所以，魏光阴，不用担心。她是你想珍藏的往昔，也是我想抵达的未来。”

话落，回应的依旧是一阵又一阵空荡荡的风。

程改改哭得眼睛刺痛，迷迷糊糊睡到半途醒了，发现叶慎寻不在，电话找人。男子手足无措、接得慌乱，一双腿终于毫不犹豫地往酒店里闪。

见状，车后座的青年这才微微抬头，看向此时唯一闪着光的房间，不自觉地琢磨起那段不属于他的……两千年深情来——

有个年轻貌美的少女，出身豪门、多才多艺，终生都在盼望如意郎君出现。

有天，她去庙会散心，在万头攒动的人群中，瞥见一年轻男子，心中确知就是她苦苦等待的人。然而，场面热闹拥挤，她无论如何都无法靠近那人，最后眼睁睁地看着心上人消失在人群中。

之后，少女四处寻找此人，但这名年轻男子却像是人间蒸发，再也没有出现。落寞的她每日晨昏礼佛祈祷，希望再见那个男人，至诚感动了佛祖现身。

佛祖问：“你想再看到那个男人吗？”

“是，哪怕见一眼也行！”

“要你放弃现有的一切，包括爱你的家人和幸福的生活呢？”

“愿放弃。”

“那你修炼五百年，才能见他一面，你不会后悔吧？”

“不后悔。”女孩斩钉截铁。

于是，女孩变成一块大石头，躺在荒郊野外，四百九十九年的风吹日晒，却不以为苦。

直到最后一年，一个采石队来，相中了她，把她凿成一块条石，运进城里。原来城里正在建造石桥，女孩变成了石桥的护栏。就在石桥建成的第一天，女孩终于看见她等了五百年的那个男人。

他行色匆匆，很快地走过石桥。当然，男人不会发觉有一块石头，正目不转睛地望着他。两者匆匆相逢，男人又一次消失。

佛祖声音再次出现：“满意了吗？”

“不！”女孩激动不已，“为什么我是桥的护栏？如果我被铺在桥的正中，就能碰到他、摸他一下了！”

“想摸他一下？还得修炼五百年。”

“我愿意！”

“过程很辛苦，你不后悔？”

“不后悔！”

这次，女孩变成一棵大树，立在人来人往的官道，每天观望。

又一个五百年，他终于来了，穿着她最喜欢的白色长衫，容貌俊美，女孩痴痴望着。并且，这次的他没有匆匆走过，因为天太热，男子注意到路边有棵大树，打算休息一下。

女孩摸到他了，他还紧靠在她身边！

但她无法向他倾诉这千年的相思，只能尽力把树荫聚拢，为他遮挡毒辣的阳光。

可男人小睡片刻，便站起来拍拍长衫上的灰尘，头也不回地离开。

当那道身影逐渐消失，佛祖再次出现。

“你是不是想做他的妻子？那还得修炼。”

女孩平静地打断佛祖：“我是很想，但是不必了。”

“哦？”

“对我来说，能够再见他，已经很满足。我花了一千年的时间，才明白，爱一个人，不一定要拥有。不过，我有些好奇，他现在的妻子，也曾像我这样受苦吗？”

佛祖微微点头。

女孩笑：“我也能做到的，但是，不必了。”

就这一刻，女孩似乎发现佛祖微微地舒了一口气，她诧异：“佛祖也有心事？”

佛祖叹：“这样就好。因为有个男孩为了看你一眼，已经修炼两千年。”

两千年，呵……两千年……

一抹缥缈又清冷的笑，挂上车内年轻男子的嘴角。

这故事里的深情，也未必只属于等待少女两千年的人吧？他忍不住想。

那少女怎知，她变成石头，躺在荒郊野外。她变成石桥，受风吹日晒的时候……她追寻的那位年轻男子，不是在辗转千百度地寻找她呢？

为了找她，他马不停蹄，路过石桥。千回百转，累得瘫在大树下……

只是他魏光阴这一生，做过的错事与私心事或许太多，终究受到惩罚，没有能见到佛祖的幸运。

所以他没法亲口告诉对方：佛祖，其实，我也很爱她啊。

我甚至不奢求与她共白头，只求与她一样，变成铺桥的石头。

当人群打上面走过，传来回音，仿佛就是最初，她撒到漫山遍野的笑声似的。

她曾在送给他的那本小说里写：“今朝一别，何处相遇。”

何处呢？

今生恐怕已无音信，只好定来生吧。

或者就地缔约。就在这荒芜的空城，在不远处那座高耸入云的常白山下。

因为山不会移，也不会老，免得她到时又傻乎乎地迷路，找不到方向。

可，山真的不会老吗？

回程路上，车辆行云流水般滑过县道，他代替她，见到了那座心心念念的大山，听说能了断尘缘。

只不过来的时候，那高高山头还残存自己的风采，此刻已完全被冰雪覆盖，连副驾驶的老人都忍不住感慨：“看上去像老了许多。”

青年的车窗并未完全摇上，映着雪光，他两眼也似雪，终究化成滚烫的水。

“山怎么会老呢？”有人的声音疑似发着抖。

如果山真的会老……

大概也是因为失去谁，才白了头。

后记
不说

至于告别……

我不说告别。

终究没接受皇后的建议，没往原本的内容中刻意增添大团圆画面。

第一次忤逆她，但我猜，她应该能理解吧。

若论我真正的心意，终结篇怕还是会以彼此都支离破碎的余生收尾。但不知是不是被你们感染了，看着微博上不断的评论、私信，等等，我竟然真觉得，总该有一人得偿所愿。

于是，我开始认认真真去设想，究竟谁更适合改改。

究竟是“我藐视全世界却唯独对你偏爱”的叶总裁，还是那个用无声陪伴作为告白的男孩……

原谅我选择了前者。

我想，的确，叶公子值得。然而这样的果，却也着实辜负了另一个太好太好的男孩。所以我才默默拒绝了皇后的“大团圆”。

尽管我比谁都明白，他只是虚拟的小说人物。

但很多很多时刻，我都因那个叫作光阴的男孩，感受到了真正切骨的悲伤，以至于纸巾用掉大半。

假如，还要在他的悲伤里增添属于别人的欢乐色彩……抱歉，我不忍心。

哪怕写终结篇的伊始，我就想了好多“小甜饼”，打算在结局撒尽。然而越近尾声，我越是悲戚。

——世间安得两全法，不负如来不负卿。

这大概是我见过顶悲伤的话了。

偏偏，它又如此恰如其分地概尽了《光阴》系列的主题。

“把改改劈作两半……把叶公子和光阴凑在一起算了……改改嫁给慎星也行！”诸如此类无厘头的设想，到底不可能。

唯盼从一而终守着故事的你们，看到最后一个字，能泪中带笑，或笑中带泪。

至于告别……

我不说告别。

以前很轻松就能将“再见”讲出口，直到最近发生了一些事儿，让我不敢再轻视离别。

如果可以，想永远做被你们宠爱的仙女。

想身体健康，想得偿所愿，想一生顺遂。

知道上帝不喜欢贪心的小孩，那就通过努力来争取吧。

争取写更多、更美好的字眼，能永远被你们宠爱。

争取每天……算了，隔三岔五地锻炼，尽量不糟践革命的本钱。

争取想要的一切一切。

听说成年人的标志就是尽量“不说”。一路走来，我好像略有体会了。

那就别再说吧。无论再见、悲伤或者格外什么。

我坚定选择了我要走下去的路，希望你们也坚定地朝着梦想的方向去努力着。

当有朝一日，我们在岁月里会晤，期冀你还会觉得当年的喜欢，也很值得。

最后，终结篇面世的时候估计正好赶上毕业季。知道有一部分姑娘受疫情影响，没法儿专心念书。

想说，还是得咬牙坚持呀，给你们的小礼物已经待命了！

争取来拿，相信终有日将繁花满枝丫。

林桑榆

2020.4.2